So bitter die Schuld

Melisa Schwermer

E-Mail: melisa.schwermer@gmail.com

www.melisa-schwermer.de

Covergestaltung: © ZERO Werbeagentur GmbH, München

Lektorat: Susanne Pavlovic, Anke Höhl-Kayser

www.textehexe.com

Korrektorat: Jasmin Krieger

ISBN-13: 978-1536860825

ISBN-10: 1536860824

Über die Autorin:

Mehr auf: www.melisa-schwermer.de

Melisa Schwermer, geb. 1983 in Offenbach, verschenkte schon als Kind lieber selbst Verfasstes als selbst Gebasteltes an die Verwandtschaft. Nach einer Lehre als Industriekauffrau und dem Abitur am Abendgymnasium studierte sie Germanistik und Philosophie. Derzeit promoviert sie in Literaturwissenschaft.

Mit ihrem Thriller „Injektion“ gelang ihr 2014 der Sprung in die Top 20 der Amazon-Kindle-Charts. Nach dem zweiten Teil, „Die Rache“, erschien 2015 der Thriller „Abgewiesen“, der es bis auf Platz 2 der Kindle-Charts schaffte und sich wochenlang in den Top 10 hielt.

Weitere lieferbare Titel:

Aus dem Verborgenen

Abgewiesen

Injektion

Die Katzenlady

Der Käfer

Diverse Kurzgeschichten in Anthologien

1, 1985

»Mir tut der Bauch weh«, sagte Kristina in die Stille des Raumes. Ihre Stimme hallte von den hohen Wänden wider. Jetzt im Dunkeln klang es beinahe, als hätte sie die Worte laut gerufen. Dennoch schien ihre Zimmergefährtin nichts gehört zu haben. Zumindest gab sie keinen Mucks von sich. Stattdessen hörte Kristina das Rascheln der Bettdecke, als das andere Mädchen sich in ihrem Bett umdrehte.

Sie selbst rollte sich auf der viel zu harten Matratze zusammen und zog die Beine an den schmerzenden Bauch. Das steife Bettlaken pikte an den nackten Stellen ihres Körpers. Das schwache Licht der Straßenlaternen, das durch den Schlitz zwischen den Vorhängen fiel, erzeugte gruselige Schatten. Kristina beobachtete sie einen Moment.

»Es tut wirklich sehr doll weh«, versuchte sie es dann noch einmal. Als das andere Mädchen weiterhin schwieg, fügte sie hinzu: »Und ich hab Hunger. Hast du auch Hunger?«

»Wir sollen nicht mehr reden.«

Kristina setzte sich auf und rieb sich den Bauch. Das Atmen fiel ihr schwer. Sie erhob sich aus dem Bett und tapste mit nackten Füßen zur Tür.

»Wohin gehst du?«

»Ich will zum Betreuer. Mir tut der Bauch so sehr weh.«

»Wir dürfen aber heute nicht mehr aus dem Zimmer.«

Kristina knipste das Licht an. Ihre Bettnachbarin lag auf dem Rücken unter der Decke und umklammerte ihren Hasen. Als Kristina sie ansah, kniff sie die Augen zusammen und presste das Stofftier noch fester an sich.

»Mir egal. Er soll machen, dass mein Bauchweh weggeht.«

Auf dem Flur ertönte das Quietschen der Gummisohlen. Die Schritte näherten sich dem Zimmer.

»Bitte, mach das Licht aus«, flehte die Zimmernachbarin. Mittlerweile hatte sie die Augen geöffnet und starrte Kristina an.

Gerade als Kristina überlegte, ob sie nicht doch auf das andere Mädchen hören sollte, durchzuckte ein Krampf ihren Unterleib und sie fiel zusammengekrümmt auf die Knie. Sie stöhnte schmerzerfüllt. In diesem Moment wurde die Tür aufgestoßen.

»Hab ich mir doch gedacht, dass ich da Licht unter der Tür gesehen habe. Warum seid ihr noch auf?«, fragte Renate streng. Als sie jedoch Kristina auf dem Boden kauern sah, wurde ihre Stimme weich. Sie kniete sich neben Kristina und streichelte ihr beruhigend über den Rücken. »Was ist los mit dir?«

Kristina würgte. Da ihr Magen jedoch mit nichts gefüllt war, das den Rückweg antreten könnte, kam lediglich ein trockener Husten aus ihrer Kehle.

»Mir tut der Bauch ... so weh!«

»Oh Schätzchen.« Renate zog sie sanft an den Armen nach oben. »Du warst doch erst heute Mittag zur Untersuchung.«

Der nächste Krampf schüttelte Kristina. Speichel sammelte sich in ihrem Mund und sie schluckte heftig.

»Und hast du deine Tabletten bekommen?«

Wieder nickte sie. Die Schmerzen waren mittlerweile so stark, dass ihr Tränen über die Wangen liefen.

»Dann weißt du doch, dass du manchmal Schmerzen davon bekommst. Wir können erst morgen früh wieder auf die Krankenstation. Dort nehmen sie dir Blut ab und der Doktor schaut, wie er deinen Bauch wieder gesund machen kann. Aber ich bin ziemlich sicher, dass es dir bis dahin längst wieder besser geht. So ist es doch immer. Komm, ich bringe dich zurück ins Bett.« Renate hob Kristina auf ihren Arm und trug sie zu ihrer Matratze.

Kristina blickte Renate fest an. Sie wollte nicht schon wieder in den Keller. Sie hasste die Räume dort unten. »Kann ich bitte zu einem richtigen Doktor?«, fragte sie.

»Das geht leider nicht, das weißt du doch. Aber du musst die Untersuchungen nicht mehr lange mitmachen. Bald hast du es geschafft.«

»Ich möchte nicht mehr runter in den Keller.«

Renate legte ihr einen Finger über die Lippen. »Schhh«, machte sie. Auch in ihren Augen standen Tränen. »Versuch jetzt zu schlafen. Ich bringe dir noch einen Tee und eine Wärmflasche, aber dann musst du mir versprechen, dass du für heute Abend im Bett bleibst.«

Kristina rollte sich auf die Seite und nickte matt. Als Renate das Zimmer verlassen hatte, weinte sie leise in die gestärkte Baumwolle ihres Kissens.

2, 2016

Ungeduldig rührte Josi in ihrem Rest Milchschaum herum. Sie wartete bereits seit über einer Viertelstunde auf Dirk, der ihr am Telefon nicht hatte verraten wollen, weshalb er sie so dringend treffen musste. Der schon beim Servieren nur noch lauwarme Latte Macchiato konnte mittlerweile auch als Eiskaffee durchgehen.

Bestell mir schon mal einen Kaffee, bin gleich da, lautete seine Nachricht auf ihrem Handy.

Von wegen. Sie hätte es besser wissen sollen. Wenn es einen Menschen auf der Welt gab, der garantiert noch nie irgendwo pünktlich angekommen war, dann Dirk. Aber das war sein Problem, denn er musste den kalten Kaffee trinken. Und zwar ohne den Keks, den Josi liebte. Diesen hatte sie nämlich vor lauter Langeweile beim Warten schon gegessen. Josi winkte der Bedienung, um sich selbst einen neuen Latte zu bestellen, der sie hoffentlich wieder zumindest lauwarm erreichen würde. Anstatt der Kellnerin gesellte sich jedoch jemand anderes an ihren Tisch.

»Na so was, du hier in Bornheim? Das ist doch gar nicht deine Ecke«, sagte Manuela, ihre Arbeitskollegin.

»Ich warte auf einen Freund, der hier in der Gegend wohnt.« Ein nervöses Lachen kroch Josis Kehle hinauf. Ihre Antwort entsprach nur teilweise der Wahrheit. Ja, sie wartete auf einen Freund, doch Dirk lebte gewiss nicht im trendigen und viel zu teuren Bornheim.

Josi hatte diesen Ort ausgewählt, weil ihr Mann nicht wissen durfte, dass sie sich mit ihrem ältesten und besten Freund traf. In Bornheim, so hatte sie gehofft, würde sie niemandem begegnen, den sie kannte. Falsch gedacht. Durch irgendeinen ungünstigen Zufall tauchte ausgerechnet eine ihrer Kolleginnen hier auf.

»Ach, schade, sonst hätte ich mich gerade dazugesetzt. So wird es wohl doch nur ein *to go* für mich.« Manuela wartete noch einen Moment, offensichtlich in der Erwartung, von Josi doch zum Bleiben aufgefordert zu werden. Der Kaugummi, den sie mit ihren Zähnen bearbeitete, blitzte in ihrem Mundwinkel hervor.

Josi lächelte sie freundlich an. »Wir sehen uns dann morgen auf der Arbeit«, sagte sie und hoffte, Manuela so unmissverständlich klarzumachen, dass sie wirklich keine Zeit für einen Plausch mit ihr hatte.

Manuela warf mit einem Ruck ihre kupferfarbenen Haare nach hinten und zuckte mit den Achseln. Für einen Moment hielt sie den Kaugummi zwischen ihren Schneidezähnen. Dann schob sie ihn wieder in die Backe. »Gut, dann geh ich also mal«, sagte sie überflüssigerweise, drehte sich um und stellte sich am Verkaufstresen an.

Nur einen Augenblick später betrat Dirk den Laden. Sein Gesicht war gerötet und glänzte, auf seinem T-Shirt zeichneten sich Schweißränder ab. Josi stand auf und winkte ihm.

»Es tut mir ganz schrecklich leid«, schnaufte er, als er ihren Tisch erreichte.

Da er Anstalten machte, sie zu umarmen, wich Josi ein Stück zurück. »Wage es nicht«, flüsterte sie und hielt ihn mit dem Zeigefinger auf Abstand. »Du bist ja klatschnass geschwitzt.«

»Nun ja, ich wollte dich nicht noch länger warten lassen. Da musste ich eben einen Teil des Wegs joggen.« Er holte ein Taschentuch aus seiner Hosentasche und wischte sich damit über die Stirn.

»Mach dir keine Gedanken um mich. Aber dein Kaffee, der ist in der Zwischenzeit kalt geworden.« Josi nahm wieder Platz und Dirk tat es ihr gleich.

»Perfekt, ich bin am Verdursten«, sagte er und setzte das Glas an, bevor Josi ihm einen Schluck von ihrem Wasser anbieten konnte.

»Tschüss, wir sehen uns«, rief Manuela von der Tür übertrieben laut, sodass der ganze Laden aufblickte. Josi nickte in ihre Richtung.

»Wer war das denn?«, fragte Dirk noch immer etwas atemlos.

»Nur eine Arbeitskollegin. Willst du mir jetzt verraten, was du so Dringendes von mir willst? Wenn wir uns deshalb schon unbedingt ohne Anhang treffen müssen ...«

»Jetzt reite doch nicht ständig darauf herum, dass ich alleine mit dir reden wollte. Er wird dir schon nicht den Kopf abreißen. Manche Dinge gehen eben niemanden etwas an.«

Josi seufzte. Sie wünschte, Dirk hätte recht. Den Kopf würde Elias ihr zwar bestimmt nicht abreißen, aber wenn er herausfand, dass sie sich heimlich mit Dirk getroffen hatte, würde sie mindestens eine endlos lange Diskussion über Vertrauen und Ehrlichkeit mit ihm führen müssen.

Dirk beugte sich über den Tisch. »Jetzt hör gut zu«, sagte er und senkte seine Stimme. »Du weißt doch, dass ich für die Einladungskarten zu meinem fünfunddreißigsten Geburtstag auf der Suche nach Kinderfotos und solchem Kram bin? Jedenfalls habe ich Renates Keller durchforstet.«

»Das hast du mir doch schon vor mehr als einem Monat erzählt«, unterbrach Josi ihn.

»Aber ich habe nicht erzählt, was ich gefunden habe.« Er nickte wichtigtuerisch.

»Fotos von dir als Rotzbengel?«

Dirk warf ihr einen finsteren Blick zu. Josi hob kapitulierend die Hände, zog mit ihren Fingern einen imaginären Reißverschluss vor ihrem Mund zu und deutete ihm, fortzufahren.

»Wie schon gesagt habe ich mich im Keller auf die Suche nach einigen lustigen Bildern für meine Deko begeben und dabei habe ich einen Brief entdeckt. Von Marlies. An mich adressiert.«

Erwartungsvoll schaute er Josi an. Diese zuckte nur mit den Schultern.

»Ein Liebesbrief oder warum bist du deswegen so aufgeregt?«, fragte sie schließlich, als er nicht weitersprach.

»Schön wäre es«, entgegnete er und seine Miene verriet ihr, dass es sich tatsächlich um etwas Ernstes handeln musste. »Klingelt bei dem Namen nichts?«

Josi durchforstete kurz ihre Erinnerungen, schüttelte dann aber den Kopf. »Leider nein.«

»Ist vielleicht auch besser so«, murmelte er.

»Dann hilf mir auf die Sprünge.«

»Anti-Aggressions-Marlies Brenner? Wenn wir mal wieder irgendwelche Anweisungen nicht befolgt haben?«

»Ist nicht dein Ernst? *Die* Marlies hat dir einen Brief geschrieben? Weshalb?« Selbstverständlich erinnerte Josi sich an die untersetzte Frau, die sie in den Kellerräumen des Heims erwartet hatte, wenn sie mal wieder eine der gefängnismäßigen Regeln wie zum Beispiel das Verbot von Körperkontakt zu anderen Heimkindern nicht befolgt hatten. Dann wurden sie und andere Kinder auf den Krankenbetten fixiert und sie mussten die Heimordnung aufsagen, bis man sie ohne Abendessen ins Bett schickte.

»Jemand zu Hause bei dir?«, hörte sie Dirk fragen. Seine Miene wirkte besorgt.

»Alles in Ordnung. Ich musste die Erinnerung an Marlies nur gerade dorthin verfrachten, wo sie hingehört. Wie kam der Brief zu Renate in den Keller?«

»Gute Frage, die ich mir auch zuallererst gestellt habe. Natürlich wollte ich das von Renate wissen. Sie wusste nichts von dem Brief, meinte, die Pflegerin könnte ihn dort unten zu meinen Sachen gelegt haben.«

»Komische Geschichte.«

»Nicht wahr? Aber warte mal ab, es wird noch kurioser. Du wirst nicht glauben, was sie von mir wollte - oh Mist. Das ist nicht gut.«

»Hm? Was meinst du?«, fragte Josi und folgte seinem Blick. Vor dem Fenster entdeckte sie ihren Mann, der gerade aus dem Wagen eines Kollegen stieg. Ihr Gesicht wurde heiß. In der Hoffnung, dass er sie so nicht entdeckte, drehte sie sich zur Wand und beugte sich nach unten, als würde sie etwas in ihrer Tasche suchen.

»Mach dich nicht verrückt, wir tun doch gar nichts Verbotenes«, flüsterte Dirk. Dann sagte er laut: »Ach, Elias, schön, dich auch zu treffen.«

»Dirk«, ertönte Elias Stimme aus der Richtung des Tresens. »Wenn das nicht meine Frau ist. Was für ein erstaunlicher Zufall.« Josi setzte ein Lächeln auf, kam unter dem Tisch hervor und wandte sich ihm zu. Seine dunklen Augen funkelten wütend. »Hattest du nicht etwas von einem Elterngespräch erzählt, auf dem du heute Nachmittag bist?«

»Ach, das ist schon längst vorbei. Es hat nicht so lange gedauert, wie ich erwartet hatte und ...« Hilfe suchend blickte Josi zu Dirk.

»Wir haben uns auf dem Nachhauseweg getroffen und ich habe sie auf einen Kaffee eingeladen«, sprang dieser für sie ein.

Elias ignorierte ihn und konzentrierte sich weiterhin auf Josi.

»Ja, einen Kaffee, den habe ich nach dem Tag dringend gebraucht«, sagte sie leise.

»Du hättest mir Bescheid sagen können, ich war auch gerade in der Stadt.«

»Wie wäre es, wenn du dich einen Moment zu uns setzt«, warf Dirk ein.

Elias musterte Josi noch einen Augenblick, dann endlich schaute er rüber zu Dirk. »Das geht leider nicht. Draußen wartet mein Kollege Eddi. Ich wollte uns beiden nur einen Kaffee für den Heimweg holen.« Damit wandte er sich wieder an Josi. »Wir haben noch Platz im Auto. Ich schlage vor, du kommst direkt mit uns, dann musst du nachher nicht die Bahn nehmen.«

Josi stand auf und legte einen Zehner auf den Tisch. Das war kein Vorschlag gewesen und das wusste sie. Als Elias sich umdrehte, um seinen Kaffee zu bestellen, hob sie entschuldigend die Hand.

»Wir telefonieren«, flüsterte sie. »Ich muss unbedingt wissen, was mit Marlies ist.«

Dirk nickte und zwinkerte ihr aufmunternd zu. »Wir sehen uns demnächst. Mareike wollte euch schon längst mal zum Essen einladen«, sagte er lauter als nötig.

»Ihr meldet euch einfach«, antwortete Josi und hakte sich bei Elias unter.

3

Bereits den dritten Abend saß Mareike allein am Küchentisch. Während sie auf den Scherenschnitt schaute, den ein Straßenkünstler in Rom von ihr und Dirk gemacht hatte, stocherte sie lustlos in ihren Nudeln herum. Davon abgesehen, dass die übriggebliebene Portion vom Vortag nach dem Aufwärmen in der Mikrowelle pappig war und nicht mehr schmeckte, hatte sie keinen Appetit. Dass Dirk nun seit drei Tagen nicht aufgetaucht war, bereitete ihr Sorgen. Zunächst hatte sie sich keine Gedanken gemacht. Wegen seiner Kindheit gab es diese Momente, in denen sein Asperger-Syndrom ihn voll und ganz einnahm und er sich seiner Umwelt entzog. In diesen Momenten konnte er soziale Kontakte nicht ertragen, verlor die Fähigkeit, sich auszudrücken oder seine Mitmenschen zu lesen. In seinem Kopf kreiste dann eine Angst vor allem und jedem, die er sich nicht erklären konnte und deswegen einfach ertragen musste.

Mit den Jahren hatte er aber gelernt, mit Mareikes Anwesenheit in diesen Momenten zurechtzukommen, es zu verinnerlichen, dass sie keine Bedrohung für ihn darstellte. Seit sie verheiratet waren, hatte er sich sogar keine Auszeit mehr genommen. Zumindest nicht mehr über Nacht. Nun war es das erste Mal seit langem wieder, dass er für so einen Zeitraum ohne ein Wort verschwunden war. Mittlerweile wartete sie bereits seit drei Tagen auf eine

Nachricht von ihm, und so langsam war sie nicht mehr bereit, sich an ihre Abmachung zu halten.

Eigentlich hatten sie besprochen, dass sie in einem solchen Fall nicht nach ihm suchte und ihn auch nicht anrief, um ihm die Zeit zu geben, die er brauchte. Gegen die Hälfte der Abmachung hatte sie ohnehin bereits verstoßen, und seit gestern mehrere Male versucht, ihn zu erreichen. Sein Handy war ausgeschaltet. Mareike schob den Teller von sich und steckte die Gabel in die mittlerweile kalten Nudeln. Vielleicht sollte sie wirklich auf ihr Gefühl hören. Denn das sagte ihr, dass etwas nicht stimmte und dass sie Dirk suchen gehen musste.

Ihr erster Weg führte sie zu Dirks Mutter. In der Straße konnte sie Dirks Auto nirgends entdecken, doch das hatte noch nichts zu bedeuten. Oft genug hatte er seinen Wagen auf irgendeinem Parkplatz abgestellt, war stundenlang spazieren gegangen und hatte sich dann bei seiner Pflegemutter einquartiert, um in seinem alten Zimmer die Nacht zu verbringen. Jetzt allerdings war im Haus alles dunkel. Renate war anscheinend nicht zu Hause. Doch Mareike würde nicht wieder fahren, ohne es wenigstens versucht zu haben. Also stellte sie ihren Wagen auf einen freien Parkplatz und schaltete den Motor aus. Sie hatte Angst, dass sich ihre Hoffnung, Dirk schnell zu finden, gleich in Luft auflösen würde.

Dennoch stieg sie aus und klingelte an Renates Haustür. Wie erwartet blieb alles still. Während sie zurück zum Auto ging, wählte sie erneut seine Handynummer. Sofort meldete sich die Mailbox. Dieses Mal sprach sie drauf.

»Dirk, wo steckst du? Melde dich doch bitte mal bei mir. Ich weiß, wir haben eine Abmachung. Aber drei Tage.

Ohne ein Lebenszeichen. Bitte. Ruf mich an.« Mit zitternden Fingern legte sie auf und stieg ins Auto.

Im Handschuhfach kramte sie nach ihren Zigaretten. Sie brauchte jetzt dringend eine zur Nervenberuhigung. Endlich fand sie die Schachtel und stellte zu ihrer Enttäuschung fest, dass sie leer war.

»Ist auch besser so«, murmelte sie und zerknüllte die Packung. Sie hatte schon längst aufhören wollen, es Dirk unzählige Male versprochen, aber irgendwie schaffte sie es nie. Es gab immer einen Anlass, weshalb gerade nicht der richtige Zeitpunkt war. Wenn Dirk wieder aufgetaucht war, das versprach sie ihm im Stillen, dann würde sie diese nervige Angewohnheit endlich aufgeben.

Wenn er wieder auftauchte.

Plötzlich stiegen Mareike die Tränen in die Augen. Sie sehnte sich so sehr nach Normalität, dass sie es beinahe körperlich spüren konnte. Es machte sie wahnsinnig, dass sie einfach nichts tun konnte, um ihn zu finden. Sie hatte keinen Anhaltspunkt, wo sie mit der Suche beginnen sollte.

Sie wartete noch weitere fünfzehn Minuten vergeblich vor dem Haus und fuhr dann zurück zu ihrer Wohnung.

Als sie in ihre Straße einbog, schnürte es ihr die Kehle zu, so sehr hoffte sie, gleich Licht im Küchenfenster zu entdecken oder den Fernseher in der Wohnung zu hören, wenn sie vor der Tür stand.

Doch nichts von dem erfüllte sich. Dirk blieb verschwunden und sie ging die dritte Nacht mit dem Wissen ins Bett, dass sie wieder keinen Schlaf finden würde.

4

Mit einem Lederschwamm wischte er schon zum zweiten Mal ein Sichtfenster in die beschlagene Windschutzscheibe. Noch immer knutschte das junge Pärchen unter dem Vordach des Nachbarhauses. Die Hand tief in ihrer Bluse vergraben, drückte der Kerl die junge Frau gegen die Hauswand, während sie sich an seinem Nacken festkrallte. Es hatte nicht den Anschein, als wollten sie so schnell verschwinden. Nicht mehr lange, dann würden die Menschen mit dem ersten Licht des Tages durch die Straßen zu ihren Arbeitsplätzen hetzen. Dann war die Gelegenheit vorüber und er musste sich zurück auf den Heimweg machen.

Mit der verdammten Leiche in seinem Kofferraum.

Er hoffte inständig, dass es nicht so weit kam. Obwohl er sich nicht als sonderlich nervösen Menschen bezeichnen würde, war bereits der Hinweg die reinste Höllenfahrt gewesen. Bei jedem Auto, das an ihm vorübergefahren war, hatte er das Gefühl gehabt, es müsse sich dabei um ein ziviles Fahrzeug der Polizei handeln. Der Weg durch Frankfurt hatte sich gezogen und die Vorstellung, die gleiche Strecke im morgendlichen Berufsverkehr noch einmal zu bewältigen, brachte seine Hände zum Zittern.

Plötzlich sprang in der Hofeinfahrt neben den Knutschenden das Licht an und riss das Pärchen aus seiner innigen Umarmung. Die Frau hob den Kopf, wand sich aus den Armen ihres Verehrers und blickte sich um. Er fühlte sich hier auf dem Fahrersitz wie auf dem Präsentierteller und rutschte etwas tiefer in seinen Sitz. Er konnte nur hoffen, dass die Straßenlaternen so hell waren, dass die Scheiben sich von außen spiegelten und man ihn so nicht sehen konnte. Abgelenkt von dem Licht schaute aber keiner der beiden direkt in seine Richtung.

Müde rieb er sich über die Augen und beobachtete angespannt die Hofeinfahrt zu seiner Rechten. Ein weiteres Licht an der vorderen Hauswand sprang an. Anscheinend kam jemand durch den Hinterhof und hatte den Bewegungsmelder in der Einfahrt aktiviert. Nur kurze Zeit später trat *sie* aus dem Hoftor. Er hatte nur Bilder von ihr gesehen, doch an ihrem blonden Lockenkopf erkannte er sie sofort. Mit hochgeklapptem Kragen, die Hände in den Jackentaschen vergraben, kam sie aus der Einfahrt. Ein kleiner weißer Hund huschte schwanzwedelnd vor ihr her.

Jetzt war er dem Liebespaar dankbar, dass es sich ordentlich Zeit gelassen und die Hauswand zu seinem Bett auserkoren hatte. Nur wegen dessen beschissener Unersättlichkeit saß er noch hier und wartete auf die Gelegenheit, die Leiche endlich loszuwerden. Nicht auszudenken, wenn *sie* ihn beim Ablegen seiner Botschaft erwischt hätte.

Er grinste in sich hinein. Manchmal gehörte eben auch ein wenig Glück zu Unternehmungen wie dieser.

Der Hund stürmte in Richtung Straße, doch die junge Frau zog ihn zurück und blieb stehen. Hatte sie ihn entdeckt? Einen Moment hatte er das Gefühl, dass sie genau in seine Richtung schaute. Er hielt den Atem an. Doch sie drehte sich zu dem Pärchen und sagte etwas zu den beiden.

Kurz darauf löste sich der Mann endgültig von seiner Partnerin und sie verschwanden händchenhaltend die Straße entlang.

Der Hund und sein Frauchen hingegen überquerten die Straße und gingen in den Park auf der gegenüberliegenden Seite. Nachdem sie in der Dunkelheit verschwunden waren, stieß er die Luft aus, die er unwillkürlich angehalten hatte, und schaute auf die Uhr. Zehn nach vier. Eine viel bessere Gelegenheit konnte es gar nicht geben. Er musste die Szenerie nicht mal extra arrangieren. Was konnte für eine Frau schlimmer sein, als am frühen Morgen eine Leiche vor ihrer Tür zu finden?

Er riskierte noch einen schnellen Blick in Richtung Park und stieß dann ohne weiteres Zögern die Autotür auf. Feuchtigkeit hing in der Luft. Dank ihr mutete der Mai eher wie ein trüber Herbstmorgen an. Vergessen waren die warmen, fast frühsommerlichen Temperaturen des vergangenen Nachmittags. Mussten wohl die Eisheiligen sein.

Eilig spurtete er zum Kofferraum. Ungeschickt hob er das blutige Bündel, das einmal ein Mensch gewesen war, aus dem Laderaum. Dabei verlor er einen der Schuhe, der bis eben noch lose an den baumelnden Füßen des Toten gesteckt hatte. Er warf einen prüfenden Blick über die Schulter. Die Fenster in der Straße waren alle dunkel. Dann stürmte er zur Hofeinfahrt und warf die Leiche auf den Boden. Dort versetzte er dem Toten noch einen Tritt und war kaum eine Minute später zurück im Auto.

Außer Atem blickte er sich um. Niemand zu sehen. Aus dem Park kam ein entferntes Bellen. Ausgezeichnet. Ein euphorisches Lachen stieg seine Kehle hinauf, als er den

Motor anließ. Das Adrenalin in seinen Adern brachte sein Herz zum Rasen. Zu schade, dass er sie nicht dabei beobachten konnte, wie sie ihren guten alten Freund fand. Zu gerne hätte er ihr Gesicht gesehen. Vielleicht konnte er riskieren, sie wenigstens aus einiger Entfernung im Auge zu behalten. Nur, um sicherzugehen, dass sie ihr Geschenk nicht übersah. Auch wenn er auf den Gesichtsausdruck verzichten musste.

Ja verdammt, das würde er sich nicht nehmen lassen, egal, wie der ursprüngliche Plan gewesen war. Von dem war er ohnehin längst abgewichen. Er legte den Rückwärtsgang ein, lenkte den Wagen aus der Parklücke und zu der Querstraße hinter ihm, wo er neben den parkenden Autos in zweiter Reihe anhielt. Den Motor ließ er laufen, damit er direkt losfahren konnte, sobald sie die Leiche entdeckt hatte.

Nervös zündete er sich eine Zigarette an und inhalierte den Rauch. Mit jedem Zug fiel die Anspannung etwas mehr von ihm ab. Er kicherte los wie ein kleines Mädchen. Gut, dass ihn niemand hören konnte.

Plötzlich erregte eine Bewegung seine Aufmerksamkeit. Da war sie. Stand am Rande des Parks und starrte in die Richtung der Hofeinfahrt. Bestimmt hatte sie den Toten schon entdeckt. Aber hatte sie bereits erkannt, worum es sich handelte? Mit den Händen umklammerte er das Lenkrad, behielt den Rauch in seiner Lunge. Jetzt überquerte sie die Straße. Der Köter lief schwanzwedelnd neben ihr her. Dann blieben beide stehen. Als die Blonde sich nach unten beugte, um das Bündel vor ihrer Einfahrt genauer zu betrachten, drückte er aufs Gas und verschwand in der Seitenstraße.

5

Müde rieb Fabian sich über seine brennenden Augen. Er hatte das Gefühl, seine Lider wären geschwollen und außerdem von innen mit Sandpapier ausgekleidet. Das grelle Licht seines Fernsehers blendete ihn und doch schaffte er es nicht, länger als etwa zwanzig Sekunden am Stück seine Augen geschlossen zu halten. Es war, als hätte er eine Sprungfeder zwischen die Lider geklemmt, die dafür sorgte, dass sie wie von alleine wieder aufklappten. Er war innerlich so unruhig, dass er nicht mal mehr wusste, wie er sich hinlegen sollte. In knappen vier Stunden musste er aufstehen und sich für die Arbeit fertigmachen. Schon bei dem Gedanken daran, wie er sich im Büro spätestens gegen Mittag fühlen würde, wurde ihm übel.

Nur eine der unangenehmen Folgen seines Urlaubs. Die durchzechten Nächte und verschlafenen Tage hatten seinen Rhythmus komplett durcheinandergebracht. An Schlaf war nicht zu denken.

Sein Magen war das zweite Problem. Das Sodbrennen erinnerte ihn auf unangenehme Weise daran, dass er eben doch keine zwanzig mehr war, sondern stark auf die vierzig zuging und sein Körper den zügellosen Alkoholkonsum nicht mehr so einfach wegsteckte. Doch die Abende in den Clubs hatte er dringend gebraucht. Die Wochen zuvor waren hart gewesen, und er hatte seinen ersten Fall erlebt, der ihn an seiner so lange angestrebten und hart erarbeiteten Beförderung hatte zweifeln lassen.

Die erste große Niederlage. Im Präsidium erzählten die Kollegen immer wieder davon, dass sie einen hart traf. Und doch hatte Fabian nicht damit gerechnet, dass diese Niederlage seine Überzeugung, auf der guten Seite zu sein, so erschüttern würde. Er war tatsächlich ziemlich lange davon verschont geblieben, und als es ihn dann getroffen hatte, wurden seine Überzeugungen ins Wanken gebracht. Weil alle Kollegen das Gefühl kannten, hatte keiner von ihnen etwas dagegen gehabt, dass er so kurzfristig Urlaub einreichte.

Eine Bankiersgattin hatte bereits den zweiten Ehemann mit langsam gesteigerten Dosen eines Insektizids vergiftet. Als Ermittlungen gegen sie in die Wege geleitet wurden und sie dazu befragt worden war, hatte sie sich selbst und auch ihrer Tochter eine geringe Menge des gleichen Gifts verabreicht, um den Verdacht von sich abzulenken. Das Team um Fabian hatte keine stichhaltigen Beweise gegen die Frau finden können. Jeder, inklusive des Staatsanwaltes wusste, dass sie schuldig war und doch mussten die Ermittlungen vorerst eingestellt werden, da die Mordkommission ihr nichts nachweisen konnte. Die einzige Strafe, die sie erhielt, war die Krankheit ihrer Tochter, die sie zu verantworten hatte. All die Arbeit, die sie in den Fall gesteckt hatten, war vergebens gewesen. Eine Mörderin lief frei herum.

Die Stimme seiner Mutter ertönte in seiner Erinnerung. »Als hätte ich dich nicht gewarnt. Der Beruf ist nichts für Idealisten wie dich«, hatte sie gesagt. Und irgendwie, das musste er leider zugeben, hatte sie wohl recht.

Er verdrängte das Bild seiner Mutter aus seinem Geist und schaltete auf ein anderes Programm. Auf eine der unzähligen Hitlerdokumentationen hatte er jetzt keine Lust. Auch die restlichen Pay-TV-Sender boten nichts Interessantes. Fabian fragte sich, weshalb er überhaupt jeden Monat so viel Geld dafür ausgab. Meist hatte er gar keine Zeit, in Ruhe fernzusehen, weil er arbeitete oder sich in den Bars der Innenstadt tummelte. Wenn er dann doch mal versuchte, sich etwas vor dem Fernseher zu entspannen, hatte keiner der knapp einhundert verschiedenen Sender etwas zu bieten, das ihn fesselte.

Mit einem leisen *Pling* - zu laut jedoch für Fabians schlafloses Gemüt - fuhr draußen eine Straßenbahn an. Er stöhnte und setzte sich auf. War es wirklich schon so früh? Die erste Bahn an der Niederräder Landstraße ging um kurz vor fünf.

Ächzend rollte Fabian über die Matratze in Richtung Fenster und stand auf. Es wurde dringend Zeit, dass er sich ein neues Bett zulegte. Oder wenigstens eine härtere Matratze. Er ging gerade mal auf Ende dreißig zu und wachte regelmäßig mit Rückenschmerzen oder eingeschlafenen Gliedern auf. Er stellte sich ans Fenster, lehnte seinen Kopf gegen die kühle Scheibe und schaute hinab auf die beleuchtete, fast noch menschenleere Straße. Hinter den Bäumen an der Kennedyallee konnte man die Sonne erahnen, die sich hoffentlich bald durch die Regenwolken kämpfen würde.

Sein Blick fiel auf das Wartehäuschen gegenüber an der Rennbahn, in dem - wie jede Nacht während der gemäßigten Jahreszeiten - der obdachlose Peter mit seinem Schlafsack lag und schlief. Kurz nachdem Fabian die Wohnung in

Niederrad bezogen hatte, war ihm der Mann noch ein Dorn im Auge gewesen. Anders als im beschaulichen Neu-Isenburg, lag hier quasi das Elend direkt vor seiner Tür und übernachtete dort im Freien. Damit hatte er sich nur schwer abfinden können. Als er ihm jedoch einmal einen Euro zugesteckt hatte, waren die beiden ins Gespräch gekommen, und mittlerweile störte sich Fabian nicht mehr an dem obdachlosen Mann.

Fabian zog die Verdunkelungsvorhänge vor seine Fenster und ging zurück in sein Bett. Er musste versuchen, wenigstens noch die verbliebenen zwei Stunden zu schlafen, sonst würde er den Tag im Büro nur schwer überstehen. Ein Stapel abgeschlossener Fälle wartete darauf, sortiert und abgelegt zu werden. Eine Arbeit, die mit einem müden Kopf nicht gerade leicht von der Hand ging.

Erneut zappte er sich durch das Nachtprogramm. In Ermangelung an Alternativen blieb er auf einem Spartensender der Privaten hängen, die den ganzen Tag nichts anderes als Wiederholungen ihrer längst abgesetzten Dokusoaps sendeten. Gerade eben versuchte ein mit unterdurchschnittlichem Aussehen gestrafter Ernährungscoach, einem dicken Mädchen zu erklären, dass Gemüse wunderbar schmecke, und klärte ihre nicht weniger fülligen Eltern darüber auf, dass es mindestens genauso einfach zuzubereiten sei wie Fertigpizza.

»Glaubt ihm kein Wort«, sagte Fabian den Eltern, deren Tochter mittlerweile wahrscheinlich volljährig war.

Er wusste aus eigener Erfahrung, dass der einzige Weg zum Normalgewicht steinig und anstrengend und ohne Sport und Disziplin nicht zu bezwingen war. Als Kind hatte er einige Kilos zu viel mit sich herumgetragen. Zum Erstaunen seiner Familie hatte er innerhalb eines Jahres ganze dreißig Kilo abgespeckt und nach dem Abitur im ersten Durchlauf die Prüfung der Polizeischule bestanden.

Er rollte sich zur Seite und schloss die Augen.

Nur etwa eine Stunde später riss ihn das Intro aus dem Film *Die nackte Kanone* aus dem Schlaf. Der Titelsong war Klingelton seines Handys für alles, was mit Arbeit zu tun hatte. Stöhnend taste er mit geschlossenen Augen auf der Ablage über seinem Bett herum, bis er endlich das Telefon zu fassen bekam.

»Prior«, murmelte er verschlafen.

»Sag mir bitte nicht, dass du besoffen bist.«

»Nur im Schlafdelirium. Was gibt es?«

Sein Kollege Thomas Wendtner schnaufte erleichtert. »Leiche im Nordend. Ich fahre jetzt los. Wann kannst du da sein?«

Gegen zehn Uhr etwa, hätte Fabian am liebsten geantwortet. Stattdessen fragte er: »Mit Außenwerbung oder ohne?«

»Tot ist er schon, der Tatort wird gerade abgesperrt, keine Bedrohung vor Ort. Ist eigentlich nicht nötig, dass du mit Blaulicht durch die Stadt rast.«

»In etwa einer halben Stunde.« Die beiden legten auf.

Kurz war Fabian verführt, sich noch zehn Minuten zu gönnen und danach doch mit Blaulicht durch die Stadt zu brausen. Er entschied sich dagegen. Die Zeit, die er jetzt noch liegen blieb, würde ihn nur wieder schläfrig machen und das Aufstehen fiel ihm dann später umso schwerer. Nur mit Boxershorts bekleidet tapste er über die Holzdielen in die Küche und schaltete seine Kaffeemaschine an. Viel schlimmer konnte der erste Arbeitstag nach einem Urlaub gar nicht beginnen.

6

Der Mann, der sich über Josi beugte und ihr die Kanüle in den Arm jagen wollte, winselte plötzlich leise. Verwundert blickte sie ihn an. Sie wand sich in ihren Fesseln, doch sie kam nicht frei. Mit einem Mal verwandelten sich die Finger an ihrem Arm in kleine Pfoten. Langsam erwachte Josi aus ihrem Albtraum. Neben ihr lag ihr Jack-Russel-Terrier Lumpi, der im Schlaf strampelte und sie damit geweckt hatte. Sie kraulte kurz seinen Bauch, um ihn zu beruhigen, und rückte ein Stück von dem kleinen Hund weg. Das Winseln wurde lauter, sodass Josi schließlich mit offenen Augen an die Decke ihres Schlafzimmers starrte. Offensichtlich wurde Lumpi gerade auch von einem Albtraum gequält. Oder er jagte einen Hasen quer übers Feld. Auf jeden Fall erlebte er etwas furchtbar Aufregendes. Sie streckte ihre Hand nach ihm aus und rüttelte sanft an ihm. Er schreckte auf, leckte ihr kurz über die Hand und schnaufte nach kurzer Zeit wieder zufrieden im Schlaf.

Josi hingegen war nun endgültig wach. Und das ausgerechnet an dem einen Tag in der Woche, den sie eigentlich ausschlafen konnte. In Situationen wie dieser bereute sie, dass sie nicht so konsequent war wie ihr Mann. Meist brachte sie es nicht übers Herz, Lumpi aus dem Bett zu verbannen. Jedenfalls nicht für lange. Sie gab spätestens dann nach, wenn er sie mit seinem herzerweichenden Blick vom Boden aus anstarrte und ihr zu vermitteln schien, dass er es ihr mit ewiger Liebe danken würde, wenn er nur in ihrem Bett schlafen durfte.

Immerhin hatten beide etwas davon, das musste Josi zugeben. Quasi eine Win-win-Situation. Lumpi hatte seinen Willen und konnte die Nacht anstatt in seinem Körbchen bei ihr im warmen Bett verbringen. Josi hingegen fühlte sich nicht so alleine und hatte irgendwie das Gefühl, beschützt zu werden. Immer dann, wenn sie in der Dunkelheit lag und auf jedes noch so kleine Geräusch aufmerksam wurde, wollte sie Lumpi mit seinem leisen Schnaufen nicht missen. Und Josi wachte häufig nachts auf.

Seit ihrer Kindheit hatte sie einen extrem leichten Schlaf und trotz der getrennten Schlafzimmer wurde sie regelmäßig von Elias' Schnarchen aufgeweckt. Zu sehr erinnerte sie das Geräusch an ihre Zeit im Heim. Damals, als sie neben der dicken Krissy liegen musste, die lautstark schnaufend und gurgelnd gegen ihre Schlafapnoe ankämpfte und damit Josi um den Schlaf brachte. Erst wenn sie Lumpis kleinen Körper neben sich spürte, wusste sie, dass sie ihr Leben nicht nur geträumt hatte und das Kinderheim sowie Krissy der Vergangenheit angehörten.

Mit der linken Hand tastete Josi nach ihrem Handy. Es war gerade mal kurz nach vier Uhr. Wenn sie es schaffte, jetzt noch mal einzuschlafen, wäre sie morgen zumindest einigermaßen ausgeruht. Momentan ging in der Betreuung eine Grippewelle um und sie waren chronisch unterbesetzt. Wann immer sich einer der Kollegen gesund meldete, kam am nächsten Tag die Krankmeldung eines anderen rein. So waren in den letzten Tagen aus zwölf Kindern pro Betreuer sechzehn geworden, was sich spätestens am Abend bemerkbar machte, wenn sie zur Ruhe kam. Teilweise war sie dann so müde, dass sie es kaum noch schaffte, ihre übliche Runde mit Lumpi zu drehen. Umso wichtiger, dass sie jetzt noch etwas Schlaf tankte. Sie griff sich das freie Kissen neben ihr, drehte sich zur Seite und legte es sich über das Gesicht.

Lumpi schien mit diesem Plan ganz und gar nicht einverstanden zu sein. Kaum hatte sie die Decke über die Schulter gezogen, setzte er sich auf und kratzte sich so ausgiebig, dass die Matratze in Wallung geriet. Josi ahnte, was gleich folgen würde. Nachdem er endlich die juckende Stelle ausgiebig bearbeitet hatte, drehte er sich einige Male an ihrem Oberschenkel um die eigene Achse, um schließlich vom Bett zu springen und zur Tür zu laufen. Keine Sekunde später setzte er zu einem durchdringenden Jaulen an.

Schnaufend warf Josi das Kissen von sich und setzte sich auf. Mit einem Blick nach draußen versuchte sie, herauszufinden, ob es noch immer regnete. Es sah zwar nicht danach aus, dafür war es neblig und mit dem Regen war ein unangenehmer Temperatursturz einhergegangen, sodass sie wenig Lust hatte, mitten in der Nacht im Park herumzustiefeln.

»Das muss doch jetzt nicht sein«, murrte sie und warf Lumpi einen strafenden Blick zu. Der ließ sich davon wenig beeindrucken. Stattdessen kratzte er nun an der Tür herum und bellte frustriert. Als er sich weder von »Es reicht jetzt!« noch von »Lumpi aus!« von seinem Vorhaben abbringen ließ, gab Josi nach und stand auf. Zehn Minuten Park würden ihm reichen und sie konnte danach noch in Ruhe drei Stunden schlafen. Damit sie möglichst schnell wieder ins Bett kam, ließ sie ihren Pyjama an und zog nur eine

Jogginghose und ihre alte Strickjacke darüber. Bevor sie in den Flur ging, schaltete sie ihre Heizdecke auf die kleinste Stufe und schlüpfte in ihre Turnschuhe. Dann nahm sie die Regenjacke vom Haken. Lumpi saß noch immer vor der Haustür und erwartete sie schwanzwedelnd.

»Schlimmer als ein verwöhntes Einzelkind«, wiederholte sie flüsternd die Worte, die sie ständig von ihren Adoptiveltern zu hören bekam, wenn es um ihre bedingungslose Liebe zu ihrem Hund ging. Und sie musste ihnen recht geben. Auch wenn es natürlich nicht nur mit der Liebe zum Hund zu tun hatte, dass man ihn nicht unbedingt auf den Teppich urinieren lassen wollte und deswegen lieber bei Nacht und Nebel mit ihm nach draußen ging.

Josi befestigte die Schleppleine an Lumpis Brustgeschirr und öffnete die Tür. Kalte Luft strömte ihr entgegen und ließ sie frösteln. Lumpi störte die Kälte nicht. Er konnte es kaum erwarten, in den Park zu kommen, und stürmte voraus. Josi klappte ihren Kragen nach oben und ging ihm hinterher zur Hofeinfahrt. Dort holte sie ihn ein, da er eine besonders interessante Stelle beschnüffelte. Ihr Blick fiel auf das Nachbarhaus. Ein junges Paar, das scheinbar vergessen hatte, wo es sich befand, stand dort ineinander verschlungen an die Wand gepresst.

»Sucht euch ein Zuhause«, rief Josi den beiden zu. Die junge Frau schreckte auf und starrte Josi an.

»Ihr habt mich richtig verstanden. Begrabbelt euch woanders.«

Die beiden lösten sich voneinander und verschwanden die Straße entlang. Jedoch nicht, ohne Josi vorher einen wütenden Blick zuzuwerfen.

Josi ließ Lumpi etwas Leine und überquerte mit ihm die Fahrbahn. Im Park angekommen, hörte sie ein Geräusch hinter sich, das nach einer zugeschlagenen Autotür klang. Sie wandte sich um, konnte im Nebel jedoch niemanden entdecken. Ihre Nackenhaare stellten sich auf und sie beschleunigte ihren Schritt. Sie hasste es, im Dunkeln alleine im Park zu sein. Je schneller Lumpi sich einen der Bäume ausgesucht und sein Geschäft erledigt hatte, desto eher wäre sie wieder in ihrem Bett.

Das Licht der Straßenlaternen wurde schwächer, als Josi die Hundewiese erreichte. Die alten, mit Efeu überwucherten Kastanienbäume warfen verzerrte Schatten auf den Weg, dahinter verschwamm die Umgebung in der nebligen Dunkelheit. Josi stellte sich vor eine Parkbank, löste die Leine von Lumpis Geschirr und vergrub ihre Hände in der Jackentasche. Lumpi wälzte sich grunzend auf der feuchten Wiese.

»Na los, troll dich«, sagte sie zu ihm und wedelte mit ihrer Jacke. Lumpi verstand das Knistern des Stoffes offensichtlich als Aufforderung zum Spielen und kläffte sie an. Dann drehte er sich wie wild im Kreis und sprang vor ihr auf und ab. Josi nahm die Hand aus der Jackentasche und deutete auf das Gebüsch, das zu ihrer Rechten den Park von dem Holzhausenschlösschen abgrenzte. »Schau da! Mach dein Geschäft«, versuchte sie, ihn zu ermuntern.

Lumpi musste anscheinend plötzlich nicht mehr so dringend. Er rannte los, preschte über die Wiese und Josi stand allein auf dem Weg. Bereits nach wenigen Sekunden war der weiße Blitz zwischen den Sträuchern verschwunden.

»Komm zurück. Hier!«, rief Josi. Ohne Erfolg.

Fröstelnd trat sie von einem Bein aufs andere und schaute sich um. Sie hatte das Gefühl, nicht allein zu sein, konnte jedoch niemanden entdecken. Eine Windböe rüttelte an den Ästen des Baumes, unter dem sie stand. Wassertropfen rieselten von den Blättern und landeten in ihrem Gesicht. Sie wischte sich über die Wange und stieß einen Pfiff aus. Zeit, nach Hause zu gehen. Mit zusammengekniffenen Augen starrte sie in die Richtung, in die Lumpi verschwunden war. Bis auf matschgraues Gestrüpp vor einer dunkelgrauen Mauer konnte sie nicht viel erkennen.

Stattdessen hörte sie ein entferntes Knacken. Sie zog die Jacke enger um ihren Körper und versuchte abermals, Lumpi zwischen den Schatten auszumachen.

»Lumpi! Kommst du sofort hier her!« Der Hund blieb verschwunden.

Josi seufzte. »Ganz ruhig«, versuchte sie, sich Mut zuzusprechen. Mitten auf der offenen Fläche mit all der Schwärze um sie herum fühlte sie sich seltsam verletzlich. Sie machte einen Schritt auf den Baum zu, um sich in seinem Schatten ein wenig sicherer zu fühlen.

Noch einmal pfiff sie, diesmal durch die Finger. Lumpi ließ sich davon nicht beeindrucken. Josi ärgerte sich, dass sie ihre Taschenlampe zu Hause gelassen hatte.

Im Gebüsch neben ihr raschelte es. Anstelle von Lumpi tauchte wie aus dem Nichts ein schwarzer Mischling vor ihr auf.

Bruno. Schwanzwedelnd setzte er sich vor ihre Füße. Sie schaute sich um und entdeckte Helga, seine Besitzerin, die aus dem Nebel auf sie zukam.

Josi beugte sich nach unten und tätschelte den Kopf des Hundes. Dabei klaubte sie ihm einen kleinen Ast vom Ohr. Sein lockiges Fell war feucht und einige Haare blieben an ihren Fingern kleben. »Guten Morgen«, sagte Josi freundlich, als Helga in Hörweite kam.

»Den wünsche ich dir auch«, entgegnete die ältere Frau lächelnd und stopfte ein paar ihrer grauen Strähnen zu den restlichen Haaren unter die Kapuze. Dann nickte sie in Richtung von Bruno. »Durftest wohl auch nicht ausschlafen?«

»Leider nein«, sagte Josi und schüttelte den Kopf. Da sie nun Gesellschaft hatte, entspannte sie sich ein bisschen. »Es muss wohl etwas in der Luft liegen, das nur unsere Hunde riechen.«

Die ältere Frau lachte und deutete hinter sich. »Sieht so aus. Dein Lumpi ist mir gerade da hinten auf der Wiese entgegengekommen. Ich hab schon nach dir Ausschau gehalten.«

»Ja, er ist mir ausgebüxt. Ich nehme an, er sah nicht so aus, als wolle er bald zurückkommen?« Ihr Bett musste wohl noch einen Moment länger auf sie warten.

»Sollen wir ihn zusammen einfangen? Zwei Augenpaare sehen mehr als eines.«

Josi hob abwehrend die Hände. »Ich will dich nicht länger als nötig von deinem wohlverdienten Schlaf abhalten.«

»Das ist doch Ehrensache. Ich hab noch überlegt, ob ich ihn einfangen soll. Er war aber so zielstrebig, ich dachte, du stehst da hinten irgendwo und wartest auf ihn.« Sie verzog schuldbewusst das Gesicht.

»Na gut. Vielen Dank. Ehrlich gesagt war mir nicht wohl bei dem Gedanken, jetzt alleine durch den Park zu stiefeln«, akzeptierte Josi das Angebot. »Dann nimm aber besser Bruno an die Leine, nicht dass der auch noch stiften geht.«

Gemeinsam machten sie sich auf die Suche nach dem weißen Energiebündel. Helga war besser ausgestattet als Josi und hatte einen Fressbeutel mit Leckerchen einstecken. Mit Hilfe dieser Bestechung dauerte es nicht lange, bis Lumpi fröhlich hechelnd aus einem Gebüsch geschossen kam, um sich seine Belohnung abzuholen.

»Pädagogisch gar nicht wertvoll«, stelle Josi fest, während sie den schmatzenden Lumpi an der Leine festmachte. »Er lernt daraus, dass er nur abhauen muss, um ein Leckerchen abzustauben.«

»Ach. Man lebt nur einmal. Willst du schlafen oder willst du einen gut erzogenen Hund?«

Stöhnend richtete Josi sich auf. »Wenn du mich so fragst: beides. Aber das bleibt wohl ein kühner Traum.«

Helga lachte. »Naivität kann man dir wirklich nicht nachsagen. Jetzt verabschiede ich mich aber, ich brauche dringend noch etwas Schlaf, bevor ich um elf zur Schicht muss.«

»Ich danke dir für deine Hilfe.«

Die beiden trennten sich an der Parkbank, wo Helga den Weg nach links einschlug und Josi zurück zur Straße ging. Offensichtlich hatte Lumpi noch nicht vor, nach Hause zu gehen, jedes Blatt und jeden Grasbüschel auf dem Weg beschnüffelte er ausgiebig, als sammle er dadurch wichtige Informationen zu den Geschehnissen, die in der Hundewelt so vor sich gingen. Gerade, als sie endlich den Ausgang erreicht hatten, fand er einen besonders interessanten, weil vermutlich besonders oft angepinkelten Stein, den er seinerseits ebenfalls anpinkelte, um ihn dann erneut eingehend zu untersuchen.

Josi blickte sehnsüchtig zu der Hofeinfahrt hinüber. Ein undefinierbares Bündel zeichnete sich vor dem Tor ab. Großartig. Da war sie keine fünf Minuten unterwegs, mitten in der Nacht, und irgendjemand entsorgte seinen Müll vor ihrer Tür. Willkommen in der Großstadt.

»Komm schon«, sagte sie zu Lumpi und setzte sich in Bewegung.

Der kleine Hund folgte ihr. Josi verlangsamte plötzlich ihren Schritt. Aus der Entfernung hatte sie fast den Eindruck, der Müll hätte die Form eines menschlichen Körpers. Schaute da nicht ein Schuh raus? Vielleicht war das Ding kein Müllhaufen, sondern ein Obdachloser, der es sich vor ihrer Einfahrt gemütlich gemacht hatte. Das fehlte ihr gerade noch. Mit der linken Hand fischte sie nach ihrem Schlüssel. Als sie ihn gefunden hatte, nahm sie den für das Tor zwischen die Finger und überquerte die Straße.

Entgegen ihrem Vorsatz riskierte sie doch einen Blick auf das Bündel. Ganz offensichtlich handelte es sich dabei tatsächlich um einen Menschen. Und seine Kleidung wirkte pitschnass. Josi zögerte und blieb dann stehen. Obdachloser hin oder her, wenn er hier in durchnässten Klamotten auf der feuchten Straße liegen blieb, holte er sich noch den Tod. Sie bückte sich und berührte den Mann an der Schulter.

»Alles in Ordnung?«, fragte sie mit zitternder Stimme.

Die Person reagierte nicht. Josi tastete ihre Jackentaschen nach dem Handy ab. Wahrscheinlich lag es noch auf ihrem Nachttisch. Neben der Taschenlampe. Lumpi beschnüffelte den Fremden schwanzwedelnd, als würde er einen alten Freund begrüßen. Josi zog ihn zurück und nahm die Leine enger.

»Hören Sie mich? Ich rufe Ihnen jetzt einen Krankenwagen«, sagte sie und rüttelte an der Schulter des Mannes. Irgendwie machte er auf Josi nicht den Eindruck, als wäre er ein Obdachloser. Seine Kleidung sah neu aus und auch seine Frisur wirkte ordentlich geschnitten.

Noch immer zeigte er keine Reaktion.

Anscheinend war er bewusstlos. Josi beschlich ein mulmiges Gefühl. Vielleicht wäre es besser, ihn in die stabile Seitenlage zu bringen. Aber zuerst musste sie einen Krankenwagen rufen. Gerade, als sie ihn losließ und an ihm vorbeigehen wollte, kippte der Körper zur Seite und rollte auf den Rücken.

Josi schlug entsetzt die Hände vor den Mund, um nicht zu schreien.

Ein Gesicht, das nur schwer als solches zu erkennen war, starrte ihr entgegen. Reflexartig zog Josi die Leine zu sich heran, hob Lumpi auf ihren Arm und klammerte sich an ihm fest.

Dieser Mensch auf dem Boden konnte unmöglich noch am Leben sein.

Anstelle von einer Nase befand sich in der Mitte seines Gesichtes nur eine geschwollene, blau angelaufene Masse. Blut verklebte die Nasenlöcher und die zerfetzten Lippen, die den Blick auf einen zahnlosen Kiefer freigaben.

Obwohl das Gesicht so zerschunden war, dass man kaum noch Konturen darin erkennen konnte, hatte Josi das Gefühl, dass sie den Mann zu ihren Füßen kannte.

Panisch blickte sie sich um. Niemand war zu sehen. Sie ging auf die Knie und befühlte mit zitternden Fingern die Brust des Mannes, um nach seinem Herzschlag zu fühlen. Dem Gesicht mit all den offenen Wunden wollte sie besser nicht zu nahekommen.

»Oh nein«, flüsterte sie. »Nein, nein, nein!« Der Körper zu ihren Füßen regte sich nicht. Stattdessen gab er nach. Da, wo eigentlich Rippen den Brustkorb stärken sollten, war nichts als eine weiche Masse unter ihrer Hand zu spüren. Sie fasste dem Mann an den Hals. Auch dort konnte sie kein Lebenszeichen feststellen.

Sie stand auf und zerrte an Lumpis Halsband. Schlagartig wurde ihr bewusst, wer dieser zugerichtete Mann war. Sie schlug die Hand vor den Mund und rannte zu ihrer Haustür.

»Elias«, rief sie, im Flur angekommen. Und noch mal, so oft, bis sein Schnarchen aufhörte. »Dirk. Da liegt Dirk vor unserer Tür!«

7

Der Regen hatte nachgelassen, und die Sonne kämpfte sich hinter den Wolken hervor, als Fabian den Tatort erreichte. Die Wohngegend war eine der besseren Frankfurts, die Straße lag direkt am Holzhausenpark mit dem barocken Wasserschloss. Schon von weitem konnte er erkennen, wo er hinmusste. Die Mitarbeiter der Spurensicherung hatten bereits ganze Arbeit geleistet und den Bürgersteig vor der Hofeinfahrt zwischen den vierstöckigen Mehrfamilienhäusern abgesperrt sowie einen weißen Pavillon über der Leiche aufgestellt, um sie vor den neugierigen Blicken der Anwohner zu schützen. Die standen bereits auf ihren blauen Balkonen versammelt und beobachteten das Treiben auf der Straße. Die meisten von ihnen waren gut betuchte Rentner und Fabian wollte sich gar nicht ausmalen, was eine Wohnung in dieser Lage kosten musste, wenn sie denn endlich von einem der langjährigen Mieter freigegeben wurde und auf dem Immobilienmarkt auftauchte.

Fabian ging zielstrebig auf die Absperrung aus Flatterband zu, als er aus dem Augenwinkel Susanne von der Spurensicherung entdeckte, wie sie in einen BMW Kombi einstieg. Lächelnd winkte er ihr zu, nachdem er sich unter dem rotweißen Absperrband durchgebückt hatte, doch sie ignorierte ihn und drehte sich weg.

Anscheinend war sie immer noch beleidigt, weil er ihre

verblendete Erwartung einer Beziehung nicht erfüllt hatte. Wenn eine Frau bereits nach dem ersten Abend darüber lamentierte, dass ihre Katze zu ihrem Leben dazugehörte und er das akzeptieren müsse, ebbte die Anziehungskraft dieser Person sehr schnell ab. Er wollte sich gar nicht vorstellen, wie sie erst loslegen würde, wenn sie sich seiner Zuneigung sicher war. Deswegen hatte er nur freundlich genickt und sie nicht wieder angerufen. Als sie sich zwei Wochen später bei einem Fall wiedergesehen hatten, hatte sie ihn keines Blickes gewürdigt und es vermieden, auch nur ein Wort mit ihm zu sprechen. Dieser Zustand hielt sich bis heute.

»Bist du geflogen oder wie kommst du so zeitig hierher?«, begrüßte ihn Thomas Wendtner und entblößte sarkastisch grinsend die Lücke zwischen seinen Schneidezähnen. Es war klar gewesen, dass er Fabians verspätete Ankunft nicht unkommentiert lassen würde.

Fabian winkte ab. »Man wird doch wohl noch in Ruhe duschen dürfen, um wach zu werden. Hier läuft ja niemand weg, hast du selbst gesagt.«

»Das ist allerdings richtig«, sagte Thomas und deutete auf den Leichnam, der von Strahlern aus verschiedenen Richtungen angeleuchtet wurde. Ein Fotograf der Spurensicherung bannte gerade die Verletzungen des männlichen Opfers auf die Speicherkarte seiner Kamera.

»Den haben sie aber übel zugerichtet«, stellte Fabian unnötigerweise fest. Wie immer, wenn er eine Leiche sah, spielte sein Hirn verrückt und weigerte sich zunächst, einen sinnvollen Satz auszuspucken.

»Das können Sie laut sagen«, grummelte Dietmar Gering. Der Gerichtsmediziner war gerade dabei, einen Tupfer zurück in das sterile Röhrchen zu schieben und den Deckel zuzuschrauben. »Ohne Gewähr würde ich behaupten, dass der arme Kerl keinen heilen Knochen mehr im Gesicht hat.«

»Ist er an diesen Verletzungen auch gestorben?«, fragte Fabian und trat zur Seite, um dem Fotografen nicht im Weg zu stehen.

»Gut möglich, dass sein Hirn angeschwollen ist und der Druck zum Tod geführt hat. Aber Sie können sich denken, dass ich hier nur Mutmaßungen anstelle.«

»Schon klar. Aber ob nun Todesursache oder nicht, da muss eine Menge Wut im Spiel gewesen sein«, gab Thomas zu bedenken.

»Dem kann ich ohne Zweifel zustimmen. Die Zahl und Intensität der Verletzungen weist eindeutig auf eine Beziehungstat hin.«

»Gibt es Hinweise auf die Identität?«

»Bisher nicht, er hatte keine Papiere bei sich. Ihre Kollegen suchen gerade die nähere Umgebung ab, aber ich bezweifle, dass er irgendwo hier draußen so zugerichtet wurde. Viel zu groß wäre die Gefahr, dass jemand etwas davon mitbekommt. Außerdem kann ich mir nicht vorstellen, dass es leise vonstattenging.«

»Die Zeugin hat behauptet, ihn zu kennen«, sagte Thomas Wendtner. Er deutete in Richtung des Hinterhofs. »Ich meine die, die ihn gefunden hat. Sie wohnt da hinten und kam gerade mit ihrem Hund von einem Spaziergang, als das Opfer plötzlich vor dem Hoftor lag.«

Fabian warf erneut einen Blick auf den Leichnam. Er bezweifelte, dass jemand in der blutigen Masse aus geschwollenem und aufgerissenem Gewebe tatsächlich ein bekanntes Gesicht herauserkennen konnte. »Du hast bereits mit ihr gesprochen?«, fragte er.

»Nur kurz. Wir müssen gleich noch wegen der Befragung zu ihr. Die wollte ich natürlich nicht ohne dich machen.«

»Ist sie denn vernehmungsfähig?«

»Auf mich wirkte sie vorhin ganz ruhig. Ehrlich gesagt so ruhig, dass ich kurz darüber nachgedacht habe, ob sie nicht ...« Thomas Wendtner schüttelte entschieden den Kopf. »Aber einer Frau traue ich so etwas nicht zu. Noch dazu vor ihrer eigenen Haustür.«

»Stimmt. Zumindest wäre sie nicht so dumm gewesen, die Leiche direkt hier abzulegen und auch noch selbst die Polizei zu rufen. Aber es gibt ja nichts, was es nicht gibt.« Fabian tastete gewohnheitsmäßig seine Jackentaschen ab. Er rauchte jetzt seit drei Monaten nicht mehr und doch lagen ihm die Handbewegungen noch immer im Blut.

»Oder aber, sie ist so clever vorauszusehen, dass wir genau das denken.«

»Oder wir gehen rein und finden es heraus«, entgegnete Fabian.

»Wenn du noch zwei Minuten Geduld hast, dann bekommen wir vorher einen Kaffee. Ich hab gerade jemanden losgeschickt, uns einen zu holen.«

Es dauerte zehn Minuten, bis der Kaffee gebracht wurde, und er war schwarz, wie Fabian enttäuscht feststellen musste, als er gierig den ersten Schluck nahm. Er stellte den

Becher auf die Briefkästen an der Hauswand ab und folgte Thomas durch die Einfahrt.

Kaum hatten sie gemeinsam den Hinterhof betreten, öffnete eine etwa siebzigjährige Frau die Tür zu ihrer Rechten. Als sie Thomas und Fabian entdeckte, setzte sie eine besorgte Miene auf und kam dann zielstrebig auf die beiden Polizisten zu.

»Sie, die Herren«, sagte sie und winkte hektisch, als weder Fabian noch Thomas stehen blieb, um auf sie zu warten. Als sie die beiden erreicht hatte, fragte sie: »Gehören Sie zu dem Aufruhr da vorne?«

»Das ist richtig«, antwortete Fabian und hielt ihr seine Hand hin. »Mein Name ist Prior und ich bin von der Kriminalpolizei Frankfurt. Bitte gehen Sie wieder nach drinnen und lassen Sie unsere Beamten ihrer Arbeit nachgehen.«

»Du lieber Himmel. Kriminalpolizei? Das kann ja nicht wahr sein. Sagen Sie, ist denn etwas passiert?«

Nein, wir schauen uns des Öfteren - rein aus Interesse - Frankfurts Hinterhöfe an, hätte Fabian ihr gerne geantwortet. Doch bevor er etwas sagen konnte, übernahm Thomas das Wort.

»Gehen Sie bitte ins Haus zurück. Wir werden später jemanden bei Ihnen vorbeischicken. Zu dem Vorfall können wir uns vorerst nicht äußern, das werden Sie sicher verstehen.«

»Und Sie sind bitte schön wer?«, erkundigte sich die Frau zickig.

»Wendtner mein Name. Hauptkommissar«, antwortete Thomas geduldig.

»Schön, Herr Bennter.« Sie schaute ihn herausfordernd an. »*Sie* werden sicherlich ebenfalls verstehen, dass ich natürlich darüber im Bilde sein möchte, was in meiner Umgebung passiert. Und wenn nun mal die Kriminalpolizei vor meiner Tür steht.«

»Hören Sie, Frau ...« Fabian sah die Frau fragend an.

»Kussauer.«

»Frau Kussauer. Es ist mir vollkommen klar, dass Sie aufgebracht und besorgt sind. Doch zunächst müssen wir uns um die Fakten kümmern. Zumal wir nicht vor Ihrer Tür standen, sondern zu jemand anderem wollten. Wenn es Sie beruhigt, schicken wir gleich einen Beamten zu Ihnen rein, der Sie, soweit es uns möglich ist, über den Vorfall aufklärt. Wir beide müssen aber jetzt unsere Arbeit erledigen.«

Mit beleidigter Miene machte die Frau einen Schritt nach vorne und bohrte Fabian ihren von der Gicht verformten Zeigefinger in die Brust. »Da bitte ich doch drum. Und zwar schleunigst.« Damit drehte sie sich um und verschwand ohne ein Wort des Abschieds hinkend in der Tür, aus der sie gekommen war.

»Leute gibt es«, murmelte Fabian kopfschüttelnd.

»Wir müssen hier entlang.« Thomas stiefelte auf eine Buchsbaumhecke zu. Dahinter befand sich ein schmales, einstöckiges Haus. Thomas läutete. Drinnen ertönte sofort das aufgeregte Kläffen eines Hundes - Fabian tippte auf einen Terrier. Der genervte Befehl eines Mannes folgte, der den Hund zur Ruhe ermahnte, dann näherten sich schwere Schritte der Tür.

Wenn sich hier mal jemand ordentlich streitet, dann hat der gesamte Hof etwas davon, dachte Fabian bei sich, als die Tür aufgerissen wurde. Im Türrahmen stand ein Mann mit Schultern so breit wie ein Schrank. Er überragte sogar Fabian um etwa einen halben Kopf.

»Da sind Sie ja endlich«, brummte der Mann und machte einen Schritt zur Seite, damit die beiden Beamten eintreten konnten. »Meine Frau wartet im Wohnzimmer auf Sie. Hier entlang.«

»Es wird Sie wohl kaum verwundern, dass wir uns erst mal draußen ein Bild von der Lage machen mussten«, entgegnete Fabian und folgte ihm gemeinsam mit Thomas.

Im Essbereich, der durch ein Regal als Raumteiler von dem Wohnzimmer abgetrennt war, saß an einem massiven Holztisch zusammengesunken eine Frau. Diese sprang nun auf, als Fabian und Thomas den Raum betraten. Ihre blonden Locken standen ihr wirr vom Kopf ab, als wäre sie gerade erst aus dem Bett gefallen.

»Wer hat Dirk das angetan?«, rief sie und stürmte auf die beiden Beamten zu. Ihr Mann packte sie am Arm und hielt sie zurück, bevor sie Fabians Kollegen erreichte. Zitternd lehnte sie sich an ihn und rieb sich die Augen. »Tut mir leid«, murmelte sie. »Ich kann einfach nicht fassen, was Dirk zugestoßen ist. Sein Gesicht war ... Es war nicht mehr vorhanden.«

Sie schlug sich die Hände vor das Gesicht und ihr Mann führte sie zurück an den Tisch, wo sie auf einen der Stühle sank.

Das verstand Thomas also unter gefasst.

»Mein Name ist Prior. Herrn Wendtner kennen Sie ja bereits«, stellte Fabian sich vor, nachdem sie sich einigermaßen gefangen hatte.

»Mir wird ganz schlecht, wenn ich an seine Verletzungen denke«, presste die Frau hervor. Ihr Mann sprang auf und entschuldigte sich, um ihr ein Glas Wasser zu holen. Den beiden Beamten bot er nichts an.

»Frau Witterhold, wenn Sie noch nicht in der Lage sind, Angaben zu machen, können wir das gerne verschieben. Es gibt die Möglichkeit, psychologische Notfallhilfe in Anspruch zu nehmen«, sagte Thomas, der sich in der Zwischenzeit ebenfalls einen Stuhl genommen hatte.

»Wer tut denn so etwas? Ich verstehe es nicht. Direkt vor meiner Tür. Der arme Dirk! Weiß denn seine Frau Bescheid?«

Thomas blickte fragend zu Fabian. Die Frau schien ihnen überhaupt nicht zuzuhören.

»Frau Witterhold«, versuchte Fabian nun sein Glück. »Mein Name ist Prior, ich bin Kommissar bei der Kripo.«

»Ja, das habe ich doch verstanden«, unterbrach sie ihn. »Natürlich kann ich meine Aussage machen. Dirk war mein Freund, das ist das Mindeste, was ich für ihn tun kann.«

»Nun gut, dann fangen wir doch damit an, dass Sie uns zunächst verraten, wen Sie glauben erkannt zu haben. Sie sagen, der Name des Toten ist Dirk und er hat eine Frau?« Fabian bedeutete Thomas, dass er sich Notizen machen sollte.

»Ja. Dirk Grollmisch. Wir kennen uns. Ich kann nicht mal genau sagen wie lange schon. Gefühlt schon immer. Ich weiß einfach, dass es Dirk ist. Mein Gott.« Sie stockte, als ihr Mann mit einer Flasche Wasser und einem Glas zurück in den Raum kam. Nachdem er ihr etwas eingeschenkt hatte, stellte er sich zu seiner Frau und massierte ihre Schultern.

Ein seltsames Paar, dachte Fabian. Wo er durch seine riesenhaften Körpermaße auffiel, war bei ihr das Gegenteil der Fall. Abgesehen von der Lockenpracht war sie eher unscheinbar: klein und schmal, ein etwas zu rundes Gesicht für ihr Gewicht, und in ihrem grauen Jogginganzug nahm man sie neben ihrem Mann kaum wahr.

Thomas richtete das Wort an Herrn Witterhold. »Es wäre besser, wenn wir jetzt einen Moment alleine mit Ihrer Frau sprechen könnten. Warten Sie draußen, ich rufe Sie dann, wenn Sie wieder reinkommen dürfen.«

»Warum das denn? Ich bin ihr Ehemann, sie sollte nichts vor mir zu verbergen haben.« Fabian bemerkte, wie er die Hand von der Schulter seiner Frau nahm und zur Faust ballte. Seine Lippen hatten sich zu einem schmalen Strich zusammengezogen.

»Herr Witterhold, es ist wichtig, dass sich Ihre Frau jetzt ganz darauf konzentriert, was sie heute Morgen erlebt hat. Wir dürfen keine Kleinigkeit außer Acht lassen. Das hat nichts damit zu tun, dass sie etwas vor Ihnen zu verheimlichen hat.«

Thomas nickte zustimmend. »Es ist üblich, dass die Aussagen in Abwesenheit Unbeteiligter aufgenommen werden. Wenn Sie dann also ...«

»Da muss man sich aus seinem eigenen Haus vertreiben lassen«, polterte Witterhold und schlurfte betont langsam in Richtung Tür. Bevor er das Wohnzimmer verließ, warf er seiner Frau noch einen eindringlichen Blick zu.

»Entschuldigen Sie, aber Elias ist schrecklich eifersüchtig«, flüsterte Frau Witterhold, nachdem ihr Mann die Tür hinter sich zugeworfen hatte.

»Sie scheinen sich sehr sicher zu sein, dass es sich bei dem Toten um Ihren Bekannten handelt. Bisher konnten wir seine Identität noch nicht bestätigen.«

»Wenn ich es Ihnen doch sage«, beharrte Frau Witterhold. »Ich kenne ihn mein gesamtes Leben. Wir sind gemeinsam aufgewachsen. Er war so etwas wie mein Bruder. Mein Beschützer. Und jetzt ist er plötzlich nicht mehr da. Ich würde ihn überall erkennen, egal wie sehr man ihn entstellt hat.«

»Fangen wir doch bitte von vorne an«, sagte Fabian und schaute durstig auf das Wasserglas von Frau Witterhold. »Sie wollten mit Ihrem Hund Gassi gehen, und dann?«

»Lumpi hat manchmal solche Nächte. Wenn er abends noch viel Wasser getrunken hat, dann wacht er früh auf und will Pipi machen. Wir sind also eine Runde durch den Park gegangen. Als wir zurückkamen ...«

»Der Tote lag also sicher noch nicht am späteren Fundort, als Sie das Haus verlassen haben?«, fragte Thomas noch einmal nach und tippte eine Notiz in sein Smartphone.

»Nein. Also, da bin ich mir zu einhundert Prozent sicher. Erst auf dem Rückweg habe ich etwas vor der Einfahrt liegen sehen. Ich dachte zuerst, irgendjemand hätte seinen Müll dort abgelegt. Es wäre nicht das erste Mal, dass jemand seinen Kram auf der Straße lässt.«

»Dann bleiben wir doch bitte einen Moment im Park«, sagte Fabian. »Ist Ihnen dort etwas aufgefallen? Sind Sie jemandem begegnet?«

»Nein, das hätte ich doch schon längst gesagt. Aber warten Sie.« Sie senkte ihren Blick und massierte ihre Schläfen. »Da war jemand. Irgendwelche jungen Leute, die standen am Nachbarhaus und waren ganz mit sich beschäftigt. Nun, ich habe sie aufgefordert, sich woanders zu vergnügen. Im Park war alles wie immer, und dann komme ich zurück und da liegt etwas vor meiner Tür. Vielleicht ein Besoffener, habe ich vermutet, nachdem ich gesehen habe, dass es ein Mensch ist.«

»Das Paar, das Sie an der Hauswand gesehen haben, können Sie es beschreiben?«

»Nein, ich war nur froh, dass sie verschwunden sind. Sie sahen aus, wie junge Leute heute eben aussehen. Er längere Haare, sie eine große Brille. Viel mehr habe ich mir nicht gemerkt. Mein Gott, hätte ich sie nicht verscheucht, vielleicht hätten sie Dirk helfen können.« Die Frau knetete ihre Hände. Ihre Atmung beschleunigte sich.

Fabian seufzte und setzte an, etwas zu sagen, doch Thomas hielt ihn mit einer Handbewegung zurück. Offensichtlich wollte er der Frau die Möglichkeit geben, in ihrem eigenen Tempo vorzugehen.

Nach einer Weile hielt aber auch er das Warten nicht mehr aus und fragte: »Was haben Sie dann getan?«

»Ich habe die Polizei gerufen. Nein, warten Sie. Ich habe an ihm gerüttelt. Man darf doch nicht einfach wegschauen, wenn jemand bewusstlos vor der Tür liegt. Außerdem hatte ich gar kein Handy einstecken. Stimmt. Also habe ich nachgesehen, ob die Person bei Bewusstsein ist, und dann habe ich festgestellt, dass man ihn so dermaßen zugerichtet hat.« Ihre Schultern zuckten, als würde sie weinen, doch ihre Augen blieben trocken. »Es ist so schrecklich«, flüsterte sie.

»Ich glaube, es ist besser, wenn ich den Notfallseelsorger benachrichtige«, sagte Thomas und stand auf. »Ich bin gleich wieder da.«

Mit leerem Blick starrte Frau Witterhold ihm hinterher. Plötzlich schüttelte sie energisch den Kopf und griff nach Fabians Hand. »Vor einigen Tagen noch«, sagte sie und schaute ihn eindringlich an. »Da wollte er mir etwas erzählen. Wir haben uns heimlich getroffen. Elias, wissen Sie, er mag es nicht, wenn ich mich alleine mit Dirk treffe. Doch er wollte mir etwas Wichtiges mitteilen und dafür unbedingt alleine mit mir reden. Aber dann kam plötzlich Elias ins Café und irgendwie kamen wir nicht mehr dazu. Er hat sich seitdem nicht gemeldet und ich hab es irgendwie im Alltagsstress vergessen. Und jetzt ... Das war unsere letzte Gelegenheit, miteinander zu sprechen.«

»Sie haben keine Idee, worum es ihm ging?«

»Glauben Sie etwa, dass man ihm deswegen all diese Dinge angetan hat? Dass er wegen dieser Sache umgebracht wurde, über die er mit mir sprechen wollte?«

»Ich glaube gar nichts. Noch können wir nicht mal mit Sicherheit sagen, ob es sich tatsächlich um Ihren Freund handelt. Dennoch könnte jedes Detail wichtig sein.«

Frau Witterhold sprang auf, jegliche Farbe war aus ihrem Gesicht gewichen. »Was, wenn ich die Nächste bin? Warum sollte jemand Dirk vor meiner Tür ablegen, wenn er es nicht auch auf mich abgesehen hat?«, schrie sie. Ihre Hände zitterten.

Vom Flur her hörte Fabian Thomas' Stimme. Er versuchte offensichtlich, ihren Mann davon abzuhalten, sie zu unterbrechen. Kurz darauf flog die Tür doch auf und

Herr Witterhold stürmte an Thomas vorbei ins Wohnzimmer.

»Es reicht jetzt. Sehen Sie nicht, wie es meiner Frau geht? Der da draußen wird auch nicht wieder lebendig, wenn Sie sie weiter quälen.«

Fabian hob beschwichtigend die Hände. »Mein Kollege hat bereits in die Wege geleitet, dass jemand kommt, der sich um Ihre Frau kümmert.«

»Das soll wohl ein Witz sein? Glauben Sie, ich wäre nicht dazu in der Lage, ihr beizustehen?«

»Wenn Sie sich in der Lage fühlen, mit uns zu sprechen, melden Sie sich.« Fabian ignorierte das Gezeter des Mannes und legte seine Visitenkarte auf den Tisch. Mit dem Zeigefinger schob er sie Frau Witterhold entgegen. »Ansonsten wenden wir uns zu gegebener Zeit an Sie.« Damit drängte er sich an dem Ehemann vorbei, der sich noch breiter machte, als er ohnehin schon war.

Thomas erwartete ihn bereits an der Haustür. »Mit dem stimmt eindeutig etwas nicht«, sagte er leise, als Fabian an ihm vorbeiging.

»Irgendwie verständlich, dass er seine Frau beschützen will«, murmelte Fabian. »Aber du hast recht, wir sollten ihn uns bei Gelegenheit mal vornehmen.«

8

»Was glauben die eigentlich?«, schnaubte Elias, nachdem er die Seelsorgerin zur Tür begleitet hatte. »Als könnte ich mich nicht selbst um meine eigene Frau kümmern. Es heißt doch nicht umsonst: in guten wie in schlechten Zeiten.«

Josi wollte erwidern, dass sie bisher auch noch keine Leichen vor ihrer Tür gefunden hatten. Noch dazu war es nicht die Leiche von irgendjemandem, sondern von Dirk, der ihnen nahegestanden hatte. Eine Situation wie diese überstieg schlicht Elias' Fähigkeiten als Ehemann. Allerdings fühlte sie sich momentan nicht in der Lage, sich auf eine Diskussion mit Elias einzulassen. Er fühlte sich offensichtlich in seiner männlichen Ehre gekränkt und würde ohnehin nicht einsehen, dass die Maßnahme der Beamten nicht gegen ihn gerichtet war. Deshalb sagte sie: »Das hättest du ganz sicher auch alleine hinbekommen. Aber die Polizisten wollten es nun mal so. Außerdem ist die Frau ja psychologisch geschult.«

»Geschult, das ist ja wundervoll. Dafür kenne ich dich schon einige Jahre länger und sollte besser wissen, wie ich dich ablenke. Ein Seelsorger, dass ich nicht lache. Woher die sich das Recht nehmen, sich in unsere Beziehung einzumischen, möchte ich mal wissen!«

Josi zuckte müde mit den Schultern und malte mit dem Zeigefinger unsichtbare Muster auf das Holz der Tischplatte.

Wegen einer Sache, für die sie nicht verantwortlich war, Streit mit ihr anzufangen, trug jedenfalls wenig zu ihrer Ablenkung bei, wie er es so schön formuliert hatte.

Elias blieb noch einen Moment sitzen, so als erwarte er eine Erklärung von ihr. Schließlich schob er den Stuhl zurück und stand auf. »Während die Frau von der Kirche bei dir war, habe ich übrigens auf deiner Arbeit angerufen und dich für die Woche krankgemeldet. Dann kannst du dich hier ein wenig von dem Schock erholen.«

»Du hast was?«

»Ja, ich dachte mir schon, dass du dich nicht freiwillig krankmelden würdest.«

»Warum auch? Hast du vielleicht Urlaub diese Woche?«

Er runzelte die Stirn. »Nein.«

»Dann sehe ich das richtig und du wirst nicht hier sein, um mich irgendwie abzulenken?«

»Nun, abends dann schon.«

»Auf der Arbeit wäre ich nicht alleine.« Josi wusste, dass Elias recht hatte. Die Sache zu verdrängen, würde es nicht besser machen. Was sie jetzt brauchte, war Ruhe. Aber die wollte sie gar nicht haben, auch wenn ihr die Frau von der Seelsorge tunlichst davon abgeraten hatte, ohne Weiteres ihren Alltag aufzunehmen.

»Erst bestehst du auf einen Seelentröster und jetzt erzählst du mir, dass dir gar nichts fehlt und du zur Arbeit gehen willst? Du musst dich schon entscheiden. Ich meine es doch überhaupt nicht böse.«

Josis Augen füllten sich mit Tränen. Sie wandte sich von

Elias ab und schaute aus dem Fenster. Allerdings kannte er sie nach sieben gemeinsamen Jahren gut genug. Er stellte sich neben sie und legte seinen Arm um sie. Mit sanftem Druck zog er sie an seinen Bauch. Sie lehnte sich an ihn und atmete den Duft nach Weichspüler und seinem Deodorant ein.

»Es ist nur zu deinem Besten. Schlaf dich aus. Nimm Abschied. Das brauchst du jetzt«, flüsterte er. Beruhigend strich er ihr übers Haar. »Was ist, wenn du jetzt arbeiten gehst und dann einen Zusammenbruch erleidest? Das würde ich mir nie verzeihen. Als dein Mann ist es meine Aufgabe, dich zu beschützen und davon abzuhalten, Dummheiten zu begehen.«

Mit dem Handrücken wischte Josi sich die Tränen weg und holte tief Luft. »Ist schon gut, das weiß ich doch. Ich hab bloß solche Angst, dass diese Kerle ... wer auch immer Dirk das angetan hat ... dass sie zurückkommen.«

»Mach dir doch darum keine Sorgen, Josi. Schließ die Tür ab, wenn ich gegangen bin, und mach nicht auf, wenn es klingelt, dann kann dir gar nichts passieren. Statistisch gesehen gibt es momentan keinen Ort, der so sicher ist wie unser Haus. Du glaubst doch nicht, dass ein Täter so schnell zum Tatort zurückkehrt und damit riskiert, geschnappt zu werden?«

Josi nickte, auch wenn sie nicht wirklich überzeugt war. Sie hatte zu viele Krimis gelesen, in denen die Täter allein aus Neugierde an den Tatort zurückgekommen waren und sich der Polizei sogar als Zeugen angeboten hatten. Sie erwähnte auch nicht, dass es selbstverständlich nicht das Geringste an ihrem mulmigen Gefühl ändern würde, die Tür abzuschließen.

»Du hörst mir ja gar nicht zu!« Elias war aufgestanden und schnipste mit den Fingern vor ihrem Gesicht herum.

»Doch, klar. Du musst los, sonst kommst du zu spät.«

»Du rufst mich an, wenn dir irgendwas komisch vorkommt oder sich da draußen jemand Fremdes herumtreibt. Versprichst du mir das? Dann komme ich so schnell wie möglich nach Hause.«

Wenn ich bis dahin nicht längst abgestochen wurde, antwortete sie in Gedanken und begleitete ihn zur Tür. Nachdem er gegangen war, drehte sie den Schlüssel im Schloss um. Dann ging sie Zimmer für Zimmer ab und überprüfte, ob die Fenster geschlossen waren. Lumpi begleitete sie die ganze Zeit über schwanzwedelnd, als hätte sie ihm zur Belohnung ein getrocknetes Schweineohr versprochen. Als sie damit fertig war, legte Josi sich in ihr Bett und versuchte, ein wenig den Schlaf nachzuholen. Doch daran war nicht zu denken. Eine Weile wälzte sie sich hin und her, bevor sie nachgab und aufstand. Um sich abzulenken, schaltete sie im Wohnzimmer den Fernseher ein. Aber auch die seichte Vormittagsunterhaltung brachte nichts. Josis Gedanken wanderten immer wieder zu Dirk und dahin, wie ihn nur jemand hatte so schrecklich zurichten können.

Gegen Mittag schaltete Josi den Ton ab und ging in die Küche, wo sie die Kaffeemaschine anschaltete und einen Messbecher voll Trockenfutter füllte. Das schrille Geräusch der Türklingel erschreckte sie so sehr, dass sie den Becher fallen ließ und die kleinen braunen Bröckchen sich überall auf dem Küchenfußboden verteilten. Während der Jack-Russell-Terrier sich gierig darüber hermachte, linste Josi aus dem Fenster. Vor der Tür stand ihre Kollegin Manuela.

»Mein Gott, du siehst ja wirklich übel aus«, sagte sie, als Josi ihr die Tür öffnete. »Und ich habe dich schon verdächtigt, dass du krankfeierst. Da hab ich dir ganz schön Unrecht getan.«

»Vielen Dank auch.« Einen Moment erwog Josi, die Tür einfach wieder zu schließen.

Manuela drückte mit schuldbewusster Miene Josis Schulter und schob den Kaugummi in ihrem Mund von der linken in die rechte Backe. Pfefferminzgeruch strömte Josi entgegen. Sie drehte ihren Kopf etwas zur Seite. »Nun schau nicht so, es war ja gar nicht böse gemeint. Marga hat mich vorhin aus dem Bett geworfen und gefragt, ob ich diese Woche deinen Dienst übernehmen kann. Ich habe allerdings Unitag und ihr deswegen für heute erst mal abgesagt. Außerdem dachte ich mir, dass du gestern noch ganz fit ausgesehen hast und ich hatte keinen Bock auf dein Krankfeiern. Na ja, wie man sieht, bist du wirklich krank.«

»Schon gut. Willst du reinkommen oder wolltest du nur nachschauen, wie schlimm es tatsächlich um mich steht?«

»Jetzt, wo ich schon mal hier bin - hättest du vielleicht einen Kaffee für mich?« Manuela betrat den Flur. Aus der Küche stürmte laut kläffend Lumpi, der sein Trockenfutter wohl bereits verschlungen hatte und nun den Besuch willkommen heißen wollte. Lächelnd ging Manuela in die Hocke, um den Hund zu begrüßen.

»Was hast du denn eigentlich genau? Hat dich der verdammte Magen-Darm-Virus erwischt, der schon seit Tagen rumgeht?«, fragte sie, während sie den Rücken des kleinen Hundes ausgiebig kraulte. Der rieb vor lauter Glück grunzend seine Schnauze an dem Sisalteppich, der im Eingangsbereich lag.

»Was hältst du davon, wenn ich uns erst den Kaffee mache und dir dann alles in Ruhe erzähle? Oder musst du gleich los zur Vorlesung?«

»Pff«, machte Manuela und verdrehte die Augen. »Die Uni hab ich doch nur vorgeschoben. Heute ist einfach nicht der Tag, um auf der Arbeit abzugammeln.«

Josi zwang sich zu einem halbherzigen Lächeln und ging in die Küche. Als sie wenige Minuten später mit den Tassen ins Wohnzimmer kam, hatte Manuela es sich auf dem Sofa bequem gemacht und den Ton am Fernseher eingeschaltet. Lumpi lag verbotenerweise auf den Polstern bei ihren Füßen und genoss sichtlich den seltenen Aufenthalt auf der Couch.

»Hast du *das* gehört?« Manuela deutete mit der Fernbedienung in Richtung Fernseher, wo das regionale Programm lief. Dann setzte sie sich auf, um die Tasse entgegenzunehmen.

Mit einem Blick auf den Fernseher wusste Josi, wovon Manuela sprach. Sie nickte. Auf dem Flatscreen war in überdimensionaler Größe der Kommissar zu sehen, der gerade eben noch an Josis Esstisch gesessen und sie zu den Ereignissen des Morgens befragt hatte. Er stand vor der Einfahrt ihrer Nachbarn und beantwortete die Fragen der neugierigen Reporter. Am Rand der Kameraeinstellung war der weiße Pavillon zu erkennen, mit dem sie Dirk vor den Blicken der Passanten und Presse geschützt hatten. Manuela starrte wie gebannt auf den Fernseher, als würde sie gerade den sonntagabendlichen Tatort sehen.

»Ja«, stieß Josi krächzend hervor. »Ich war sozusagen live dabei.«

Endlich blickte Manuela auf. »Wie meinst du das?«, wollte sie wissen.

Josi griff nach der Fernbedienung, um die Nachrichten auszuschalten.

»Hey«, zickte Manuela. »Ich will das weitergucken.« Sie verstummte, als sie Josis Blick sah. Fragend hob sie eine Augenbraue.

»Dieses Haus da steht in unserer Straße. Ich bin die Frau, die die Leiche gefunden hat«, flüsterte Josi und setzte sich auf den Rand des Sofas. Dann erzählte sie Manuela, was sich an diesem Morgen vor ihrer Haustür abgespielt hatte.

»Fuck.« Das war alles, was Manuela zustande brachte, nachdem Josi ihren Bericht abgeschlossen hatte. Sie schüttelte den Kopf und wiederholte fassungslos: »Fuck!« Dabei rührte sie heftig mit dem Löffel in ihrer Kaffeetasse, aus der sie bisher nicht einen Schluck genommen hatte. Bestimmt war der Kaffee längst kalt. Der Kaugummi ruhte zwischen ihren Eckzähnen und blitzte zwischen den Lippen hervor.

»Mmh«, machte Josi und nickte. »Viel mehr fällt mir dazu ehrlich gesagt auch nicht ein.«

»Was für ein Albtraum. Und du bist dir wirklich sicher, dass es sich um deinen Bekannten handelt?«

»Er ist kein Bekannter.«

»Das ist doch jetzt egal«, setzte Manuela an, doch Josi brachte sie zum Schweigen, indem sie die Hand hob.

»Wir waren Seelenverwandte.« Josi bemerkte Manuelas skeptischen Blick. Denselben hatte Elias immer aufgelegt, wenn sie versucht hatte, mit ihm über ihr Verhältnis zu Dirk zu sprechen. »Nicht so, wie du das jetzt vielleicht verstehst«, erklärte sie deswegen. »Wir waren nie ein Paar oder so. Unsere Verbindung war eher wie die von Zwillingen. Nur dass wir nicht die gleichen Eltern hatten. Doch das war nicht wichtig, wir verstanden uns blind. Beinahe so, als gäbe es ein unsichtbares Band zwischen uns. Dirk würde ich überall und in jedem Zustand erkennen.«

»Und der liegt ausgerechnet totgeprügelt vor deiner Haustüre? Mann, das muss ja ein richtiger Schock gewesen sein. Da geht man ohne böse Hintergedanken mit seinem Hund in den Park und dann so etwas.«

»Darf ich dir etwas anvertrauen? Um ehrlich zu sein, glaube ich nicht, dass es sich dabei um einen Zufall handelt.« Josi stockte. Warum sprach sie ausgerechnet mit Manuela darüber? Sie kannte die junge Kollegin ja nicht mal richtig.

»Das nimmt dich echt ganz schön mit«, stellte Manuela fest. Sie war mittlerweile an Josi herangerückt und legte ihr die perfekt manikürte Hand auf das Knie. Die tröstende Geste fühlte sich ungelenk und gestellt an.

»Weißt du, was ich glaube?«, fragte Josi und blinzelte die aufkommenden Tränen weg.

»Du wirst es mir sicher gleich sagen.«

»Das alles hat auf irgendeine Weise etwas mit mir zu tun.«

Manuela runzelte die Stirn und deutete auf das Fenster. »Weil er da draußen ...? Irgendwie naheliegend, ja.«

»Nicht nur deswegen. Erinnerst du dich noch, als wir

uns in Bornheim zufällig getroffen haben? In dem Café?«

Manuela nickte.

»Wir hatten uns dort verabredet, weil er mir etwas Wichtiges erzählen wollte. Etwas, das mit unserer Vergangenheit im Heim zu tun hatte.«

»Du bist ein Heimkind? Mann, und das packst du einfach mal so nebenbei aus?«

»Es ist für mich nichts Besonderes, ich kannte es ja nicht anders. Außerdem bin ich sehr dankbar für meine Adoptiveltern. Jedenfalls hat Dirk bei dem Treffen davon gesprochen, dass er etwas rausgefunden hat.«

Die Blondine starrte sie mit großen Augen an. »Ist ja wie im Tatort. Wir nähern uns dem Motiv. Haben wir das erst mal herausgefunden, ist der Täter auch nicht mehr weit. Fehlt nur noch, dass gleich Paul Brix um die Ecke kommt!« Manuelas Wangen waren vor Aufregung leicht gerötet.

Josi schüttelte den Kopf. Das hier was das echte Leben. Ihr Leben und ihr Freund, dessen Gesicht man zu einem blutigen Brei geprügelt hatte.

»Und?«, fragte Manuela und schaute Josi interessiert an.

»Wie meinst du das, und?«

»Was war es? Worüber wollte er mit dir reden?«

Josi zuckte mit den Schultern.

»Du weißt es nicht?«

»Nein«, sagte sie und senkte den Blick. »Wir sind irgendwie nicht mehr dazu gekommen, darüber zu sprechen.«

Manuela blickte sie verständnislos an. »Wie? Er wollte

dir etwas Wichtiges sagen, und er hat dir gegenüber nichts mehr erwähnt?«

Josi nickte. Manuelas Reaktion war nachvollziehbar. Er hatte etwas von einem Brief erwähnt. Von Marlies, der Frau aus dem Keller. Warum hatte sie ihm geschrieben und weshalb war das so wichtig und geheim, dass er sich deswegen allein mit Josi hatte treffen wollen?

Manuela blickte Josi noch immer erwartungsvoll an. Achselzuckend strich sie sich eine Locke aus der Stirn.

»Leider habe ich es nicht erfahren. Wir wurden unterbrochen und seitdem war es kein Thema mehr zwischen uns. Jetzt ist heute Morgen das passiert.«

»Das ist ja ärgerlich«, entgegnete Manuela, als wäre das einzig Blöde an Dirks Tod, dass Josi nun nicht mehr erfahren würde, was er mit ihr hatte besprechen wollen. Ein Haar auf dem Ärmel ihrer Strickjacke hatte Josis Aufmerksamkeit erregt. Sie zupfte daran, zog es ab und ließ es fallen. Das Haar segelte langsam hinab und verfehlte dabei nur knapp die Kaffeetasse von Manuela, von der sie keinen Schluck genommen hatte. »Sorry, ich trinke doch keine Kuhmilch«, sagte sie entschuldigend, als sie Josis Blick bemerkte. »Für das Leid der Tiere will ich nicht verantwortlich sein.«

»Ich glaube, ich wäre jetzt gerne ein bisschen allein«, sagte Josi leise. Als keine Reaktion von Manuela kam, fügte sie hinzu: »Du verstehst das sicher.«

Nun sprang Manuela auf, drapierte sich ihren bunten Seidenschal auf der Schulter und tätschelte Lumpis Kopf. Das Kaugummikauen hatte wieder eingesetzt. »Klar, ich wollte eh gerade los. Meinem Vater geht es momentan wieder schlechter, ich muss dringend nach ihm sehen.

Seit dem Schlaganfall hat er eigentlich keine guten Phasen mehr. Wir sehen uns, Freitag ist ja Elternabend, zu dem ich ja unbedingt kommen muss.« Theatralisch verdrehte sie die Augen und zog das Wort unbedingt künstlich in die Länge. »Als hätte ich am Wochenende nichts Besseres zu tun.«

Damit stöckelte sie aus dem Wohnzimmer. Josi ging ihr hinterher.

Manuela war bereits an der Haustür. »Machs gut«, rief sie über die Schulter. Dann hielt sie kurz inne, murmelte »Guten Tag«, verschwand auf den Hof und gab den Blick auf Josis Nachbarin Frau Kussauer frei.

Josi seufzte. Nicht noch jemand, der von ihr die Details des Morgens erfahren wollte.

»Ach Liebes, gut, dass Sie zu Hause sind. Was ist denn hier nur passiert? Diese zwei unsäglichen Polizisten haben mir versprochen, dass sie jemanden schicken, der mich informiert, doch bisher ist keine Menschenseele aufgetaucht.«

Josi zwang sich zu einem Lächeln und machte eine einladende Handbewegung. »Kommen Sie doch rein, ich wollte ohnehin gerade eine frische Kanne Kaffee kochen.«

9

Fabian saß an seinem Schreibtisch und starrte auf die noch fast leere Pinnwand, die er für den neuen Fall angelegt hatte. Seine Augenlider waren schwer und er musste sich konzentrieren, um nicht wegzudösen. Er betrachtete die wenigen Erkenntnisse, die sie bisher zusammengesammelt hatten. In der Mitte befanden sich ein Bild des Toten zu Lebzeiten sowie einige Stichpunkte zu seinem Lebenslauf. Auf Schmierzetteln hatte Fabian seine ersten Eindrücke vom Fundort festgehalten, solange sie noch frisch waren. Nicht selten entschieden Kleinigkeiten über die Aufklärung eines Falls, und sei es nur eine Wahrnehmung am Rande, an die man sich erinnerte, wenn man sonst keinen Ansatzpunkt mehr hatte. Deswegen war es wichtig, von Anfang an jedes noch so belanglos erscheinende Detail festzuhalten.

Während er auf Thomas wartete, öffnete Fabian automatisch die Schublade an seinem Schreibtisch. Er griff sich die Notfallzigarette darin und führte sie zum Mund. Gierig saugte er an dem Filter, atmete tief ein, als gäbe es Rauch zu inhalieren. Bereits vor drei Jahren hatte er dieses Laster aufgegeben und hoffte seitdem darauf, dass sein Verlangen nach den Glimmstängeln irgendwann vollständig verschwinden würde.

Heute war einer der Tage, an denen er sich zusammenreißen musste, um nicht einen der Kollegen um Feuer zu bitten. Wobei er sich diese Blöße nicht geben wollte.

Von Thomas wusste er, dass im Kommissariat bereits Wetten darüber abgeschlossen wurden, wie lange es bis zu seinem ersten Rückfall dauern würde.

Mit der Zigarette im Mund, deren muffiger Tabakgeruch ihm in die Nase stieg, ging er in dem kleinen Büro auf und ab. Thomas sprach nun schon eine ganze Weile mit der Ehefrau des Opfers. Sie war erstaunlich gefasst gewesen, als sie ihr die Nachricht überbracht hatten, und hatte sich bereit erklärt, sofort eine Aussage zu machen. Fabian hatte damit gerechnet, dass die Befragung nicht allzu lange dauern würde. Sobald bei Angehörigen erst im Bewusstsein angekommen war, dass sie einen geliebten Menschen verloren hatten, war ein Gespräch meist nicht mehr möglich.

Ein psychologischer Betreuer hatte Fabian diese verzögerte Reaktion einmal damit erklärt, dass zunächst der Schock für einen Schutzmechanismus der Psyche sorgte. Nur langsam drangen nach und nach die Konsequenzen zu den Hinterbliebenen durch, und wenn sie erst das volle Ausmaß erkannten, traf der Schmerz sie mit voller Wucht. Das Gehirn weigerte sich plötzlich, seinen Dienst normal fortzuführen. Ehepartner, Eltern oder nahe Verwandte brachen dann ohne jegliche Vorwarnung während der Befragung zusammen, saßen wimmernd am Tisch und erlitten das, was man im Volksmund als Nervenzusammenbruch bezeichnete. Nicht selten war dieser Zustand so heftig, dass Fabian und seine Kollegen einen Krankenwagen rufen mussten.

Thomas, der sonst als relativ gefühlsarm galt und sich über Fabian lustig machte, wenn er auf seinen Instinkt hörte, war in diesen speziellen Fällen der empathischere von beiden. Er beherrschte die schwierigen Gespräche mit Angehörigen so gut, dass Fabian sie ihm liebend gerne überließ. Er selbst war nicht besonders gut darin, die richtigen Worte für eine trauernde Mutter oder Ehefrau zu finden.

»Wenn du so weitermachst, hast du ein Loch in den Boden gelaufen und landest im Keller.«

Fabian fuhr zusammen. Thomas stand in der Tür und grinste schadenfroh.

»Bist du verrückt, dich so anzuschleichen? Wegen dir bekomme ich noch einen Herzinfarkt.«

Thomas deutete auf die Zigarette in Fabians Hand. »Solltest du damit wieder anfangen, ist dir der Infarkt so gut wie sicher. Und Bremer ein Fünfziger. Er hat gegen dich gewettet.«

»Als wüsste ich nicht selbst, wie schädlich die Dinger sind«, brummte Fabian und warf die Zigarette in den Mülleimer. Das Papier am Filter war ohnehin durchgeweicht, es war Zeit für eine neue Notfallzigarette. Und bei dieser würde er besser aufpassen, dass Thomas ihn damit nicht erwischte. »Was hast du für uns?«

»Ich hab da mal was vorbereitet«, sagte Thomas und legte ein paar Seiten Papier auf Fabians Schreibtisch.

»Sag bloß, das hier ist schon die abgetippte Aussage!«

»Ach iwo. Gesa hat gerade erst mit dem Transkribieren angefangen. Das sind nur ein paar Infos, die wir schon mal an deine geliebte Pinnwand heften können.« Er nahm das oberste Blatt vom Stapel, drehte es herum und hielt es auf Augenhöhe.

Aufgewachsen im Heim für Schwererziehbare, stand in krakeligen Buchstaben darauf.

»Keine Ahnung, ob das im Sande verlaufen wird, aber ich finde, wir sollten wenigstens die Zeugin von heute Morgen daraufhin befragen. Immerhin kannte sie den Toten laut eigener Aussage seit frühester Kindheit. Dann sollte sie uns auch etwas über seine Zeit im Kinderheim erzählen können.«

»Was konnte seine Frau zu dem Thema sagen? War er ein schwieriger Mensch?«

»Wenn man ihr glaubt, nein. Sie hat sich angeblich immer gewundert, warum er damals in diese Art von Heim gesteckt wurde. Als Erwachsener sei er ein vollkommen ausgeglichener Mensch gewesen, sagte sie.«

»Das muss nichts heißen. Die Pubertät kann einen verändern«, sagte Fabian und zwickte sich im Geiste in den nicht mehr vorhandenen Hüftspeck. »Haben sie nie darüber gesprochen, weshalb er ausgerechnet in einem Heim für schwererziehbare Kinder war?«

Thomas schüttelte den Kopf. »Sie sagt, er habe nicht gerne über die Vergangenheit gesprochen. Wir müssen auf die andere Zeugin hoffen. Die Ehefrau konnte nur angeben, dass er in der Anstalt - so hat sie es genannt - nicht sonderlich glücklich war. Was ich jetzt nicht für ungewöhnlich halte. Außerdem war er anscheinend sehr anfällig für Krankheiten, musste ständig zum Arzt, womit wir zu meinem zweiten Punkt kommen.« Er pinnte das Kinderheim ganz oben an die Wand, während Fabian den nächsten Zettel vom Stapel nahm. »Wie eben schon erwähnt, hatte er ständig irgendwelche Zipperlein und war Dauergast bei Kinderärzten. Das weiß sie aus Erzählungen seiner Pflegemutter.«

»Er wurde vermittelt, obwohl er als schwererziehbar galt?« Er reichte Thomas das Blatt Papier.

»Die Krankheiten waren wohl sein Glück, sofern man das so nennen kann. Eine Mitarbeiterin des Heims hat ihn bei sich aufgenommen, damit er zur Ruhe kommt und sich seine Gesundheit verbessert. Der Effekt war zwar nicht wie erhofft, aber bei ihr hat er sich so zum Positiven verändert, dass sie seine Pflegemutter wurde und er bleiben konnte.«

»Gibt es eine Diagnose?«

»Du meinst von damals? Seine Frau hat darüber keine Informationen. Aber auch als Erwachsener war er sehr anfällig, hat wohl ständig Probleme mit dem Blutdruck gehabt. Und das in dem Alter. Ich glaube zwar kaum, dass diese Sache irgendwas mit dem zu tun hat, was letzte Nacht mit Dirk Grollmisch passiert ist, aber wir sollten es vorsorglich noch nicht ad acta legen.«

Fabian nickte. Dennoch nahm er sich vor, die Sache mit den Krankheiten im Hinterkopf zu behalten. Er machte sich eine Notiz auf dem Schmierpapier unter den Eindrücken zum Fundort und rahmte sie mit einem Textmarker ein.

»Aber da gibt es jemand anderen.« Thomas wedelte mit dem nächsten Zettel. Fabian folgte ihm mit seinen Augen und entzifferte den Namen *Witterhold* darauf. Irgendwo in seinem Gedächtnis regte sich etwas, doch er kam nicht darauf, bei welcher Gelegenheit er den Namen gehört hatte. Er schaute Thomas fragend an.

»Du kommst nicht drauf, oder? Streng doch mal deine kleinen grauen Zellen an.«

»Mach kein Ratespiel daraus und sag mir, wer das ist.« Das Verlangen nach einer Zigarette wuchs. Sehnsüchtig dachte Fabian an seinen elektronischen Glimmstängel. Den hatte er letzte Woche in den Müll befördert, nachdem er sich völlig verkatert nach dem ersten Zug übergeben hatte. Jetzt wünschte er sich, er hätte sich nicht so unbedacht davon getrennt.

»Wenn du schon als Mittdreißiger dein Kurzzeitgedächtnis verlierst, solltest du dir einen anderen Job suchen, mein Lieber. Es ist der Name der Frau, die unsere Leiche gefunden hat. Josefine Witterhold, ihr Mann heißt Elias Witterhold.«

»Ach Mist.« Nie wieder würde er seinen gesamten Urlaub damit verbringen, sich in Clubs dermaßen volllaufen zu lassen. Der Alkohol und der Schlafmangel der letzten Nächte forderten ihren Tribut. Doch nicht nur seine Gedanken waren verlangsamt, als müssten sie sich durch eine sumpfige Moorlandschaft kämpfen. Immer wieder fielen ihm die Augen zu, wenn er sich gerade mal nicht darauf konzentrierte, wach zu bleiben. Er brauchte dringend einen Kaffee. Oder einen Energydrink. Auf jeden Fall aber frische Luft.

»In diesem Fall geht es aber nicht um die Zeugin, sondern um ihren Mann. Auf die Frage, ob unser Opfer Feinde hatte, nannte mir Frau Grollmisch diesen Namen. Wegen der Verbindung zwischen dem Opfer und Frau Witterhold gab es von seiner Seite aus wohl immer wieder Ärger. Er sah es gar nicht gerne, dass seine Frau und das Opfer seit ihrer Kindheit befreundet waren. Er scheint Treffen zwischen den beiden verhindert zu haben, wo es nur ging.«

»Wir haben hiermit einen ersten Verdächtigen, würde ich sagen.«

»Nun, sie ist ein wenig zurückgerudert, als ich näher darauf eingehen wollte. Sagte direkt, dass sie ihm eine solche Brutalität nicht zutrauen würde, und dass seine Eifersucht auch nicht so weit ginge und sich eher an seiner Frau entladen hätte. Aber ich denke, es schadet nicht, wenn wir ihn im Auge behalten und Frau Witterhold auch dazu befragen.«

Fabian nickte und wischte ein paar Krümel - die Überreste seines Mittagessens - von seinem Schreibtisch. Dann griff er sich den letzten Zettel. *Arbeit* stand auf ihm geschrieben.

»Er war selbstständig«, erläuterte Thomas. »Wie seine Frau auch. Wobei dieser Begriff bei den beiden die komplette Bandbreite von Selbstständigkeit aufweist. Bei ihr ist es eher selbst und ständig, dafür verdient sie auch ordentlich. Er hingegen ... Als gelernter Schreiner hat er mehr oder weniger Gelegenheitsjobs ausgeführt. Mal hier einen alten Schrank restauriert, mal dort ein Bett gebaut. Alles mehr Hobby statt Lebensgrundlage. Seine Frau sagte, dass eigentlich sie das Geld nach Hause bringt.«

»Hm«, machte Fabian. Er bemerkte, dass er mittlerweile mehr in seinem Stuhl lag, statt zu sitzen, und richtete sich auf. »Schreiner. Nicht gerade eine Branche, die für ihre Kontakte zur Unterwelt bekannt ist.«

»Die Mafia braucht sicher ständig jemanden, der gute Särge zimmern kann«, witzelte Thomas. »Aber anscheinend lief das Geschäft zumindest in letzter Zeit. Laut seiner Frau war er viel bei Kunden unterwegs.«

»Hatte er vielleicht mit einem von ihnen Ärger?«

»Zumindest mit keinem, von dem sie wusste. Sie bringt uns seinen Kalender vorbei, dann können wir uns darum kümmern. Wie sieht es bei dir aus? Was gefunden?«

»Nicht viel. Mario und Tillmann sind noch in der Justinianstraße unterwegs, um mögliche Zeugen zu finden. Ich mache mir allerdings wenig Hoffnungen. Wenn die Alte von heute Morgen nichts mitbekommen hat, dann wohl keiner. Aber etwas gibt es doch zu berichten.« Fabian stellte sich neben die Pinnwand und zeigte auf den Zettel, den er vorhin angeheftet hatte. »Wir haben einen Eintrag in der Datenbank. Ist noch gar nicht so lange her, da hatte unser Opfer ein Zusammentreffen mit der Schupo.«

»Jetzt wird es aber interessant. Was war los?« Thomas ging an den kleinen Kühlschrank, den sich die beiden für ihr gemeinsames Büro geleistet hatten, und holte seinen täglichen Proteinshake heraus. Er schüttelte ihn kräftig, nahm einen Schluck, verzog das Gesicht und setzte den Becher erneut an. Offensichtlich hatte er bei der Wahl seines Pulvers am falschen Ende gespart, sodass er nun fünf Kilo eines widerlichen Eiweißshakes zu Hause stehen hatte. Fabian hatte dankend abgelehnt, als Thomas ihm das Angebot unterbreitet hatte, ihm den halben Eimer zu einem Spottpreis abzutreten.

»So interessant ist es gar nicht«, sagte Fabian, als Thomas seinen Shake heruntergewürgt hatte. »Ein paar besorgte Anwohner haben die Polizei gerufen, weil ihnen ein alter Benz mit einer Person aufgefallen ist. Unser Toter hier saß wohl vor Kurzem einen gesamten Vormittag in seinem Auto im Villenviertel von Sachsenhausen-Süd. In der Befragung gab er an, er habe dort auf einen

Kunden gewartet.«

Thomas antwortete mit einem Rülpser und forderte Fabian mit einer Geste auf, weiterzusprechen. Dann nahm er sich einen Reiscracker und biss ein Stück davon ab.

»Das Problem war, dass er am nächsten Tag wieder dort rumstand. Als man ihn nach seinem Kunden gefragt hat, weigerte er sich, einen Namen zu nennen. Deswegen bekam er einen Platzverweis erteilt, an den er sich offensichtlich gehalten hat. Jedenfalls gibt es keinen weiteren Eintrag.«

»Aha«, machte Thomas. Aus seinem Mundwinkel fiel ein aufgepufftes Reiskorn direkt auf Fabians Schreibtisch. Schmatzend kaute Thomas den Rest, der in seinem Mund verblieben war.

»Schon klar, das war nicht die bahnbrechende Nachricht, die du dir erhofft hast. Aber wir könnten zumindest beim Blick in seinen Kalender darauf achten, ob tatsächlich ein Kunde in Sachsenhausen eingetragen ist. Und falls nicht ...«

»Werden wir wahrschcinlich auch nicht erfahren, was er da wollte. Außer, er hat zufällig ein detailliertes Tagebuch geführt.«

Mit dem Kugelschreiber schnippte Fabian die Reiscrackerüberreste in Thomas' Richtung, der ungelenk seine Hüfte drehte und so dem Beschuss auswich.

»Deswegen bist du mein Lieblingskollege. Weil du gnadenlos optimistisch an die Ermittlungen rangehst und niemals zweifelst. Außerdem ist an dir definitiv ein Tänzer verloren gegangen. Wir können immerhin die Leute aus der Straße überprüfen, ob einer von denen eine Verbindung zu unserem Toten hatte.«

»Wir werden sehen. Wenn wir heute jemanden dafür einbuchten müssten, ich würde ja den Ehemann nehmen.«

Fabian nickte. Zum Glück war das nicht nötig. Thomas war gut darin, schnelle und oft korrekte Schlüsse zu ziehen. Fabians Bauchgefühl allerdings sagte ihm, dass sie sich dieses Mal auf der falschen Spur befanden.

10

Sonnenstrahlen beschienen das Bett und wärmten seine Füße, als er aufwachte. Wie so häufig in letzter Zeit hatte er während des Schlafens so heftig gestrampelt, dass er beinahe komplett unbedeckt auf der Matratze lag. Er blinzelte in Richtung Fenster. Die Regenwolken von letzter Nacht hatten sich verzogen und es begrüßte ihn ein strahlend blauer Himmel. Er streckte sich und gähnte ausgiebig. Dann hörte er das leise Stöhnen. Das verdammte Geräusch, das ihn jeden Morgen begrüßte und durch den Tag begleitete. Das Stöhnen eines alten Mannes, dessen Zeit abgelaufen war und der dennoch einen aussichtslosen Kampf gegen den Tod focht.

Er hasste diesen Teil seines Lebens. Jeden Abend wünschte er sich, der Alte möge doch endlich ins Gras beißen, damit er gemeinsam mit seiner Frau das Erbe verprassen konnte, ohne die lästigen Aufgaben, für die natürlich nur er zuständig war. Wie ein Zivildienstleistender musste er hier den Pfleger spielen und dem tatterigen Idioten eine Etage weiter oben das pürierte Essen reinstopfen, nur um es wenige Stunden später als Kacke von seinem Hintern zu wischen. Vor zwanzig Jahren hatte er sich extra durch den Drill der Bundeswehr gequält, um einer solchen Aufgabe zu entgehen, und jetzt tat er seit fast zwei Jahren nichts anderes. Doch das war wohl der Preis, den er dafür zahlen musste, mit einer wunderschönen Frau in einer schicken Stadtvilla zu leben und ihr Geld auszugeben. Doch nicht mehr lange, das spürte er, dann hätte er genug davon. Dann wäre es so weit und er selbst würde dafür sorgen, dass der Alte die längste Zeit in diesem Haus verbracht hatte. Ob seine Frau nun damit einverstanden war oder nicht.

Ein Blick auf die Uhr verriet ihm, dass es bereits nach zehn war. Trotzdem fühlte er sich wie gerädert und seine Augen wollten einfach nicht offenbleiben. Am liebsten hätte er sich wieder umgedreht und seine Pflichten für einen Tag vergessen. Doch es half alles nichts, es war an der Zeit aufzustehen und sich um den Alten zu kümmern, sonst würde ihm seine Frau den Arsch aufreißen.

Für das Frühstück war es viel zu spät. Er konnte ebenso gut gleich anfangen, irgendeine Pampe zum Mittagessen zusammenzurühren, nachdem er bei ihm vorbeigeschaut und ihn wenigstens grob von seinen Körperflüssigkeiten befreit hatte. Ein Minimum an Körperpflege musste er ihm zukommen lassen, sonst stank der Alte später wieder wie ein verrottetes Tier. Andererseits sah er es nicht ein, sich hetzen zu lassen. Immerhin war er derjenige, der die ganze beschissene Nacht unterwegs gewesen war. Nachdem er am frühen Morgen nach Hause gekommen war, hatte er wegen all des Adrenalins noch bis weit nach Sonnenaufgang wach gelegen.

Grunzend rollte er sich zur Seite und stand auf. Sein verspannter Nacken schmerzte wie die Hölle und die Wirbel in seinem Rücken knackten leise, als er sich streckte. So langsam zeigte ihm sein Körper, dass er die Vierzig überschritten hatte. Früher hatte er keine Rückenschmerzen von ein bisschen Schlepperei bekommen.

Nachdem er seine Blase geleert hatte, ging er in das

Zimmer des alten Mannes. Es roch nach abgestandener Luft. Die Dekubitusmatratze gab leise Pfeifgeräusche von sich. Im Takt dazu stöhnte sein Schwiegervater. Als dieser zur Tür aufschaute und ihn im Türrahmen entdeckte, bedachte er ihn mit einem vorwurfsvollen Blick.

»Wo warsch du scholange?«, nuschelte der alte Mann, dessen rechte Gesichtshälfte schlaff nach unten hing. Seit seinem Schlaganfall war die gesamte Körperhälfte gelähmt. Er leckte sich mit der Zunge über die Unterlippe und hinterließ dabei einen Speichelfaden, der langsam an seinem Mundwinkel hinablief.

»Ich hab ausgeschlafen«, gab er patzig zurück. »Deine Tochter ist zu geizig für ein beschissenes Pflegeheim, also muss sie damit leben, dass ich mir auch mal 'ne ruhige Nacht gönne.«

Der Alte hustete und deutete mit seiner einigermaßen funktionierenden Hand auf seinen Bauch, danach auf seinen Hals. Hunger und Durst sollte das bedeuten.

»Geduld, alter Mann. Ich mach mir jetzt einen Kaffee, geh vielleicht noch schnell kacken und dann komm ich zu dir. Du läufst mir ja nicht weg, hab ich recht?«

Der Alte starrte ihn finster an.

»Ich hab gefragt, ob ich recht habe«, knurrte er und ging zu dem Pflegebett. Sein Schwiegervater drehte den Kopf in Richtung Fenster.

»Scheiße noch mal. Du gibst mir jetzt sofort eine Antwort!«, befahl er und packte den Alten unterm Kinn. Dann bog er brutal den Kopf zurück in seine Richtung, sodass er seinem Schwiegervater in die Augen schauen konnte. Mit der freien Hand bildete er eine Faust, die er auf das Gesicht des alten Mannes zurasen ließ. Der Alte zuckte zusammen, seine Lider flatterten. Kurz vor seiner Nase stoppte er die Faust abrupt ab und lachte.

»Wird Zeit, dass du endlich abtrittst.«

Damit drehte er sich um und ging zur Treppe. Hinter ihm ertönte etwas, das nach einem Schimpfwort klang. Vermutlich etwas wie *Arschloch*. Er lachte noch lauter. Wären da nicht die lästigen Pflegetätigkeiten, könnte man es fast als so etwas wie Spaß bezeichnen, was er mit seinem Schwiegervater hatte. Vor allem, weil er wusste, dass dieser ihn niemals verpetzen würde, wenn er den Rest seines Lebens nicht in einem Knastkrankenhaus verbringen wollte.

Unten angekommen ging er in die Küche und schaltete den Kaffeeautomaten ein. Er warf einen Blick in den Kühlschrank und nahm ein paar Eier und geriebenen Käse heraus. Dann stellte er die Pfanne auf den Herd und drehte das Gas an. Bevor er wieder nach oben ging, würde er sich mit Rührei stärken. Wenn der Alte glaubte, er könne ihn nach Lust und Laune beschimpfen, musste er auch mit den Konsequenzen leben.

»Sag mir nicht, dass du gerade erst aufgestanden bist und frühstückst!«

Er drehte sich um. In der Tür stand seine Frau und schaute ihn streng an. »Wo kommst du denn her? Ich dachte, du hast was zu tun?«

»Ich bin auch gleich wieder weg, ich wollte mir nur etwas anderes anziehen. Beantworte mir meine Frage!«

»Aber warum denn umziehen, du siehst doch wunderbar aus«, sagte er und ging zu ihr. Er streichelte über ihren Oberschenkel, der in einer hautengen Jeans steckte.

Dann ließ er seine Finger zwischen ihre Beine wandern und drückte mit dem Zeigefinger auf ihren Schritt. »Das macht mich total an, so früh am Morgen. Umziehen ist vielleicht doch keine schlechte Idee, wenn du zwischendrin kurz nackt bleibst.«

Sie zeigte die gewünschte Reaktion und kicherte. »Da können wir drüber reden«, raunte sie, strich mit ihrer Zunge über seine Lippen und wand sich unter seinem Finger. Es war so einfach, sie rumzukriegen.

»Lass mich nur schnell den Herd ausmachen, dann können wir es gleich hier unten treiben.«

»Nein. Nicht hier unten, wo wir keine Tür haben«, sagte sie und knöpfte sich die Bluse auf. Dann drehte sie sich um und ging mit wiegenden Hüften zur Treppe. Er schaute auf ihren straffen Hintern, während sie die Treppe hinaufschritt. Als sie oben angekommen war, drehte er schnell den Herd ab, befreite seine Erektion von den Boxershorts und eilte ihr hinterher. Im Schlafzimmer angekommen, konnte er sie nirgendwo entdecken.

»Liebling?«, rief er. Sie öffnete die Tür vom Flur aus. Sein Penis erschlaffte, als er ihren Gesichtsausdruck sah.

»Willst du mich eigentlich verarschen?«, fragte sie und kniff die Lippen zusammen. Ihre Augen blitzten vor Wut. Er versuchte, einen unschuldigen Blick aufzulegen, was ihm offensichtlich nicht gelang.

»Ich war gerade bei meinem Vater drin. Du warst noch gar nicht bei ihm. Er ist am Verdursten, er hat die ganze Schnabeltasse ausgetrunken, ohne sie einmal abzusetzen.«

»Ach, du weißt doch, wie sehr er manchmal übertreibt. Er will nur deine Aufmerksamkeit.«

»Hör auf mit deinen Lügen! Da drüben stinkt es wie in einer Kloake. Er liegt in seiner eigenen Scheiße, die quillt aus der Windel und kriecht ihm den Rücken hoch. Nichts daran ist übertrieben.«

Spätestens jetzt war seine Erregung vollständig verschwunden. Seine Frau stürmte an den Schrank, riss sich ein Sommerkleid heraus und drehte sich um, ohne ihn noch eines Blickes zu würdigen.

»Hör auf, dich so künstlich aufzuregen. Er ist ein Drecksack und hat genau dieses Lebensende verdient.«

»Was er damals getan hat, hat er niemals mir angetan. Für mich war er immer ein guter Vater. Der mich geliebt hat und den ich bedingungslos zurückliebe, weil er mich bei sich aufgenommen hat«, entgegnete sie aufgebracht, während sie aus ihrer Jeans stieg.

»Das Thema hatten wir schon hundertmal. Du machst dir deine Welt, wie es dir gerade passt. Deinen Vater eingeschlossen. Er ist nicht der Heilige, den du dir vorstellst.«

»Deswegen hat er es noch lange nicht verdient, dass du ihn misshandelst.« Sie zog das Kleid über ihren Kopf und funkelte ihn wütend an. Das war es dann wohl mit dem Sex für heute. »Es steht dir überhaupt nicht zu, darüber zu urteilen. Kümmere dich um ihn, das ist alles, was ich verlange. Und über das hier sprechen wir heute Abend noch mal, darauf kannst du dich verlassen.« Damit stürmte sie aus dem Zimmer und ließ ihn alleine.

»Ist schon gut, Herrin, stets zu Ihren verfickten Diensten«, rief er ihr hinterher.

»Arschloch«, kam von ihr zurück. Dann war sie auf der

Treppe nach unten verschwunden. Kurze Zeit später hörte er, wie ihr Wagen aus der Einfahrt fuhr.

Er ging ans Fenster, schaute ihr hinterher und grinste. Da mochten sie und ihr Vater recht haben. Er war ein Arschloch. Und er liebte diese Rolle.

11

»Über so ein Verhalten muss ich mich wirklich sehr wundern«, murmelte Frau Kussauer und verteilte weiteren, viel zu pinken Lippenstift an der Kaffeetasse. Seit über einer Stunde saß sie nun auf Josis Sofa und fragte sie beharrlich aus. »Die Herren von der Polizei müssen sich doch kümmern.«

Josi war es leid, ihr noch einmal zu erklären, dass bereits ein psychologischer Betreuer bei ihr gewesen war und die Beamten sich sehr wohl gekümmert hatten. Sie hatte es ebenfalls aufgegeben, zu hoffen, dass die alte Dame nach der nächsten Tasse Kaffee endlich verschwinden würde. Sie wusste, dass Frau Kussauer nur selten Besuch von ihren Angehörigen bekam und offensichtlich nutzte sie nun die Gelegenheit, sich endlich ausgiebig zu unterhalten.

»Man hat mir versprochen, jemanden zu schicken. Da passiert ein Mord direkt vor der Tür, und die lassen eine alte Frau völlig im Unklaren. Man muss doch informiert werden. Das, meine Liebe, hätte es früher nicht gegeben.«

Josi lag die Frage auf der Zunge, was genau *früher* Frau Kussauers Meinung nach passiert wäre. Vermutlich hätte man damals eine Bürgerversammlung einberufen, um den besorgten Bürgern brühwarm die Ermittlungsergebnisse aufzutischen und am besten noch einige Farbaufnahmen des Opfers im Großformat zu präsentieren. In dem Fall wären dann vermutlich alle gemeinsam mit Mistgabeln bewaffnet auf die Straße gegangen, um den Täter zu finden. Das Summen ihres Handys hielt sie glücklicherweise davon ab, ihre Gedanken auszusprechen. Auf dem Display erkannte sie Mareikes Nummer.

»Entschuldigen Sie, da muss ich rangehen«, sagte sie und stand auf, um in den Flur zu verschwinden. In Ermangelung der passenden Worte murmelte Josi lediglich ein »Hallo« in den Hörer.

Am anderen Ende der Leitung klang Mareike seltsam gefasst. »Scheiße«, sagte sie nüchtern. Dann noch mal: »Scheiße!«

»Gott, es tut mir so leid. Ich weiß gar nicht ...« Josi kamen die Tränen. Frau Kussauer trat in den Flur und warf ihr einen fragenden Blick zu. In der Hoffnung, dass sie dann endlich verschwinden würde, versuchte Josi ihr zu bedeuten, dass sie ein wichtiges Gespräch hatte. Vergebens, die alte Dame zuckte mit den Schultern und schlurfte zurück ins Wohnzimmer.

»Mareike, bleib bitte mal einen Moment dran«, sagte Josi und ging ihr hinterher. Die Nachbarin saß bereits wieder auf dem Sofa und leerte schlürfend ihre Kaffeetasse.

»Frau Kussauer, das hier wird länger dauern. Es ist meine Freundin, die Ehefrau von dem armen Mann.« Das Wort Opfer wollte nicht über ihre Lippen kommen. » Es wäre mir recht, wenn Sie mich jetzt alleine lassen würden.«

Frau Kussauer zog die Lippen kraus, sodass sich die Falten um ihren Mund noch vertieften, schüttelte kaum merklich den Kopf und stand auf. »Auf Wiedersehen«, sagte sie unterkühlt und stürmte mit beleidigter Miene an Josi vorbei. Als sie die Tür ins Schloss fallen hörte, atmete Josi unwillkürlich auf.

»Du hättest deinen Besuch nicht wegschicken müssen«, sagte Mareike.

»Hör auf. Ich bin froh, dass ich endlich einen Grund hatte, sie rauszuwerfen. Wie geht es dir? Entschuldige.« Josi stockte. Die Frage erschien ihr unangebracht, die Antwort darauf offensichtlich. »Kommst du einigermaßen klar?«

Mareike schwieg einen Moment. Josi meinte, ihren Atem zittern zu hören. Dann kam die Antwort mit fester Stimme: »Ich funktioniere. Auf mich kommt jetzt so viel zu. Deswegen habe ich eine Bitte an dich. Du gehst heute nicht mehr arbeiten, oder?«

»Du kannst mich bitten, worum du willst. Ich bin für dich da!«

»Es geht um Renate. Sie weiß es noch nicht und ich kann das nicht alleine.«

»Sie wurde nicht benachrichtigt?«

»Nein. Es wird im Todesfall lediglich der nächste Angehörige ermittelt und das bin ich als seine Frau. Der Rest bleibt an mir hängen.«

»Das ist nicht deren Ernst?« Josi schüttelte fassungslos den Kopf. Wie konnte man so eine Aufgabe der Ehefrau übertragen, die selbst erst mal den Verlust verkraften musste?

»Wenn ich nicht will, dass Renate nachher aus den Lokalnachrichten davon erfährt, muss ich mich wohl oder übel selbst darum kümmern. Kann ich auf dich zählen?«

»Sag mir nur, wann ich bei ihr sein soll.«

Mareike seufzte. »Das werde ich dir nie vergessen. Ich hole dich in zwanzig Minuten ab.«

Keine halbe Stunde später wartete Josi an der Straßenecke auf Mareike. Da Josi keinen eigenen Wagen hatte, setzte sie sich wegen der mangelnden Fahrpraxis äußerst ungern hinters Steuer. Heute hingegen hätte sie liebend gerne den Fahrdienst übernommen. Sie konnte sich nicht vorstellen, dass Mareike in ihrem Zustand in der Lage war, sich auf den Verkehr zu konzentrieren.

Endlich bog Mareikes Wagen in die Straße ein und näherte sich Josi, deren mulmiges Gefühl sich sogleich bestätigte. Ein Fahrradfahrer schaffte es gerade so, in eine Lücke zwischen zwei parkenden Autos auszuweichen, sonst hätte Mareike ihn gerammt. Wütend brüllte er ihr hinterher und zeigte den Mittelfinger, doch Mareike fuhr unbeeindruckt weiter. Sie war sogar so unkonzentriert, dass sie direkt an Josi vorbeibrauste, ohne sie zu bemerken. Sie hielt vor Josis Einfahrt. Exakt an der Stelle, wo noch vor wenigen Stunden Dirk gelegen hatte.

Das Handy in Josis Tasche vibrierte. Vermutlich Mareike, die ihr sagen wollte, dass sie vor dem Tor stand. Josi seufzte und setzte sich in Bewegung, erreichte den Wagen und streckte den Kopf ins Innere.

»Du siehst müde aus. Soll ich besser fahren?«, fragte sie, nicht ganz sicher, wer von ihnen die größere Katastrophe im Stadtverkehr verursachen würde.

Mareike winkte ab. »Mach dir keine Gedanken, ich bin schon den ganzen Morgen auf den Beinen.«

Und vermutlich auch die vergangene Nacht, fügte Josi

in Gedanken hinzu. Mareikes Pagenschnitt, den sie normalerweise akkurat um ihren Kopf föhnte, war verstrubbelt, der Haaransatz wirkte fettig. Unter ihren Augen zeichneten sich dunkle Ringe ab und ihre Haut wirkte fahl.

»Bist du dir sicher, dass du es schaffst? Ich meine, du siehst aus, als hättest du seit Tagen nicht geschlafen.«

»Habe ich auch nicht. Lass es uns bitte einfach hinter uns bringen, ja?« Ungeduldig nickte sie, damit Josi endlich einstieg. Noch bevor Josi die Tür hinter sich geschlossen hatte, trat Mareike aufs Gaspedal und fuhr, ohne einen Blick in den Rückspiegel zu werfen, aus der Lücke.

Josi schnallte sich an und krallte sich am Türgriff fest. Schnell ließen sie das Viertel hinter sich. Mareike reihte sich in den mehrspurigen Verkehr auf der Friedberger Landstraße ein und überholte einen Linienbus. Dabei ignorierte sie geflissentlich den Blinker, und auch das Wort Schulterblick schien ihr fremd. Nervös beobachtete Josi den Verkehr im Rückspiegel. Ein schwarzer BMW fuhr dicht hinter ihnen, der Reifen des Busses drehte sich direkt unter dem Seitenfenster.

»Man glaubt immer, dass einem so etwas nie passiert. Dass es nur andere trifft und dass man sicher ist in seinem kleinen heilen Leben«, sagte Mareike. Sie war dabei, mit der rechten Hand eine Zigarette aus einer zerdrückten Schachtel zu fummeln.

»Hm«, machte Josi. Mal davon abgesehen, dass sie nicht wusste, was sie darauf erwidern sollte, war sie momentan viel zu sehr damit beschäftigt, im Geiste den Wagen zu steuern, da Mareike das anscheinend nicht übernehmen wollte.

»Obwohl ich weiß, dass es wahr ist«, murmelte Mareike, die mittlerweile damit beschäftigt war, die Zigarette mit einem Feuerzeug anzuzünden, »kann ich es irgendwie nicht realisieren. Ich meine, ich habe die Bilder gesehen. Oh Gott, wie schrecklich muss es erst für dich gewesen sein?«

»Sie haben dir Bilder gezeigt?«, fragte Josi entsetzt. Welchen Sinn sollte es haben, Mareike Fotos von ihrem bis zur Unkenntlichkeit entstellten Mann zu zeigen? Warum ließ man ihr nicht die Erinnerung an ihn, wie sie ihn gekannt hatte?

»Weil ich es verlangt habe. Ich dachte, dass ich es dann begreifen kann. Aber das auf den Bildern, der Mann ... Er hatte nichts mit Dirk zu tun.«

»Du solltest das schnell wieder vergessen. Wie er aussah. Ich versuche es auch. Die Frau vom psychologischen Dienst hat gesagt, ich soll mir immer wieder sagen, dass es nur sein Körper war und nichts mehr mit ihm zu tun gehabt hat.«

»Verfluchter Mist, glaubt ihr eigentlich, dass ihr die Einzigen auf der Straße seid?«, brüllte Mareike. Sie drückte wütend auf die Hupe, während sie sich an dem abbiegenden Wagen vor ihr vorbei drängte. Josis Herz raste, als sie im Rückspiegel entdeckte, dass der BMW, der mittlerweile die Spur gewechselt hatte, ihnen beinahe in die Seite gefahren wäre.

»Das Schlimmste ist, ich kann es mir einfach nicht erklären. Wer hat ihm das angetan? Wer kann Dirk so hassen, dass er ihn so zurichtet?«, flüsterte Mareike an der Zigarette vorbei. Tränen standen in ihren Augen. »Wer hat mir meinen Mann genommen?«

Josi öffnete den Mund, doch ihr fiel keine passende Erwiderung ein. Zuerst hatte sie versucht, sich einzureden, dass Dirk ein Zufallsopfer war, zur falschen Zeit am falschen Ort. Doch was hatte er mitten in der Nacht bei ihr im Nordend gewollt? Vielleicht hatte auch jemand die Leiche vor ihrer Tür abgelegt. Wie Josi es auch drehte und wendete, sie landete immer wieder bei derselben Frage: Hatte der Mord etwas mit ihr zu tun? Und würden die Täter zurückkommen, um auch sie umzubringen?

Vielleicht sollte es eine Art Botschaft an sie sein. In diesem Fall konnte sie nur hoffen, dass sie nicht herausfinden musste, um welche Botschaft es sich handelte, bevor die Polizei den Täter fasste.

»Es ist alles meine Schuld. Hätte ich doch nur sofort die Polizei gerufen«, sagte Mareike. Die Zigarette in ihrem Mundwinkel zitterte, etwas Asche löste sich von der Spitze und bröselte auf ihre Hose.

»Wie meinst du das?«

Der Wagen hinter ihnen hupte. Josi schaute nach vorne. Die Ampel zeigte auf Grün.

»Du darfst fahren«, murmelte sie. Mareike trat aufs Gaspedal. Mit quietschenden Reifen sauste der Wagen über die Kreuzung. Der BMW blieb dicht hinter ihnen.

»Dirk ist schon vor zwei Tagen verschwunden. Ich habe mir nichts dabei gedacht, du kennst ihn ja. Er braucht immer mal wieder seine Auszeit. Wie hätte ich ahnen sollen, dass er in Gefahr ist?«

»Du solltest dir keine Vorwürfe machen.« Tröstend strich Josi über Mareikes Schulter. »Wie du schon gesagt hast, konntest du es gar nicht wissen.«

Unvermittelt zog Mareike den Wagen nach rechts und hielt auf dem Fahrradweg an.

»Natürlich muss ich mir Vorwürfe machen. Was ist das für eine Ehefrau, die sich nicht dafür interessiert, wenn ihr Mann zwei Nächte nicht nach Hause kommt?«

»Rede dir doch so etwas nicht ein. Du hast ihm die Freiheit gegeben, die er brauchte. Es gibt nichts, was du dir vorzuwerfen hast.«

»Trotzdem hätte ich spüren müssen, dass mit ihm etwas nicht stimmt. Dass es ihm nicht gut geht. Wer sonst, wenn nicht seine Frau?«

»Er hat sich doch nicht selbst umgebracht. Wie genau hättest du ihm denn helfen sollen?«

»Aber er hatte Probleme, das ist wohl nicht zu leugnen. Und über die hätte er mit mir sprechen können. Nein, er hätte mit mir sprechen müssen!« Mareike zündete sich eine neue Zigarette an und reihte sich zurück in die Blechlawine ein, die sich langsam in Richtung der Autobahn bewegte. »Anscheinend hatte er nicht genug Vertrauen zu mir. Das sagt doch einiges über unsere Beziehung aus, findest du nicht?«

»Wer euch kennt, der weiß, dass er nie eine bessere Frau hätte finden können. Du trägst keine Schuld an seinem Tod, hör also auf, irgendwelche Begründungen dafür zu suchen.«

Mareike zuckte mit den Schultern. Sie zog auf die linke Spur und überholte einen schwarzen BMW. Genau den BMW, der ihnen vor Kurzem noch bis auf die Stoßstange aufgefahren war.

»Das Drängeln hat sich ja richtig gelohnt«, murmelte Josi und schaute in den Wagen. Der Fahrer hatte das Handy am Ohr und sprach wild gestikulierend in den Hörer. Ein Tattoo, wie das von George Clooney in *From Dusk Till Dawn,* zierte seinen Hals. Nur der dazugehörige Nacken war sehr viel dicker und der Kerl um einiges hässlicher als der gute alte George.

»Vollidiot«, murmelte Mareike, reihte sich vor ihm auf der Mittelspur ein und schaute in den Rückspiegel. »OF-Kennzeichen. Kein Wunder. Die Offenbacher haben ja bekanntlich weder Verstand noch Führerschein.«

Den Rest der Fahrt bis nach Heusenstamm verbrachten sie schweigend. Als sie vor der Tür von Dirks Pflegemutter parkten, war Mareike jegliche Farbe aus dem Gesicht gewichen. Mit zitternden Fingern versuchte sie, die nächste Zigarette aus der Packung zu pfriemeln. Josi legte ihre Hand auf die ihrer Freundin und warf ihr einen ernsten Blick zu.

»Meinst du nicht, dass du auf der Fahrt genug geraucht hast?« Ihr Ton war mütterlicher als geplant, doch anscheinend brauchte Mareike genau diese Art von Fürsorge.

»Du hast ja recht«, gab sie kleinlaut zu und ließ die Packung sinken. Dann deutete sie mit dem Kopf auf das Haus von Renate. »Der Gedanke an das Gespräch macht mir einfach eine Heidenangst. Wie sagt man jemandem, dass sein Kind gestorben ist?« Eine Träne löste sich aus ihrem Augenwinkel und kullerte über die Wange. Die Hand unter Josis Fingern krampfte sich zusammen. Mareike zerknüllte die Schachtel Zigaretten und warf sie in den Fußraum. »Dirk war so stolz, als ich es geschafft hatte, aufzuhören.«

Josi nickte. Sie öffnete die Beifahrertür und stieg aus. Weiter vorne in der Straße meinte sie, den hässlichen George Clooney zu entdecken, wie er an seinem Wagen lehnte und auf seinem Handy herumtippte. Einen Moment bekam sie das Gefühl, dass der Kerl sie verfolgte. Dann schaute sie genauer hin und erkannte, dass es sich bei dem Wagen, an dem der Mann stand, nicht um einen schwarzen BMW handelte, sondern um einen dunkelgrauen Kombi.

Sie beugte sich nach unten und fasste Mareike am Arm. »Lass es uns hinter uns bringen«, sagte sie.

12

Fabian nuckelte bereits an der nächsten Zigarette. Eine Selbstgedrehte, die er sich aus dem Schreibtisch eines Kollegen gemopst hatte, während er auf das Eintreffen der Zeugin Witterhold wartete. Vor einer halben Stunde hatte sie überraschend angerufen und darauf bestanden, so schnell wie möglich ihre Aussage zu machen, woraufhin er sie direkt zu sich ins Büro bestellt hatte. Thomas Wendtner war unterwegs zur Staatsanwaltschaft, um den zuständigen Ermittler Beysiegel um einen Antrag auf Herausgabe der Verbindungsdaten von Dirk Grollmischs Handy zu bitten.

Er war gespannt, ob es tatsächlich einen Auftraggeber in Sachsenhausen gab. Genau das würden sie - wenn nicht über den Terminkalender - über die Verbindungen seines Mobilanschlusses herausfinden. Fabian glaubte nicht daran, dass die Anwohner ohne besonderen Grund die Polizei verständigten. Sachsenhausen war ein belebtes Viertel, eine Kneipenmeile befand sich in unmittelbarer Nähe. Menschen, die in oder an ihrem Auto warteten, sollten kein seltener Anblick für die Bewohner des Stadtteils und erst recht kein Grund zur Besorgnis sein. Dirk Grollmisch musste sich auffällig oft dort aufgehalten haben, um das Misstrauen der Anwohner zu wecken.

Etwas trockener Tabak löste sich von der Spitze der Zigarette und bröselte auf die Schreibtischunterlage. Dieser selbstgestopfte Mist taugte nichts und Fabian hatte ihn schon zu seinen Raucherzeiten gehasst. Mit einer Handbewegung fegte er die Krümel vom Tisch und klopfte die Zigarette mit dem Filter voran einige Male auf die Tischplatte, damit sich der Tabak in der Hülse etwas verfestigte. Er wollte die Zigarette gerade wieder in den Mund stecken, als es klopfte. Er legte den Glimmstängel ab und öffnete dann die Tür.

»Frau Witterhold, kommen Sie doch bitte herein«, begrüßte er sie und rückte ihr den Stuhl vor dem Schreibtisch zurecht. Eine Flasche Wasser und zwei Gläser hatte er schon bereitgestellt und goss ihnen beiden etwas ein.

Die Frau nahm dankbar das Glas entgegen, trank einen tiefen Schluck. Dann stellte sie es ab und blickte nervös auf ihre Finger. »Als Erstes will - nein, muss ich mich bei Ihnen entschuldigen«, sagte sie, ohne den Blick zu heben. »Für mein Verhalten heute Morgen. Das war unmöglich und ich schulde es Dirk, dass ich Ihnen endlich all Ihre Fragen beantworte. Es ist das Mindeste, was ich jetzt noch für ihn und seine Frau tun kann.«

Fabian griff nach der Zigarette, die noch immer neben der Tastatur lag, und ließ sie in der Schublade verschwinden. Danach nahm er das Diktiergerät heraus und verschloss sie wieder. »Machen Sie sich keine Gedanken. Es bringt uns gar nichts, wenn Sie Angaben machen, solange Sie unter Schock stehen. Dabei geht mit ziemlicher Sicherheit etwas unter. Wenn Sie jetzt ruhiger sind, können Sie für uns eine sehr viel größere Hilfe sein.« Fabian hob das Diktiergerät auf. »Ihre Aussage muss dokumentiert werden, da Sie eine wichtige Zeugin sind und alles, was Sie sagen, gegebenenfalls auch vor Gericht verwendet werden kann. Deswegen wird die Aufnahme später abgetippt. Sie müssen das Protokoll durchlesen und mit Ihrer Unterschrift bestätigen. Hiermit belehre ich Sie auch, dass Sie selbstverständlich die Wahrheit sagen müssen, außer, Sie würden sich selbst belasten. In diesem Fall können Sie schweigen. Haben Sie das verstanden?«

Endlich schaute sie auf. Allerdings sah sie ihn nur kurz an, dann wanderte ihr Blick zum Fenster. »Was soll das heißen? Bin ich etwa verdächtig?«

»Das ist die Standardbelehrung, die wir vor jeder Vernehmung aussprechen, nicht nur bei Verdächtigen. Sie sind nicht tatverdächtig, sonst hätten wir Sie zu einem Verhör geladen, was ein wenig anders aussähe.«

Sie nickte, schien aber nicht sonderlich überzeugt. Für Fabian war sie tatsächlich nicht tatverdächtig. Er glaubte nicht daran, dass die zierliche blonde Frau in der Lage wäre, einen Menschen dermaßen zuzurichten. Allerdings gab er Thomas recht, ihren Ehemann sollten sie als möglichen Verdächtigen nicht voreilig ausschließen. »Sind Sie bereit?«, fragte er. Sie nickte und er schaltete das Diktiergerät ein. »Dann erzählen Sie jetzt bitte Schritt für Schritt, was heute Morgen passiert ist. Fangen Sie am besten an dem Punkt an, bevor Sie ihre Wohnung verlassen haben.«

Josefine Witterhold begann mit ihrem Bericht in der Nacht, als ihr kleiner Hund sie aufgeweckt hatte, und erzählte ausschweifend, was danach passiert war.

Geduldig hörte Fabian ihre Geschichte an, ohne sie durch Fragen zu unterbrechen. Es war wichtig, dass sie zunächst ihre Eindrücke wiedergab. Ab und zu machte er sich Notizen zu einzelnen Punkten, an denen er später noch einmal nachhaken wollte. Nachdem sie geendet hatte, gab er ihr einen Moment Zeit, sich zu sammeln.

»Wo befand sich Ihr Mann zu dem Zeitpunkt, als Sie von dem Hund geweckt wurden?«, fragte er dann. Das Wichtigste zuerst.

»Natürlich auch zu Hause. Wo sollte er sonst mitten in der Nacht sein?«

»Lässt er Sie immer alleine um diese Uhrzeit mit dem Hund nach draußen gehen?«

Sie zog die Stirn kraus und schaute ihn skeptisch an. »Warum sollte er nicht? Ich bin eine erwachsene Frau und es kommt auch nicht jede Nacht vor, dass Lumpi dringend ein Geschäft erledigen muss.«

»Es ist also eher außergewöhnlich, dass er um diese Uhrzeit nach draußen will?«

»Ich schreibe das nicht auf, aber öfter als einmal im Monat passiert das bestimmt nicht. Wissen Sie, ab und zu, wenn er Hühnchen gefressen hat, bekommt er Durchfall und dann muss er unbedingt Gras fressen. Wir geben ihm eigentlich deswegen extra kein Geflügel, aber manchmal geht er zur Nachbarin und ... Aber mein Mann bekommt davon sowieso nichts mit, ich müsste ihn extra dafür aufwecken. Wir haben getrennte Schlafzimmer.«

Fabian horchte auf. Dass ein verheiratetes Paar nicht im gemeinsamen Ehebett schlief, kannte er bloß von älteren Menschen. Von dem jungen Paar hätte er das nicht erwartet. Die konnten normalerweise nicht genug voneinander bekommen. »Sie können also gar nicht mit Sicherheit sagen, ob er zu diesem Zeitpunkt zu Hause war?«, hakte er nach. Es rückte immer mehr in den Bereich des Möglichen, dass Thomas mit seinem Schnellschuss gar nicht auf der falschen Fährte war.

»Natürlich kann ich das«, stieß Josefine Witterhold hervor und reckte selbstsicher ihr Kinn in die Höhe. » Er war zu Hause, das kann ich Ihnen garantieren. Elias schnarcht. Die Geräusche, die er von sich gibt, können Sie gar nicht überhören. Wo sollte er auch gewesen sein um die Uhrzeit? Eigentlich hätten wir ja beide heute arbeiten müssen.«

Fabian hob beschwichtigend die Hände. »Ich wollte Ihnen damit nicht zu nahetreten. Es geht mir lediglich um den exakten Ablauf. Außerdem könnte er ebenfalls ein wichtiger Zeuge sein, wenn er zum Beispiel durch ein Geräusch geweckt wurde«, sagte er und strich den ersten Punkt von seiner Liste. Auf die Eifersucht des Ehemannes würde er später zu sprechen kommen. »Erzählen Sie mir etwas über die Beziehung, die Sie zum Opfer hatten. Heute Morgen berichteten Sie davon, dass Sie sich schon eine lange Zeit kennen?«

Ihre Augenbrauen zogen sich zusammen. Sie zupfte an der Haut ihres Daumennagels und sagte leise: »Eigentlich mein ganzes Leben. Wir waren gemeinsam in einem Heim für Schwererziehbare.« Sie spie das letzte Wort förmlich hervor. Fabian kringelte mit dem Kugelschreiber das Wort *Kinderheim* auf seinem Notizzettel ein. »Hatten Sie eine harte Zeit?«, fragte er.

»Davon können Sie ausgehen. Ich meine, ich bin Erzieherin, und aus professioneller Sicht kann ich Ihnen sagen, dass wir ganz bestimmt fehl am Platz waren. Wir waren nicht schwererziehbar, wir wurden dazu gemacht.«

»Wie meinen Sie das?«

»Ich zum Beispiel wurde ständig von den anderen gemobbt, was mich auf Dauer krankgemacht hat. Dirk hat immer versucht, mich zu verteidigen, bekam deswegen oft Ärger mit den Pflegern.« Ihre Augen wurden glasig, ihre Hände begannen zu zittern. »Einmal, da hat er mir sogar meinen Hasen zurückerobert. Das war mein Lieblingsstofftier.«

»Sie waren häufig krank?«, fragte Fabian, der sich plötzlich etwas wacher fühlte. Etwas Ähnliches hatte die Frau des Opfers über ihren Mann gesagt.

»Wir alle waren Dauergäste beim Arzt. Es ist lange her und vielleicht überdramatisiere ich es in meiner Erinnerung, aber ich habe das Gefühl, dass jede Woche die Autos voller Kinder geladen wurden, die man zu verschiedenen Praxen gekarrt hat. Und mindestens einmal im Monat war ich dabei. Außerdem gab es im Heim eine eigene Krankenstation mit einer Schwester und ab und an machte der Kinderarzt sogar einen Hausbesuch bei uns.«

»Welche Symptome hatten Sie? Können Sie sich an gestellte Diagnosen erinnern?« Fabian musste sich zusammenreißen. Er durfte nicht zu viele Fragen auf einmal stellen.

»Ich weiß noch, dass ich oft Bauchschmerzen hatte. Dirk übrigens auch. Durchfall war schon fast Normalzustand. Es gab Tage, an denen wollte ich gar nicht aus dem Bett aufstehen, weil ich solche Schmerzen im Kopf und Bauch hatte. Meistens haben wir es aber verschwiegen, weil die Krankenstation uns auch nicht weiterhalf. Die Pflegerinnen dort waren nicht sonderlich gut ausgebildet.«

»Frau Grollmisch erzählte uns etwas davon, dass ihr

Mann bis vor seinem Tod ständig Probleme mit der Gesundheit gehabt hätte. Geht es Ihnen ähnlich? Entschuldigen Sie die Indiskretion.« Fabian merkte, dass er noch immer mit dem Kugelschreiber das Wort Heim umkreiste. An einer Stelle war bereits das Papier durchgeschrieben. Sein Instinkt sagte ihm, dass er auf eine Spur gestoßen war.

»Nein, bei mir ist alles in Ordnung. Nachdem ich adoptiert wurde, hat es nicht lange gedauert, bis es mir besserging. Deswegen glaube ich ja, dass es hauptsächlich von der Psyche kam. Wissen Sie, kein Kind sollte auf einem Behandlungsstuhl fixiert werden, weil es an seinen Fingernägeln herumpult.« Unwillkürlich legte sie die Hände flach auf die Tischplatte, wie um zu beweisen, dass sie die Finger stillhielt.

»Wollen Sie damit sagen, dass Sie misshandelt wurden?«

Sie blickte auf, nahm ihre Hände vom Tisch und setzte sich darauf. Dann schüttelte sie so heftig den Kopf, dass ihr einige der blonden Locken in die Stirn fielen. »Nein, so würde ich es nicht ausdrücken. Dort wurden nur eben besonders drastische Maßnahmen ergriffen. Schwarze Pädagogik. Es ist ja auch nicht so, dass wir sofort an die Liege geschnallt wurden, wenn wir mal Nägel gekaut haben. Es gehörte zu dem Anti-Aggressions-Training des Heims. Wenn wir während der Stunden mit der Pädagogin nicht gespurt haben, wurde eben auch mal zu solchen Mitteln gegriffen.«

»Haben Sie je über eine Anzeige nachgedacht?«

»In dem Alter doch nicht. Ich war noch sehr klein,

als ich adoptiert wurde. Gerade mal acht Jahre. Da habe ich mit niemandem darüber gesprochen. Ich kannte es ja nicht mal anders. Erst bei meinen Adoptiveltern habe ich ein normales Familienleben kennengelernt. Irgendwann war es dann einfach zu spät. Was würde es mir bringen, die Vergangenheit und damit all die schmerzhaften Erinnerungen aufzurollen? Ich hätte rein gar nichts davon.«

Fabian nickte. Genau das war einer der Gründe, warum viele Opfer von Gewalttaten niemals Anzeige erstatteten. Sie waren nicht in der Lage, das Erlebte in Form einer Aussage erneut durchzumachen. »Können Sie sich vorstellen, dass jemand aus diesem Umfeld für den Tod von Herrn Grollmisch verantwortlich ist?«, lenkte er das Thema zurück auf den Fall.

»Ich wüsste nicht, weshalb. Es ist nicht gerade so, als hätte er dort Feinde gehabt. Jedenfalls keine, von denen ich wüsste. Außer vielleicht das Mädchen, von dem er meinen Hasen zurück gestohlen hat. Vor dreißig Jahren.« Sie lächelte milde.

Fabian stand auf und nahm das Diktiergerät in die Hand. Er glaubte nicht wirklich an die Eifersuchtstheorie von Thomas Wendtner, weshalb er in diesem Moment nicht noch einmal darauf zu sprechen kommen wollte. Also beendete er das Gespräch. »Vielen Dank, Frau Witterhold, Sie haben uns einige interessante Ansätze geliefert. Wir kommen gegebenenfalls noch mal auf Sie zurück.« Er drückte auf den Aufnahmeknopf. »Ich bringe die Aufnahme jetzt ins Sekretariat, dann wird sie gleich abgetippt und Sie können Ihre Unterschrift daruntersetzen.« Er begleitete sie an die Tür, vor der schon Thomas Wendtner wartete.

»Das ist alles, was du über den eifersüchtigen Schrank rausgefunden hast?«, fragte dieser wenig später, als sie alleine im Büro waren und Fabian ihm von dem Gespräch mit Josefine Witterhold berichtet hatte.

»Fürs Erste, ja. Es wäre keine gute Idee gewesen, sie jetzt mit aus der Luft gegriffenen Theorien über ihren Mann zu überfallen. Wir können froh sein, dass sie überhaupt schon in der Verfassung war, eine Aussage zu machen. Psychisch, meine ich«, sagte Fabian ein wenig kleinlaut.

»So ganz aus der Luft gegriffen ist das aber nicht, was ich sage. Liebe oder Hass, eines von beidem war da in jedem Fall im Spiel und Eifersucht verbindet beides.«

Fabian nickte. In dem Punkt konnte er Thomas nicht widersprechen.

»Zum Glück können wir zumindest davon ausgehen, dass er nicht losziehen wird, um wahllos weitere mutmaßliche Nebenbuhler ins Jenseits zu prügeln.«

»Du bist dir ziemlich sicher, dass er unser Mann ist«, stellte Fabian fest.

»Zumindest ist er die erste Adresse, an die wir uns wenden sollten.«

»Ich hätte da noch eine andere Adresse anzubieten.«

»Schieß los. Was hast du rausgefunden?«

»Noch gar nichts. Aber ich habe da so ein Gefühl.«

»Du und deine Gefühle!« Thomas strich sich über sein Kinn, das von einem stacheligen Dreitagebart überwuchert wurde. »Wir brauchen Fakten. Wir sind doch nicht bei der SOKO Nasenfahrrad. Niemand hat seine Brille als vermisst gemeldet, es geht hier um Mord.«

»Hör doch auf mit deinen Witzchen. Bisher hab ich mich noch nie komplett verrannt, das kannst du nicht leugnen.« Fabian schlug mit der flachen Hand auf die Tischplatte und stand energisch auf. Jedes Mal aufs Neue mussten sie diese Diskussion führen. Dass Fabian sich bei den Ermittlungen auch mal von seinem Gefühl leiten ließ, hatte die beiden noch nicht in Schwierigkeiten gebracht. Jedenfalls nicht mehr als Thomas, der mit voreiligen Schlüssen schnell irgendwelche Kurzschlussreaktionen provozierte.

Das abschätzige Grinsen in Thomas' Gesicht verriet Fabian, dass sein Kollege bereits auf der Suche nach der nächsten Spitze gegen ihn war. Für die Fopperei unter Kollegen war Fabian nach diesem Tag allerdings nicht mehr zu begeistern. Er brauchte dringend eine Mütze Schlaf oder wenigstens etwas Ruhe. Deshalb sagte er kopfschüttelnd: »Lass gut sein. Einigen wir uns einfach darauf, dass du den Arsch mimst, während du die traumatisierte Zeugin über ihren Mann ausquetschst und mich in Ruhe meine Fühler ausstrecken lässt.«

Das Lächeln in Thomas' Gesicht erstarb. Er zuckte mit den Schultern. »Manchmal bist du schlimmer als eine alternde Diva. Ist ja nicht so, als hätte ich dich persönlich angegriffen. Am besten, wir reden morgen nochmal in Ruhe darüber, was meinst du?«

»Morgen wird sich meine Meinung dazu auch nicht geändert haben«, sagte Fabian, schnappte sich seinen Schlüssel vom Schreibtisch und ging zur Tür. »Schönen Feierabend.« Damit verschwand er aus dem Büro, ohne eine Antwort von Thomas abzuwarten.

Vor dem Revier blieb er stehen und atmete tief durch.

Die frische Luft tat ihm gut und machte ihn augenblicklich wacher im Kopf. Ihm wurde schmerzlich bewusst, wie sich seine Einstellung zu seinem Beruf geändert hatte. Damals, bei seinem ersten eigenen Fall, war er voller Energie an die Ermittlungen gegangen. Er hatte nächtelang so gut wie gar nicht geschlafen und die Hinweise und Aussagen wieder und wieder bearbeitet, und doch hatte er am nächsten Tag kein Problem damit gehabt, quer durch die Stadt zu fahren, um Zeugen zu vernehmen. Dieses Gefühl von uneingeschränktem Elan hatte er schon lange nicht mehr verspürt. Mittlerweile war seine Arbeit zum Alltagstrott geworden, der ihn ermüdete.

Bevor er allerdings nach Hause ging, um den dringend benötigten Schlaf nachzuholen, musste er unbedingt noch etwas essen. Er schlug die Richtung zu seiner favorisierten Currywurstbude ein und kramte sein Handy aus der Tasche des Jacketts, um seine E-Mails abzurufen. Er kam nur wenige Schritte weit, da wurde er von einer großen Blondine gestoppt. Vielmehr rannte er direkt in sie hinein, denn sie lief nach unten gebeugt über den Bürgersteig und war dabei, einigen Blättern Papier hinterherzujagen.

»Ach Mist«, fluchte sie und fing sich mit den Händen ab, um nicht nach vorne auf die Knie zu stürzen.

»Entschuldigen Sie bitte, ich habe Sie gar nicht gesehen«, sagte Fabian und wollte an ihr vorbeigehen.

»So ein Mist«, wiederholte sie gequält und fasste nach einer Seite, die gerade vom Wind davon gerissen wurde. »Meine Vertragsunterlagen.«

Fabian sprintete los und erwischte das Papier. Er sammelte noch zwei weitere Seiten ein und hielt sie lächelnd der Frau entgegen. Die Frau richtete sich auf, um sie entgegenzunehmen. Sie überragte ihn bestimmt um einen halben Kopf, obwohl sie flache Schuhe trug. Auch sie lächelte und entblößte dabei eine Reihe perfekt gerader und strahlend weißer Zähne zwischen ihren roten Lippen. Fabian musste sich zusammenreißen, sie nicht lüstern anzustarren.

»Entschuldigen Sie bitte, ich hoffe, ich konnte alles einfangen. Habe ich Ihnen wehgetan bei unserem Zusammenstoß?«, murmelte er.

Ihr Lächeln wurde noch breiter. »Machen Sie sich keine Sorgen, so einen kleinen Rempler halte ich schon aus. Schließlich bin ich nicht aus Glas. Und was meine Unterlagen angeht, so etwas kann nur mir passieren. Ich bin ein schrecklicher Tollpatsch.« Ihre Stimme klang glockenhell und ihre braunen Augen blitzten freundlich.

»Da habe ich ja noch mal Glück gehabt. Nicht auszudenken, wenn Sie mir hier vor meiner Arbeitsstelle in tausend Scherben zerbrochen wären. Wie sollte ich das meinem Chef erklären?«

Jetzt lachte sie laut auf und zwischen ihren Backenzähnen blitzte ein weißer Kaugummi hervor. Sie warf ihre blonde Mähne nach hinten. »Sie hätten mich doch hoffentlich aufgekehrt und nicht einfach auf der Straße liegen lassen?«

»Auf keinen Fall. Ich hätte Sie in eine Beweismitteltüte verpackt und sicher im Archiv verstaut. Immerhin könnte es ja sein, dass sich mal jemand meldet, der Sie vermisst.«

»Es gibt niemanden, der zu Hause auf mich wartet.« Sie zwinkerte ihm zu. »Sie arbeiten also direkt hier? Ein Polizist. Eine Blondine in Einzelteilen hätte Sie tatsächlich in

Erklärungsnot gebracht, Herr ...?«

»Prior«, sagte er und hielt ihr seine Hand hin. »Aber nennen Sie mich ruhig Fabian, schließlich habe ich gerade Feierabend und bin außer Dienst.«

Ihre feingliedrigen Finger mit den perfekt manikürten Nägeln umfassten seine Hand. »Fabian, hallo. Mein Name ist Isabell. Wohin wolltest du denn so eilig, wenn du nicht auf dem Weg zu einem Tatort bist?«

»Zu *Best Worscht in Town*«, antwortete er und wünschte sich gleich, es nicht gesagt zu haben. Eigentlich wäre das die perfekte Gelegenheit gewesen, sie zu bitten, ihn zum Abendessen zu begleiten. Denn eine gertenschlanke Schönheit wie die Blondine, die ihm gegenüberstand, stand sicherlich nicht auf Currywurst. Vermutlich verkehrte sie, wenn überhaupt, in den veganen Restaurants oder den Sushitempeln der Stadt.

Zu seiner Überraschung legte sie die Hand auf seine Schulter und strahlte ihn an. »Was dagegen, wenn ich mich dir anschließe? Ich habe einen Bärenhunger und du hast bestimmt interessante Anekdoten von deinem Job zu erzählen. Ich hab noch nie einen echten Bullen -« Sie kicherte wie ein kleines Mädchen und hielt sich dabei die Hand vor den Mund, »einen Polizisten getroffen.«

»Zügle dich, sonst kriege ich dich noch wegen Beleidigung dran.« Zwinkernd bot er ihr seinen Arm, an dem sie sich unterhakte. »Nein, in Wirklichkeit sind wir auch nur brave Milchkühe. Lass uns gehen, bevor doch noch jemandem einfällt, dass ich ein paar Überstunden schieben könnte.«

13

In dieser Nacht fand Josi keinen Schlaf. Während Lumpi an ihrer Seite längst selig schnarchte, wälzte sie sich von einer Seite auf die andere und ging im Kopf immer wieder das Gespräch mit dem Kommissar durch. Obwohl sie alles gesagt hatte, woran sie sich erinnern konnte, wurde sie das Gefühl nicht los, dass sie mit ihrer Aussage keine große Hilfe gewesen war. Dieser Gedanke, so nutzlos für die Aufklärung von Dirks Tod zu sein, kam ihr unerträglich vor.

Als Josi gerade dabei war, wegzudämmern, schreckte sie plötzlich auf. Natürlich hatte in letzter Zeit etwas mit Dirk nicht gestimmt und genau jetzt fiel ihr ein, was es sein könnte. Der Zeitpunkt von Marlies' Brief passte genau zu Mareikes Schilderung, dass Dirk sich seit einigen Wochen zurückgezogen und seltsam verhalten hatte. Wie konnte sie das nur vergessen haben? Der Polizist hatte sie sogar noch gefragt, ob jemand aus dem Heim etwas mit Dirks Tod zu tun haben könnte. Sie musste dringend mit Mareike darüber sprechen. Vielleicht wusste sie, was in dem Brief stand. Josi griff nach ihrem Telefon, legte es dann aber doch wieder weg. Zwei Uhr war selbst für die die Nacht liebende Mareike zu spät.

Also verbrachte Josi noch einige Zeit damit, ihre Augen zwanghaft geschlossen zu halten und darüber zu grübeln, warum Marlies ausgerechnet Dirk einen Brief geschrieben hatte. Irgendwann in der Morgendämmerung schlief sie erschöpft ein, ohne eine befriedigende Lösung gefunden zu haben.

Nur kurze Zeit, nachdem sie in einen unruhigen Schlaf gefallen war, wurde sie durch ein Poltern aus dem Flur geweckt. Sie betastete die Matratze neben sich auf der Suche nach Lumpi. Er war nicht mehr bei ihr im Bett. Gähnend setzte sie sich auf.

»Elias?«, rief sie. Sein Kopf erschien im Türrahmen.

»Na endlich bist du wach. Ich habe schon angefangen, mir Sorgen zu machen«, sagte er und verschwand wieder im Flur.

Josi schaute verwirrt auf ihr Handy. Es war bereits nach neun Uhr. »Was machst du um diese Zeit noch hier, und warum hast du mich nicht geweckt?«, fragte sie und schnappte sich den Bademantel, der vor ihrem Bett lag. Sie brauchte jetzt dringend einen Kaffee.

»Du sahst so aus, als könntest du dringend etwas Schlaf gebrauchen«, antwortete Elias. Josi trat aus dem Schlafzimmer und fand ihn mit dem Kopf im Wandschrank. »Außerdem weißt du doch, dass ich heute nach Hamburg fahren muss. Diese Woche ist dort Serverumzug.«

In der Tat erinnerte sie sich daran. Sie hatte nach ihrem Gespräch gestern Morgen jedoch geglaubt, dass er sie unter keinen Umständen allein lassen würde. Sie nickte und zwängte sich an ihm vorbei durch den Flur zur Küche, wo sie die Kaffeemaschine einschaltete. Elias folgte ihr.

»Alles in Ordnung?«, übertönte er das Mahlwerk des Vollautomaten. Er hatte sich dicht hinter sie gestellt und massierte ihre Schultern. »Du weißt, dass ich dich nur ungern allein lasse.«

»Eigentlich wäre es ja kein Problem. Aber wenn ich mir vorstelle, die nächsten Nächte niemanden im Haus zu haben ...«

»Lumpi ist doch bei dir.«

»So meine ich das nicht«, sagte sie und drehte sich um. »Ich werde einfach das Gefühl nicht los, dass ...« Sie stockte. Eigentlich wusste sie selbst nicht genau, wovor sie Angst hatte. »Dass ich vielleicht als Nächste dran bin?«, versuchte sie eine Erklärung.

Elias nahm ihr die Tasse aus der Hand, stellte sie auf die Anrichte und umarmte sie. »Denjenigen, der dir ein Haar krümmt, bringe ich eigenhändig um«, sagte er und küsste sie auf den Scheitel.

»Ungemein beruhigend«, murmelte sie an seiner Brust und boxte ihm zärtlich in die Seite. »Nur nützt mir das dann auch nichts mehr. Im Ernst. Wer sagt, dass der Täter nicht zurückkommt, weil er glaubt, dass ich etwas gesehen habe?«

»Haben die Beamten dir gestern nichts dazu gesagt?«

Josi schüttelte den Kopf. »Wir haben gar nicht über dieses Thema gesprochen. Irgendwie wurde ich ziemlich schnell verabschiedet und soll mich nur für weitere Fragen bereithalten.«

»Dann solltest du dir auch keine Sorgen machen. Wenn sie die Situation so einschätzen würden, dass du in Gefahr bist, hätten sie dich darauf angesprochen.«

»Sicher hast du recht«, sagte sie. Er verstand wohl nicht, dass es um ihr Gefühl ging und nicht darum, wie real die Bedrohung war. Vielleicht würde sie einfach Mareike fragen, ob sie für die Zeit bei ihr einziehen wollte, oder alternativ ihren Adoptiveltern einen längeren Besuch abstatten. Allerdings würde es bei beiden Alternativen definitiv auf eine anstrengende Woche hinauslaufen.

»Niemand wäre so dumm und würde so kurz nach der Tat an den Ort zurückkommen, wo die Gefahr besteht, dass sich die Polizei herumtreibt.«

»Die Polizei ist doch schon längst weg«, sagte Josi und seufzte.

»Aber das weiß der Täter nicht.« Elias drückte noch einmal aufmunternd ihren Oberarm. Dann drehte er sich um und ging zurück zu seinem Koffer. »Ende der Woche bin ich wieder da. Spätestens Sonntag.«

Eine halbe Stunde später war Elias auf dem Weg nach Hamburg und Josi saß alleine mit Lumpi in der Küche. Er hatte seinen Kopf auf ihrem Fuß abgelegt und blinzelte sie treudoof von unten an. Josi ließ die Schultern hängen und rührte mit dem Löffel in ihrem Kaffee.

»Wir kriegen die Zeit schon rum«, sagte sie und war sich dabei nicht sicher, ob sie zu sich selbst oder zu dem Hund sprach. Da sie für die restliche Woche von der Arbeit freigestellt war, gab es eine Menge Zeit, die sie zu überbrücken hatte. Ihre Chefin hatte darauf bestanden, dass Josi sich eine Pause gönnte und nur für den Elternabend am Freitag in der Schule erschien. Noch jemand, der glaubte, besser als Josi zu wissen, was sie im Augenblick benötigte. Sie selbst hätte sich für etwas Ablenkung entschieden, anstatt zu Hause rumzusitzen.

Die nächsten Stunden versuchte Josi, sich mit

Hausarbeit auf andere Gedanken zu bringen. Sie zog die Betten ab, räumte ihren Sockenschrank auf - es gab tatsächlich nur eine einzige Waise - und saugte das Wohnzimmer. Doch egal, wie sehr sie auch versuchte, sich auf etwas anderes zu konzentrieren, musste sie immer wieder über das verpasste Gespräch mit Dirk nachdenken.

Dirk war kein impulsiver Typ gewesen. Abgesehen von seinen durch das Asperger-Syndrom bedingten Anfällen hatte man ihn nur schwer aus der Fassung bringen können. Er hatte sich nie etwas anmerken lassen, wenn ihn etwas besonders aufwühlte. An diesem Tag war er aber ziemlich aufgekratzt gewesen. Marlies' Nachricht hatte ihn also offensichtlich sehr aufgewühlt.

In diesem Moment kam Josi ein Gedanke. Wenn der Grund für seine Aufregung tatsächlich mit dem Heim zu tun hatte, dann wusste vielleicht auch Renate, seine Pflegemutter, davon. Immerhin hatte sie jahrelang in der Einrichtung als Betreuerin gearbeitet, bevor sie Dirk bei sich aufgenommen hatte. Es war durchaus denkbar, dass Dirk mit ihr über Marlies und den Brief gesprochen hatte.

Da der Gedanke ihr ohnehin keine Ruhe lassen würde, ging sie kurzerhand zum Telefon und wählte Renates Nummer. Nach wenigen Freizeichen ging die polnische Putzhilfe Ewa, die in Wirklichkeit eine Pflegerin war, an den Apparat. Das Gespräch mit ihr verlief äußerst zäh und Josi war sich nicht sicher, was Ewa ihr zu übermitteln versuchte. Doch sie hatte die Polin so weit verstanden, dass Renate im Haus war. Ob sie nun gerade unter Kopfschmerzen litt und unpässlich war oder ob Ewa wegen des Gezeters der alten Frau Migräne bekommen hatte, war Josi allerdings unklar.

Egal, sie würde einfach dort vorbeifahren und ihr einen Besuch abstatten.

Vorher drehte sie mit Lumpi noch eine Runde durch den Park, duschte und ging auf dem Weg zur S-Bahn bei einem Blumenladen vorbei. Als sie mit einem Strauß orangefarbener Gerberas an der Station ankam, entdeckte sie Manuela, die mit Kopfhörern in den Ohren auf der Bank saß und Kaugummiblasen machte. Vorsichtig tippe Josi ihr auf die Schulter. Manuela zuckte zusammen und schaute auf.

»Mann, willst du mich umbringen«, blökte sie lauter als notwendig.

Josi bedeutete ihr mit den Händen, dass sie die Kopfhörer abnehmen sollte.

»Hab schon längst ausgemacht«, sagte Manuela in normaler Lautstärke und zupfte sich die In-Ear-Kopfhörer aus ihren Ohren.

»Du schwirrst auch überall rum, oder? Schon wieder keine Uni?«

Manuela hob entschuldigend ihre Hände, als müsse sie sich rechtfertigen. »Ach, ich habe mir mal eine Auszeit genommen. Wollte jetzt ein wenig in die Stadt gehen. Bummeln. Mir etwas gönnen.«

»Manchmal muss man das«, sagte Josi nickend. Sie wünschte, sie könnte sich das auch hin und wieder erlauben. »Was machst du dann im Nordend? Ich wusste gar nicht, dass man hier gut shoppen kann.«

»Erwischt. Ich gestehe, ich bin ein Trottel. Vor lauter Gedankenwirrwarr in meinem Kopf habe ich mich in die falsche Bahn gesetzt und es erst gemerkt, als ich hier angekommen bin. Na ja, zum Glück habe ich heute weiter nichts vor.«

Das sah Manuela ähnlich. Josi hatte sich schon öfter gefragt, wie jemand, der so chaotisch war, sein Studium durchziehen konnte. Wenn sie in der Betreuung Aufgaben zugeteilt bekam, konnte man sich sicher sein, dass sie mindestens einen Teil davon einfach vergaß - oder ignorierte. Zu Terminen erschien sie nur selten pünktlich und es war auch schon vorgekommen, dass sie den Dienstplan vergessen hatte und man sie für ihren Frühdienst aus dem Bett klingeln musste.

»Und du?«, fragte Manuela, nachdem Josi nichts erwidert hatte. Sie deutete auf die Blumen. »Krankenbesuch oder so etwas?«

»In der Art, ja. Kondolenzbesuch trifft es eher. Bei der Mutter.«

»Oh«, machte Manuela. »Das ist aber nett, dass du ihr einen Besuch abstattest. Sie hat es in dieser Zeit bestimmt nicht leicht.«

»Kannst du laut sagen. Ich ...«

Manuela stand auf und zückte ihr Handy. »Sorry, mir ist gerade eingefallen, dass ich ein total wichtiges Telefonat vergessen habe. Das muss ich schnell erledigen. Wir sehen uns.«

»Dann eben nicht«, sagte Josi, als Manuela mit dem Telefon am Ohr die Straßenseite wechselte, und schaute ihr kopfschüttelnd hinterher. Auch als die Bahn eintraf, stand sie noch immer am Straßenrand und telefonierte. Josi winkte ihr kurz zu und stieg dann ein.

Bei Renates Haus angekommen, war Josi gerade mal

die Treppenstufen hinaufgegangen, da wurde die Tür von innen aufgerissen. Ewa, die rundliche Polin, rempelte bei dem Versuch, nach draußen zu gehen, an Josis Schulter. Vor Schreck machte sie einen Satz nach hinten und griff sich an den voluminösen Busen.

»Do diabla! Warum Sie mich erschrecken so?«

»Tut mir leid, Ewa«, sagte Josi und hielt ihr die Hand hin. »Ich bin gerade angekommen und wollte klingeln, da kamen Sie.«

»Schon wieder gut. Frau Renate da, in Wohnzimmer. Ich fertig, nix mehr Arbeit heute. Gehen ruhig rein.«

Josi verabschiedete sich und rief dann laut, damit sie nicht auch noch die alte Frau erschreckte: »Frau Sonnenberg? Renate? Hier ist Josefine.«

»Ich bin hier«, kam ihre Stimme aus der Küche. »Es ist mir nicht entgangen, wie du mit Ewa gesprochen hast. Ich setze uns einen Kaffee auf. Du trinkst doch eine Tasse mit?«

»Selbstverständlich«, sagte Josi und legte die Blumen auf die Anrichte.

»Es ist schön, dass du mir etwas Gesellschaft leistest. Ablenkung kann ich gerade gut gebrauchen.« Ihre Stimme wurde brüchig und sie wischte sich mit dem Handrücken eine Träne aus dem Augenwinkel.

»Um ehrlich zu sein, wollte ich dich etwas fragen. Wegen Dirk. Ich hoffe, es ist in Ordnung?«

Als Renate den Namen ihres Pflegesohns hörte, wirkte ihr Gesicht noch trauriger. »Ich kann es noch gar nicht fassen, dass er mich nie wieder besuchen wird. Er ist noch so präsent, als könnte er jeden Moment um die Ecke kommen.«

»Da hast du recht. Weißt du, kurz vor seinem Tod, da haben wir uns noch getroffen«, sagte Josi. Sie musste all ihren Mut zusammennehmen. »Er wollte mir etwas sagen. Es ging um das Heim. Anscheinend hatte er dank Marlies irgendwas rausgefunden. Sie hat ihm einen Brief geschrieben. Leider wurde unser Gespräch unterbrochen und ich dachte mir, du kannst mir helfen. Nun, ich habe gehofft, dass du vielleicht auch etwas darüber weißt.«

Renates Miene gefror und sie schaute Josi mit zusammengekniffenen Augen an. Dann wandte sie sich von ihr ab. »Du musst jetzt gehen«, sagte sie mit fester Stimme.

Josi machte einen zögerlichen Schritt auf sie zu.

»Sofort! Lass mich alleine!«

14

Er war schneller durch die Rushhour des Stadtverkehrs gekommen, als er befürchtet hatte, und parkte bereits vor dem Haus, als sie eintraf. Mit einem Blumenstrauß in der Hand kam sie die Straße vom Bahnhof entlang. Kaum war sie die Treppen zur Haustür hinaufgegangen, öffnete ihr die Haushälterin. Offensichtlich wurde sie bereits erwartet. Die beiden unterhielten sich einen Moment, dann ging sie ins Haus und die Haushälterin verschwand nun ihrerseits in Richtung Bahnhof. Das Gespräch sollte wohl unter vier Augen stattfinden.

Gestern Nacht noch war er beinahe euphorisch gewesen, weil er geglaubt hatte, die Bedrohung aus dem Weg geräumt zu haben. Das Gefühl war nur von kurzer Dauer gewesen. Alles nur wegen des gierigen alten Bastards. Solange er noch lebte, liefen sie ständig Gefahr, aufzufliegen und das so liebgewonnene Luxusleben zu verlieren. Doch seine Frau vergötterte ihren Vater und wollte einfach nicht einsehen, dass erstens: er ein raffgieriges Arschloch und zweitens: seine Zeit längst abgelaufen war. Es brauchte nur ein Nicken von ihr, und er würde sich sofort darum kümmern, dass der Alte seinen letzten Atemzug tat.

Er nahm den Burger vom Beifahrersitz, den er sich auf dem Weg an einem Drive-in geholt hatte, wickelte ihn aus und biss genüsslich in das warme Brötchen. Fett und geschmolzener Käse verteilten sich in seinem Mund und er schloss bei dem Geschmack seine Augen. Seit seine Frau auf den bescheuerten Trip gekommen war, sich aktiv im Tierschutz zu engagieren, war der Genuss von Fleisch eine Seltenheit für ihn geworden. Wenn er welches wollte, musste er es heimlich essen, weil sie die Tierliebe für eine umfassende Lebenseinstellung hielt und sich nicht vorstellen konnte, mit einem Partner zusammenzuleben, der diese Haltung nicht teilte. Nach anfänglichen Diskussionen, die in abendlichen Ehestreitigkeiten geendet waren, ließ er sie gewähren und kaufte sich ab und zu heimlich einen Burger. Außerdem hatte er sich jeglichen Kommentar darüber gespart, dass für ihre Schuhe vermutlich mehr Tiere leiden mussten, als für sein Fastfood.

Gerade als er den letzten Bissen heruntergeschluckt hatte und die Entscheidung bereute, keine Cola dazu genommen zu haben, ging die Tür wieder auf und die Witterhold kam heraus. Er warf einen Blick auf die Uhr an seinem Armaturenbrett. Kaum fünf Minuten waren vergangen. Ein schneller Besuch. Gut für ihn, umso schneller konnte er es hinter sich bringen. Im Rückspiegel beobachtete er, wie Witterhold die Straße runterging, und nahm sich eine Zigarette aus der Schachtel. So viel Zeit sollte schon sein. Immerhin musste er ja noch einen Moment warten, ob sie nicht nur eine schnelle Besorgung für die alte Dame erledigte.

Auch nach der zweiten Zigarette war sie nicht zurückgekommen. Also stieß er die Fahrertür auf und stieg aus dem Wagen. Das mulmige Gefühl in der Magengegend ignorierte er. Erst letztens hatte er einen Beitrag über Einbrecher gesehen, die am helllichten Tag in Häuser eingestiegen waren und sogar noch Passanten dazu gebracht hatten, beim Ausräumen der Wertgegenstände zu helfen. Auffällig war in der Regel am unauffälligsten. Das hatten sie schon damals in der Schule beim Rauchen auf dem Klo gewusst.

Er ging an den Kofferraum, nahm die Silikonhandschuhe aus dem Verbandskasten und machte sich auf den Weg zum Haus. Dort atmete er noch einmal tief durch und stieg die Treppe zur Haustür hinauf. Auf sein erstes Klingeln reagierte die alte Frau nicht. Beim zweiten Mal läutete er Sturm und endlich hörte er von drinnen ein Rumoren.

»Ich hab doch gesagt, dass ich nicht darüber sprechen werde.« Sie verstummte, als sie in sein Gesicht schaute. »Entschuldigen Sie bitte, ich hatte jemand anderen erwartet. Wie kann ich Ihnen helfen?«

Irgendwie war er auf diese Frage nicht vorbereitet, obwohl er damit hätte rechnen müssen. Er setzte ein strahlendes Lächeln auf und machte einen Schritt nach vorne, sodass sein Fuß zwischen Tür und Rahmen stand. »Das macht überhaupt nichts. Wir vom Wasserwerk sind solche Reaktionen gewöhnt. Ich würde nur schnell Ihren Zähler kontrollieren und dann bin ich schon wieder weg. Sie gestatten?«

Im Geiste fuhr er sich für diese Ausrede über den Mund. Als würde nicht regelmäßig in allen möglichen Sendungen im Fernsehen vor genau diesem Trick gewarnt. Er konnte nur hoffen, dass die Alte nicht so häufig vor der Glotze hing wie er.

»Haben Sie denn einen Dienstausweis dabei?«, fragte

sie und fingerte nach ihrer Brille, die in der Brusttasche ihres Polohemdes steckte. Natürlich war das Glück nicht auf seiner Seite.

»Aber selbstverständlich, die Dame«, sagte er und tastete seine Hosentaschen ab. »Wenn Sie erlauben? Er muss im Auto liegen, ich hole ihn schnell.«

Die Alte machte Anstalten, die Tür zu schließen, doch er rammte seine Schulter dagegen. Die Frau taumelte rückwärts und ließ die Tür los. Ihr Mund öffnete sich zum Schrei, doch bevor sie einen Laut von sich geben konnte, hatte er bereits seine Hand darübergelegt. »Du hältst besser deine verdammte Schnauze«, knurrte er bedrohlich.

Sie nickte wimmernd unter seiner Hand. Er drängte sich gegen sie, sodass sie einen weiteren Schritt nach hinten taumelte und er in den Flur gehen konnte. Mit einem Fußtritt knallte er die Tür hinter sich zu.

»Wie sieht es aus? Irgendwelche Johanniter-Notrufknöpfe an deinem Körper?«, fragte er. Er kannte diese Alarmteile. Sein Schwiegervater hatte einmal auf einen solchen Knopf gedrückt und keine zehn Minuten später war ein Notarztwagen in die Einfahrt eingebogen. Die Sanitäter hatten sogar einen eigenen Schlüssel zur Villa gehabt.

Die Alte schüttelte heftig mit dem Kopf und zerrte mit ihren arthritischen Fingern erfolglos an seiner Hand, um ihren Mund zu befreien.

»Lügst du mich auch nicht an?«, fragte er scharf. Sie schüttelte erneut den Kopf und deutete auf die Tür. Er drängte sie in die Richtung und stand im Wohnzimmer. Auf einem kleinen Tisch stand ein altmodisches Telefon mit Wählscheibe, daneben ein weißer Kasten, der an einen

Anrufbeantworter erinnerte. In der Mitte war ein roter Knopf. Das Alarmgerät. Er grinste zufrieden.

»Wenn du auch nur in die Nähe von dem Teil kommst, hack ich dir beide Hände ab. Dann kannst du zusehen, wie du den Knopf da jemals wieder drücken wirst. Hast du mich verstanden?«

Sie nickte. Tränen standen in ihren Augen. Er zerrte sie weiter durch den Raum und schubste sie in Richtung Couch.

»Du setzt dich jetzt hin und hältst schön den Mund. Ein Schrei, und deiner Zunge passiert das Gleiche, was ich deinen Händen angedroht habe.« Keine besonders wirksame Drohung, da er nicht mal ein Messer dabeihatte. Die alte Dame schien das aber nicht zu bemerken. Sie gehorchte ihm und stürzte zu ihrem Sofa. Dort setzte sie sich hin und zitterte so stark, dass er befürchtete, sie würde an einem Herzinfarkt sterben, bevor er ihr auch nur eine Frage stellen konnte.

»Wir beide machen es uns jetzt ganz einfach«, sagte er und stellte sich dicht vor sie. »Ich stelle dir ein oder zwei Fragen. Du beantwortest sie zu meiner Zufriedenheit und außerdem wahrheitsgemäß, und dann gehen wir ohne weiteren Schaden wieder auseinander.«

Sie schaute ihn schweigend von unten an. Ihre Hände lagen gefaltet in ihrem Schoß, das Zittern legte sich etwas. Er konnte in ihren Augen sehen, dass sie ihm kein Wort glaubte. Dennoch nickte sie.

»Ganz wie Sie wünschen«, sagte sie, als er nicht weitersprach.

»Fein. Du hattest gerade Besuch, richtig?«

»Sie sind wohl bestens darüber informiert, wer in

meinem Haus ein- und ausgeht.«

Die Antwort klang schnippisch, was ihm nicht passte. Doch er ließ ihr diese Frechheit durchgehen. Wenn er wollte, dass sie den Mund aufmachte, durfte er sie fürs Erste nicht noch mehr verängstigen.

»Worüber habt ihr gesprochen?«

»Wenn Sie bemerkt haben, dass ich Besuch hatte, sollte Ihnen aufgefallen sein, dass es sich dabei um eine ziemlich kurze Angelegenheit gehandelt hat. Ich habe die Dame gebeten, mich alleine zu lassen. Mir war heute nicht nach Gesellschaft.«

Wieder dieser schnippische Ton. Dieses Mal machte sie außerdem ein Gesicht dazu, als hätte er ihr ein verdorbenes Stück Fleisch vorgesetzt. Er ballte die Faust, schwang sie in Richtung der alten Frau und rammte sie direkt neben ihrem Gesicht in die Lehne. Sie fuhr zusammen. »Worüber ihr verdammte Scheiße nochmal geredet habt, habe ich gefragt!«

»Über nichts. Es kam zu keinem Gespräch. Sie wollte etwas über meinen Sohn erfahren. Er ist gestern verstorben.« Sie blickte auf, ihm direkt ins Gesicht. Ihre Lippen verengten sich zu einem schmalen Strich. Sie nickte. »Das wissen Sie vermutlich längst. Nun, mir war nicht danach, mich über ihn zu unterhalten.«

»Was wollte sie wissen?«

»Hören Sie, ich habe doch bereits erklärt, dass ich sie gleich wieder weggeschickt habe. Ihr Besuch hat weniger als fünf Minuten gedauert. Was glauben Sie, hätten wir in dieser Zeit besprechen können?«

Er beugte sich zu ihr runter und umfasste ihr Gesicht. Daumen und Zeigefinger drückte er so fest in die Wangen, bis ihr Mund aufschnappte. »Warum glaube ich dir nicht?«, erkundigte er sich beiläufig. »Du weißt doch, was mit deinem Jungen passiert ist, oder?«

Sie nickte. Tränen traten in ihre Augen, ihre Lippen bebten.

»Ich vermute also, du willst nicht, dass dir das Gleiche zustößt?«

Die alte Frau schüttelte den Kopf.

»Dann sag mir sofort, was du ihr erzählt hast«, schrie er so laut, dass der Frau feine Speicheltröpfchen entgegenflogen. Er schleuderte ihren Kopf an die Rücklehne und baute sich wieder vor ihr auf.

Die Augenlider der Alten flatterten, doch sie gab keine Antwort. Beharrlich presste sie ihre Lippen aufeinander. Schnaufend atmete sie durch die Nase.

Eine blinde Wut bereite sich in ihm aus. Er warf sich auf die Alte, packte sie am Hals. Die Frau zappelte und wand sich. Gemeinsam fielen sie von der Couch. Ganz schön viel Kraft, das musste er ihr lassen. Er umfasste auch mit der anderen Hand ihren Hals und drückte zu. Immer fester. Sie schlug um sich, kratzte ihn am Handgelenk. Er lehnte sich mit seinem ganzen Gewicht auf sie. Ein letztes Mal bäumte sie sich auf. Dann erstarben ihre Bewegungen.

Um sicherzugehen, dass sie auch wirklich tot war, hielt er noch einen Moment ihren Hals umklammert. Erst als er keine Zweifel mehr hatte, dass sie ihn nicht nur verarschte, ließ er sie auf den Boden fallen und stand auf.

Dann holte er die Silikonhandschuhe aus seiner Jackentasche und machte sich auf die Suche.

Obwohl er innerlich so aufgepusht war, dass er lieber jetzt als gleich verschwunden wäre, mahnte er sich zur Ruhe. Wenn das Haus später wieder so aussehen sollte wie jetzt, musste er mit System vorgehen und durfte nicht einfach alles durcheinanderwerfen. Also machte er sich zuerst daran, die Schrankwand zu durchsuchen. Grollmisch hatte davon gesprochen, dass er den Brief bei seinen Fotos gefunden hatte. Allerdings war er da schon nicht mehr ganz bei sich gewesen und sein Gestammel hatte nur aus Wortfetzen bestanden. Die fehlenden Zähne hatten es nicht einfacher gemacht, ihn zu verstehen. Aber Fotos, das Wort war in jedem Fall dabei gewesen.

Die erste Schranktür gab außer akkurat gefalteten Tischdecken nicht viel her. Dennoch nahm er jede Einzelne heraus, schüttelte sie aus und faltete sie danach wieder zusammen. Einen Brief fand er nicht. Auch im nächsten Fach nicht. Neben Würfelbechern und kunstvoll gearbeiteten Likörgläsern war dieser Schrank fast leer. Auch in den Schubladen ein ähnliches Bild. Die waren vollgestopft mit Servietten, unter denen die Alte Gold- und Silberschmuck versteckt hatte. Es juckte ihn in den Fingern, etwas davon einzustecken, doch er riss sich zusammen. Das Vermögen seines Schwiegervaters war groß genug, es gab keinen Grund, wieder in alte Verhaltensweisen zurückzufallen.

Hinter der dritten Tür fand er zwar einige Fotoalben, doch auch dort tauchte kein Brief auf. Dafür waren die Bilder umso interessanter. Verblichene Fotos zeigten eine junge Frau im Kreise einiger Hippies. Meistens hielt sie Händchen mit einer hübschen Blondine. Weiter hinten im Album waren die beiden völlig nackt an einem Strand zu sehen, wie sie sich küssten.

Er grinste. Obwohl die Bilder alt waren und die Frau darauf als tote alte Schachtel vor dem Sofa lag, machten sie ihn irgendwie an. Lesben hatte er noch nie widerstehen können. Er schaute regelmäßig ihren heißen Spielchen auf den Pornoseiten im Internet zu, wenn seine Frau nicht zu Hause war. Doch jetzt war nicht die Zeit, seine Hand in der Hose verschwinden zu lassen.

Stattdessen nahm er sich das Bücherregal vor. Zum Glück besaß die Alte keine allzu umfangreiche Bibliothek, und so hatte er die Bücher relativ schnell durchgeschaut. Immer noch blieb der Brief verschollen und seine Suche dauerte bereits fast eine Stunde. Dabei stand ihm der Großteil des Hauses noch bevor. Je nachdem, wie vollgepackt Keller und Dachboden waren, hatte er hier noch einiges zu tun. Anstatt auf gut Glück das ganze Haus zu durchsuchen, sollte er an den wahrscheinlichsten Stellen beginnen. Wo könnte man am ehesten Bilder seines Pflegekindes aufbewahren? Vielleicht hatte der Grollmisch ja noch ein Zimmer hier gehabt. Er ging ins obere Stockwerk und fand dort einen Raum, der eindeutig einmal ein Jugendzimmer gewesen war. Bingo.

Tatsächlich dauerte es dort nicht lange, bis er endlich fündig wurde. Nur eine halbe Stunde später steckte er den zerknüllten Brief in die Hosentasche. Einen kurzen Moment hatte er überlegt, ihn einfach zu zerreißen und draußen zu verbrennen, entschied sich jedoch dagegen. Sie sollten wenigstens nachlesen, was Marlies kurz vor ihrem Tod in ihrem Anflug von Gewissensbissen noch so ausgeplaudert hatte.

Zunächst war es aber an der Zeit, zu verschwinden. Er war schon viel zu lange hier und wollte nicht riskieren, von der Haushaltshilfe überrascht zu werden. Mit einem weichen Tuch wischte er noch sorgfältig alle Flächen ab, die er ohne Handschuhe berührt hatte. Mit einem zufriedenen Lächeln auf den Lippen verließ er schließlich das Haus.

15

»Und das soll wirklich schmecken?«, fragte Fabian, während er sich am Schloss seiner Wohnungstür betätigte.

»Ich gebe dir gerne ein Stück Veggie-Wurst ab, wenn du probieren willst«, sagte Isabell und schwenkte die Tüte mit ihrem Abendessen auf der Höhe seiner Augen. »Hauptsache, du hast die Tür aufgesperrt, solange die Pommes noch warm sind.«

»Ist aber überhaupt nicht aufgeräumt. Junggeselle, du weißt schon«, entschuldigte er sich, als er das Licht im Flur einschaltete. Eigentlich hatte er es nicht ernst gemeint, als er sie wegen des aufkommenden Regens und dem Mangel an überdachten Plätzen am Imbissstand zu sich nach Hause eingeladen hatte. Noch weniger hatte er mit ihrer Zustimmung gerechnet. Dann war er sich des momentanen Zustands seiner Wohnung bewusstgeworden und hatte seine Frage bereut. Doch es war zu spät. Einen Rückzieher zu machen, wäre nicht die feine Art gewesen.

Isabell drängte sich an ihm vorbei und schaute sich um. Sie steuerte zielsicher auf das Wohnzimmer zu und rief: »Du hast immer noch nicht verstanden, dass ich dem Hungertod nahe bin und einen Tunnelblick ...« Der Rest ging im Knistern der Tüte und Alufolie unter.

»Ich hole noch eben Besteck«, sagte Fabian. Er zog sein

Sakko aus, hängte es an die Garderobe und ging schnell ins Bad, um etwas Deo aufzulegen. Lieber noch hätte er geduscht, doch hungrige Frauen sollte man nicht warten lassen, das wusste er.

Mit dem Besteck aus der Küche ging er ins Wohnzimmer, wo Isabell bereits damit beschäftigt war, ihre Pommes mit der Hand in ihren Mund zu stopfen. Als sie ihn bemerkte, blickte sie auf.

»Na, das hättest du wohl nicht gedacht, dass Frauen wie ich auch Hunger haben können, hm?«, fragte sie mit vollem Mund.

»Warum sollte ich so verblendet sein?«, gab er zurück und war froh, sich einen Spruch über ihren Appetit verkniffen zu haben. Er setzte sich neben sie und pikste ein Stück seiner Wurst auf die Gabel. Widerwillig führte er sie zum Mund. Irgendwie war ihm nicht wohl dabei, direkt neben ihr Fleisch zu essen. Zu sehr hatte sie sich auf dem Weg hierher über die Gründe für ihr veganes Leben ausgelassen.

Sie schien seine Unsicherheit zu bemerken und pufften ihn mit dem Ellenbogen in die Seite. »Tu dir keinen Zwang an. Ich bin keine Missionarin.«

»Muss ich leicht zu durchschauen sein«, murmelte er und schob sich das Wurststück in den Mund. »Aber ist es für dich gar nicht komisch? Ich meine, du isst nichts, was von einem Tier kommt und ich sitze neben dir und stopfe ein Stück vom Schwein in mich rein.«

Isabell machte ein unbeteiligtes Gesicht und zuckte mit den Schultern. »Kann doch jeder selbst entscheiden, inwieweit er die miese Ökobilanz und die Ausbeuterei durch die Fleischindustrie unterstützen will. Nur weil ich das nicht will, heißt das nicht automatisch, dass ich nicht die Meinung von anderen akzeptieren kann.«

Fabian schluckte den zerkauten Wurstbrei in seinem Mund herunter, der ihm unendlich zäh vorkam, und schob die Pappschale zur Seite. Egal, was sie sagte, er kam sich schlecht und wie ein Tiermörder dabei vor. Also widmete er sich seinen Pommes. Mit Mayo. Die Veganer ja auch nicht aßen. Aber das sprach er lieber nicht an und hoffte, dass sie die Missstände in der Eierindustrie nicht weiter erwähnen würde.

»Was ist mit dem Bier?«, fragte sie und deutete auf den Flur. »Hast du es draußen stehen lassen?«

»Flasche oder Glas?«

»Ich brauche nicht unbedingt ein Glas.«

Er stand auf und holte das Sixpack Bier aus der Diele, außerdem einen Flaschenöffner aus der Küche. Als er mit den Flaschen zurückkam, hatte sie fast schon ihre gesamte Portion aufgegessen. Er reichte ihr das Bier und sie stießen an.

»Wusstest du eigentlich, dass viele Biere auch nicht vegan sind?«

Fabian stöhnte innerlich auf. Dafür, dass sie ihn nicht missionieren wollte, riss sie das Thema nach seinem Empfinden eindeutig zu häufig an.

»Sag bloß«, grummelte er und hoffte, dass sie diesen Wink mit dem Zaunpfahl verstehen würde.

Vergebens. Veganismus brachte sie offenbar so in Rage, dass sie mit dem Reden gar nicht mehr aufhören konnte.

»Ja wirklich«, sagte sie und setzte einen lehrerhaften Blick auf. »Zum Klären wird es oft durch eine Fischblase gefiltert. Ein totes Tier ist so zwar keine Zutat, aber Bestandteil der Herstellung.«

Fabian ließ den Schluck, den er gerade in den Mund genommen hatte, zurück in die Bierflasche laufen. »Ist ja ekelhaft«, sagte er und verzog das Gesicht. »Und das stört dich jetzt nicht?«

»Keine Sorge«, grinste sie. »Heineken ist unbedenklich.«

»Ist das nicht furchtbar anstrengend?«

»Was meinst du?«, fragte sie und klaute sich vom Rand seines Schälchens ein Stück Pommes, an dem keine Mayonnaise klebte.

»Immer da hinterher zu sein, zu recherchieren und die Inhaltsstoffe zu ermitteln. Man kann ja nicht einfach mal so losgehen und irgendetwas essen.«

»Gewöhnungssache. Außerdem kenne ich ja mit der Zeit die Pappenheimer. Ist also ganz sicher nicht so anstrengend wie deine Ermittlungsarbeit, Bulle«, sagte sie, legte ihren Kopf schief und schaute ihn mit großen Augen an.

Fabian nickte. Schlagartig spürte er die Müdigkeit und wünschte sich, endlich den so notwendigen Schlaf nachholen zu können. Daran konnte auch die schöne Frau ihm gegenüber nichts ändern.

»Da könntest du sogar recht haben«, antwortete er ihr schließlich. »Auf meine Ermittlungsgruppe kommt richtig viel Arbeit zu.«

Mit einem leisen »Oh« rückte Isabell ein Stück näher an

ihn heran. Diese Reaktion kannte er bereits. Sie erfolgte meistens, wenn die Frauen erfuhren, dass er nicht einfach nur ein Streifenpolizist war, sondern tatsächlich etwas zu sagen hatte. Ebenso schnell rückten sie aber auch wieder von ihm ab, wenn sie davon erfuhren, was die Arbeit bei der Polizei sonst noch so mit sich brachte. Überstunden und Nachtschichten waren nicht gerade das, was Frauen sexy fanden.

»Bestimmt darfst du gar nichts erzählen.«

»Richtig.«

»... aber so einen kleinen Hinweis kannst du mir doch geben. Eine Andeutung?« Sie lehnte sich zu ihm herüber und streichelte mit dem Zeigefinger herausfordernd über seinen Bizeps. Ihre Brust berührte dabei seinen Unterarm.

Er griff nach ihrem Handgelenk und sah sie ernst an. »Das kann ich wirklich nicht.«

Mit der freien Hand schubste Isabell die Fernbedienung, die zwischen ihnen lag, vom Sofa und fuhr danach mit ihrem Zeigefinger über die Kontur seines Gesichts. »Du weißt gar nicht, wie heiß mich alleine schon die Vorstellung macht. Du mit einer Waffe im Anschlag hinter den bösen Jungs her.«

Fabian ließ ihr Handgelenk los und fasste sie unterm Kinn. Seine Müdigkeit war mit einem Mal wie weggeblasen. »Du würdest kaum glauben, wie böse die Jungs da draußen tatsächlich sind«, sagte er und küsste sie unvermittelt auf den Mund. Sie erwiderte den Kuss und tastete nach seiner Hand.

Als sie sich voneinander lösten, lächelte sie. »Dann ist es ja gut, dass ich hier bei dir in Sicherheit bin. Wirst du sie kriegen? Die bösen Jungs?«

Fabian lehnte sich zurück und fuhr sich durch die Haare. »Momentan ist es noch ein wenig zu früh, um eine Prognose abzugeben. Wobei mein Kollege sich schon ziemlich sicher ist, dass er den Täter kennt. Wenn dem so ist, wärst du zumindest sicher vor ihm.«

»Weil ihr ihn dann sofort festnehmen werdet?«

»Das mit der Festnahme ist nicht immer so einfach. Wenn zum Beispiel keine Fluchtgefahr besteht, hat man keine rechtliche Grundlage dafür. Aber das ist juristischer Kram, uninteressant, wenn man nicht damit arbeitet. In diesem Fall bist du aber in Sicherheit, weil Eifersucht das Motiv war und du kein potenzielles Opfer wärst. Zumindest, wenn mein Kollege recht behält.«

»Irgendwie siehst du nicht so aus, als würdest du das glauben.«

»Hm«, machte er und nahm einen Schluck Bier. Er hatte schon zu viel geredet.

Offenbar enttäuscht von seiner plötzlichen Verschwiegenheit rückte Isabell ein Stück ab und wühlte in ihrer Tasche, bis sie ein Päckchen Kaugummis gefunden hatte. Sie bot ihm auch einen Streifen an, doch er lehnte dankend ab. Er hatte keine Lust auf einen weiteren Vortrag über unerwartete tierische Zusätze in anderen Kaugummimarken.

»Eifersüchtige Männer können wirklich gefährlich sein«, sagte sie, nachdem sie sich eine Weile angeschwiegen hatten. »Ich kann mir schon vorstellen, dass einer auch mal über Leichen geht.«

»Ganz bestimmt«, pflichtete Fabian ihr bei und fegte

mit dem Zeigefinger einige Salzkörner auf dem Tisch zusammen. Und weil er plötzlich das Gefühl hatte, sich rechtfertigen zu müssen, fügte er hinzu: »Es ist ja auch nicht so, dass ich diese Möglichkeit kategorisch ausschließe. Aber ich will nicht vorschnell urteilen.«

»Du weißt am besten, wie du deinen Job zu erledigen hast. Und wenn du einen anderen Verdächtigen im Auge hast, wirst du einen Grund dafür haben.«

»Das ist es ja. Momentan zeichnet es sich nicht ab, dass ich so schnell jemanden finde. Ich habe da nur so ein Gefühl, das mich nicht loslässt. Aber jetzt genug von mir. Eigentlich darf ich überhaupt nicht darüber sprechen.«

Isabell lächelte und strich sich eine Haarsträhne hinters Ohr. »Keine Sorge, du hast mir ja keine Details genannt. Ich kann also gar nicht wissen, von was für einem Fall du gesprochen hast. Aber du musst zugeben, dass es guttut, mal mit jemandem über seine Arbeit zu sprechen und über das, was einen belastet.«

»Das ist sogar ein Muss. Auf dem Revier haben wir die Möglichkeit, regelmäßig Gespräche mit Therapeuten in Anspruch zu nehmen. Es gibt natürlich niemand zu, dass er das ab und zu mal braucht. Gerade bei besonders brutalen Fällen oder Sachen mit Kindern. Das raubt einem schon mal den Schlaf.«

Ihr Blick wurde wehleidig und doch sah sie dabei bezaubernd aus. Fabian starrte auf ihre vollen Lippen und rief sich den Kuss von eben wieder in Erinnerung. Sie hatte gut geschmeckt, nach Bier und einem Lippenpflegestift, und sie hatte sich noch viel besser angefühlt. Er hätte nichts dagegen, die Erinnerung daran noch einmal aufzufrischen.

Als hätte Isabell seine Gedanken gelesen, lehnte sie sich wieder ein wenig näher zu ihm und schaute ihm tief in die Augen. »So meinte ich das gar nicht.«

»Wie denn sonst?«

»Na ja«, sagte sie und senkte die Tonlage ihrer Stimme. »Ich dachte dabei eher an jemanden, mit dem man die Zeit nach der Arbeit verbringt. Mit dem man Spaß haben kann.«

»Mmh, ich verstehe. Also Bier mit dir zu trinken, macht auf jeden Fall schon mal Spaß.« Er zwinkerte ihr zu. Isabell grinste zurück.

»Na, wenn das Bier alles ist, was du an Spaß brauchst, wirst du mich ja nicht vermissen.« Sie stand auf und Fabian griff nach ihrem Handgelenk. Sanft zog er sie auf seinen Schoß.

»Manchmal mag man aber vielleicht auch einen guten Rotwein. Oder einen Whiskey. Oder eine heiße Blondine.«

Isabell lehnte sich an ihn und verschloss seinen Mund mit ihren Lippen. Dieses Mal schmeckte der Kuss nach Kaugummi. Er schob seine Zunge zwischen ihre Lippen und suchte nach ihrer. In seiner Hose wurde es eng.

»Was hältst du davon, wenn wir in deinem Schlafzimmer weiter darüber diskutieren, welche Alkoholsorten denn noch so schmecken? Ich wette, ich kenne da so einige, von denen du bisher nicht mal gehört hast.«

Sie wollte von seinem Schoß rutschen, doch er hielt sie fest und stand mit ihr gemeinsam auf.

»Ich zeige dir den Weg«, flüsterte er dicht an ihrem Hals und führte sie in den Flur.

16

Das Geräusch der Klospülung holte Fabian sanft aus dem Schlaf. Draußen war es noch dunkel, er musste sich also nicht beeilen. Heute begann sein Dienst erst um halb neun, das hatte er gestern mit Thomas so abgesprochen. Er griff sich das Kissen, auf dem Isabell bis vor wenigen Augenblicken noch geschlafen hatte, und rollte sich darauf. Der Geruch ihres Parfums stieg ihm in die Nase und versetzte ihn zurück in vergangene Nacht.

Schade, dass sie schon ins Bad gegangen war. Er hätte nichts dagegen gehabt, vor dem Aufstehen noch eine schnelle Runde Frühsport einzulegen. Obwohl er häufig Frauen mit nach Hause nahm, war es mit Isabell anders gewesen. Sie war wunderschön und zärtlich und außerdem so gelenkig. Fabian grinste. Normalerweise legte er es nicht darauf an, mit den Frauen am Morgen danach mehr Zeit als unbedingt nötig zu verbringen. Er wollte keine falschen Hoffnungen wecken. Jetzt allerdings wünschte er sich, er hätte frei und könnte Isabell zu einem ausführlichen Frühstück einladen.

Im Bad knallte der Klodeckel, kurz darauf rauschte der Wasserhahn. Gleich würde sie zurück ins Schlafzimmer kommen. Fabian öffnete die Schublade seines Nachttischs und holte ein Pfefferminzbonbon heraus. Dann strich er sich durch die Haare, rückte seine Boxershorts zurecht und setzte sich aufrecht ins Bett. Die Badezimmertür wurde geöffnet.

Fabian legte sich wieder hin. Es sollte nicht so aussehen, als hätte er auf sie gewartet.

Aber das hatte er doch? Warum sich verstecken? Frauen mochten es, wenn man ihnen Aufmerksamkeit schenkte. Die Tür zum Bad wurde zugezogen, und Fabian stützte sich bemüht lässig auf die Ellenbogen und setzte ein Lächeln auf.

Die Schritte durch den Flur entfernten sich. Nun richtete Fabian sich doch auf. Dann hörte er, wie die Wohnungstür zugeschlagen wurde. Er sprang auf und schaute in den Flur.

Isabell war weg, ihre Jacke hing nicht mehr an seiner Garderobe. Fabian ging zurück ins Schlafzimmer ans Fenster. Bestimmt wollte sie nur Brötchen holen.

Als ob. Das hier war ein One-Night-Stand gewesen, wie er im Buche stand. Er schaute aus dem Fenster. Isabell stand an der Bahnhaltestelle und hatte ihr Gesicht in ihrem riesigen Schal verborgen.

Fabian seufzte. Offenbar hatte sie tatsächlich nicht vor, Frühstück für sie beide zu besorgen. Und er hatte nicht mal ihre Nummer. Kurz überlegte er, ob er das Fenster aufmachen und nach ihr rufen sollte.

Doch diese Blöße würde er sich nicht geben. Sie hatte entschieden, ohne ein Wort des Abschieds zu verschwinden, also würde er den Teufel tun und ihr wie ein kleiner Junge hinterherlaufen. Er hatte seinen Spaß gehabt. Obwohl er nichts gegen eine Wiederholung einzuwenden gehabt hätte, aber wenn sie nicht wollte, war das eben ihr Pech.

Fabian drehte sich um und ging ins Bad. Dort entdeckte er ein gelbes Post-it mit einer Nachricht für ihn, das sie an den Spiegel geklebt hatte. In kurzen Worten bedankte sie sich für den schönen Abend und dessen Folgen. Ihre Nummer hatte sie auch dort nicht hinterlassen. Er schnaubte und zerknüllte den Zettel. Ob er wollte oder nicht, er musste sich mit dem Gedanken anfreunden, sie nicht mehr wiederzusehen. Die kalte Dusche half ihm dabei nicht. Isabell wollte ihm einfach nicht mehr aus dem Kopf gehen. Eigentlich sollte er wütend auf sie sein. Wie konnte man sich so unfreundlich verhalten und ohne persönliche Verabschiedung verschwinden?

Wenig später kam Fabian im Büro an und war froh, sich nun mit der Arbeit ablenken zu können. Thomas erwartete ihn bereits ungeduldig, als Fabian durch die Tür trat.

»Da bist du ja. Schon am zweiten Tag nach dem Urlaub wird das nichts mit der Pünktlichkeit, hm?«

Fabian blieb ihm die Antwort schuldig. Er war spät dran, ja, doch wie oft hatte er schon auf seinen Kollegen warten müssen oder sich eine Ausrede für ihren Chef einfallen lassen, weil Thomas nicht rechtzeitig bei der Besprechung aufgetaucht war.

»Gesprächig bist du noch dazu. Du solltest dir öfter eine Auszeit gönnen, die tut deiner Laune richtig gut.«

»Willst du unbedingt streiten oder wollen wir uns um den Fall kümmern?«, fragte Fabian gereizt.

»Wenn du mich so fragst«, sagte Thomas und warf Fabian eine hellgrüne Mappe auf den Schreibtisch. »Die Daten der Telefongesellschaft sind da. Außerdem haben wir nachher einen Termin in der Gerichtsmedizin, wo wir uns erste Ergebnisse abholen können.«

»Gibt es von Mario und Tillmann etwas zu berichten?«

Thomas schüttelte den Kopf. »Niemand hat etwas

gesehen, niemand hat etwas gehört. War zu erwarten. Ist in der Stadt nun mal nicht gerade eine Seltenheit, dass dort Autos zu nachtschlafender Zeit unterwegs sind. Das schreckt niemanden mehr auf.«

»Kaum zu glauben, dass mitten in Frankfurt eine Leiche abgelegt werden kann, ohne dass jemand darauf aufmerksam wird.« Fabian goss sich Kaffee in seinen Becher und warf ein Stück Würfelzucker dazu.

»Dafür hat sich aber eine Dame gemeldet. Sie war ebenfalls um die fragliche Uhrzeit im Park mit ihrem Hund unterwegs und wohnt in einer Seitenstraße. Als sie zu ihrer Wohnung ging, fuhr ein Wagen an ihr vorbei.«

Fabian horchte auf. »Was hat sie gesehen?«

»Nicht viel mehr als das. Es war ein silberfarbener oder grauer Wagen, könnte aber auch ein sehr helles Blau gewesen sein. Etwas Großes, vermutlich ein Kombi. Gefahren ist ein Mann, zumindest glaubt sie das. Beschreiben kann sie ihn leider nicht.«

»Wissen wir, was der Ehemann für einen Wagen fährt?«

»Hast du das gestern erfragt?«

»Nein«, gab Fabian kleinlaut zu. Natürlich hatte er das nicht. »Aber vermutlich würde die Zeugin - sofern man sie überhaupt als solche bezeichnen kann - den Ehemann eher entlasten. Warum sollte er, nachdem er die Leiche vor seiner eigenen Haustür abgelegt hatte, mit dem Wagen wegfahren? Außerdem hat die Witterhold ihren Mann im Haus angetroffen, als sie nach Hause gekommen ist.«

»Trotzdem sollten wir das nicht außer Acht lassen. Ich kümmere mich mal um eine Anfrage bei der Zulassung«, sagte Thomas. Auf seinem Schreibtischstuhl rollte er nach rechts und verschwand hinter dem Monitor.

»Hm«, machte Thomas nach einer Weile.

»Hast du etwas rausgefunden?«

»Ja. Auf keinen von beiden ist ein Fahrzeug angemeldet.«

»Interessant. Spricht ja eigentlich gegen ihn als Täter. Wie soll er den Leichnam transportiert haben? Ich glaube kaum, dass er ihn im Keller versteckt hatte.«

»Mietwagen, Firmenwagen? Sei nicht so unkreativ. Was hast du gefunden?«

»In den letzten drei Monaten hatte unser Opfer regelmäßig mal mehr und mal weniger Kontakt mit acht Frankfurter Rufnummern. Die würde ich zuerst überprüfen und mir den Rest nur vornehmen, wenn bei denen nichts rauskommt.«

»Wie wäre es? Wir gehen jetzt erst bei Gering in der Rechtsmedizin vorbei und hören uns an, was er uns über unser Opfer erzählen kann?«

»Bleibt uns wohl nichts anderes übrig.« Fabian nahm den letzten Schluck aus seiner Tasse und stand auf. Er hasste diesen Teil seines Jobs. Der Moment, wenn er den Opfern noch einmal begegnen musste, bis ins kleinste Detail vorgetragen bekam, was man ihnen angetan hatte, laugte ihn regelrecht aus. Es reichte ihm völlig, das Ganze auf Papier zu haben, doch ihr Chef bestand darauf, dass die Ermittler immer persönlich mit dem zuständigen Rechtsmediziner sprachen und bei besonders heiklen Fällen wie diesem sogar bei der Obduktion anwesend waren.

Gemeinsam machten sie sich auf den Weg in die Kennedyallee, in der das Institut für Rechtsmedizin lag. Bei dem Gebäude angekommen, einem von außen prunkvollen Altbau in zartem Altrosa gestrichen, fuhren sie direkt auf den Hinterhof, wo sich die Parkplätze für die Kripo befanden. Sie klingelten an der Stahltür, an der ein gelbes Schild hing. *Bitte Türe schließen* stand in schwarzen Lettern auf dem gelben Plastik und darunter mit einem schwarzen Filzstift per Hand hinzugefügt: *Sonst 5 Euro!*

Bevor die beiden Beamten ins Gebäude gelassen wurden, kontrollierte eine junge Frau sorgfältig die Dienstausweise. Erst dann öffnete sie die zweite Tür. Sie führte die beiden in den Umkleideraum, in dem bereits grüne Kittel und Mundschutze für sie bereitlagen. Hier unten herrschte ein Geruch, der Fabian entfernt an die Metzgerei seines Vaters erinnerte. Er und Thomas zogen die Schutzkleidung und Schuhschoner über und klopften an die Tür, die prompt geöffnet wurde. Auf der anderen Seite erwartete sie Dr. Gering im Sektionssaal. Er trug ebenfalls einen grünen Kittel, darüber eine durchsichtige Plastikschürze. Als sie eintraten, war er damit beschäftigt, sich das zweite Paar Silikonhandschuhe überzustreifen. Der Sektionsassistent stand neben ihm und las etwas auf einem Klemmbrett.

»Ah, da sind Sie ja endlich«, sagte er und nickte den beiden freundlich zu. Seine Stimme hallte von den gekachelten Wänden wider und Fabian bekam eine Gänsehaut. Er hasste diesen Ort, an dem man das Gefühl hatte, hinter jeder Ecke auf eine Leiche treffen zu können. Es kam tatsächlich mal vor, dass Tote, die nur notdürftig mit weißen Laken zugedeckt waren, auf Bahren im Vorraum standen und auf ihre weitere Behandlung warteten. Manche davon gingen an Studenten der Medizin, andere waren vereinsamt in ihrer Wohnung gestorben und man musste beispielsweise aus Versicherungsgründen überprüfen, ob sie sich nicht mit Tabletten oder Gift umgebracht hatten. Diese Fälle wurden nach der Registrierung an die Uniklinik weitergegeben. Die offenkundigen Mordfälle wurden gesondert aufbewahrt und gemeinsam mit den Kriminalbeamten seziert.

»Äußere Nekropsie ist bereits beendet, alle erforderlichen Proben wurden entnommen und ans Labor weitergeleitet. Bekleidungssituation wurde dokumentiert. Ein CT haben wir ebenfalls schon. Ich erläutere Ihnen nachher etwas dazu. Widmen wir uns erst der Obduktion. Vorausgesetzt, Sie sind bereit.«

Fabian nickte. Er bekam schlecht Luft durch den Mundschutz und fühlte sich, als würde er gleich umkippen. Von wegen, man gewöhnte sich an die Sektionen, sodass man am Ende sogar ein Wurstbrot währenddessen essen konnte. Bisher stellte er nichts dergleichen fest. Der einzige Unterschied zu früher bestand darin, dass er mittlerweile wusste, was ihn erwartete. Einfacher machte das den Prozess aber nicht unbedingt.

»Wir beginnen mit der Sektion«, sagte Gering laut, damit er später auf der Tonbandaufnahme zu verstehen war. Er schlug das weiße Laken zurück und enthüllte den Toten auf dem Edelstahltisch. Das benötigte Sezierbesteck lag auf dem Tisch zu den Füßen des Leichnams bereit. »Äußerliche Blessuren wurden bereits digital dokumentiert. Fingernägel gesichert. Wir öffnen nun die Bauch- und Brusthöhle.«

Fabian blendete aus, was der Rechtsmediziner sagte,

er ignorierte auch - so weit es irgendwie möglich war - das knackende Geräusch, das beim Durchschneiden der Rippen entstand und das ihn an das Zerlegen eines Gänsebratens an Weihnachten erinnerte. Er kaute auf der Innenseite seiner Wangen herum und wartete darauf, dass Gering mit dem Öffnen des Oberkörpers fertig war. Das Geräusch der Säge, die sich durch Knochen fraß, ging ihm jedes Mal durch Mark und Bein.

»Wir beginnen mit der Organentnahme«, sagte Gering laut.

Fabian rieb sich die Schläfen. Das grelle Licht der Neonröhren brannte in seinen Augen und die Luft hier unten in dem niedrigen fensterlosen Raum machte ihn trotz der eingeschalteten Lüftung wahnsinnig. Die Luft, die durch die Schutzmaske drang, schmeckte abgestanden und schal.

Gering diktierte dem Sektionsassistenten das Gewicht der einzelnen Organe, der diese auf einem Klemmbrett notierte. Thomas Wendtner zupfte sich gelangweilt an den Silikonhandschuhen herum.

»Ist ja interessant«, murmelte Gering.

»Was haben Sie gefunden?«, fragte Fabian. Thomas beugte sich interessiert nach vorne.

»Für einen jungen Mann haben wir hier außergewöhnlich stark vernarbtes Gewebe auf dem Herzen«, sagte Gering und hielt einen roten Fleischklumpen - offensichtlich das Herz des Opfers - in die Höhe.

Instinktiv atmete Fabian durch den Mund, obwohl er wusste, dass von diesem Körperteil bestimmt keine Geruchsbelästigung ausging.

»Ist es interessant für die Todesursache?«,

fragte Thomas und widmete sich wieder seinen Handschuhen. Offensichtlich hatte er einen spannenderen Befund erwartet.

»Diese Frage kann ich Ihnen erst nach Abschluss der Untersuchung beantworten. Es sagt uns aber in jedem Fall etwas über die Person. Wobei es schon sehr verwunderlich ist: Die Narben sehen alt aus.«

»So alt, dass sie aus Kindertagen stammen könnten?«, fragte Fabian.

»Ich bin kein Experte in der exakten Bestimmung des Alters von Narben, aber ich würde auf den ersten Blick sagen, ja. Wenn Sie Genaueres wissen wollen, müssen wir das an einen Experten für Organe schicken.«

»Nein, schon gut«, winkte Thomas ab und drehte sich dann zu Fabian um. »Vergiss die Sache mit den Arztbesuchen. Du manövrierst dich in eine Sackgasse.«

Gering gab das Herz an den Sektionsassistenten weiter und hob beschwichtigend die Hände. »Keinen Stress, Jungs«, sagte er in einem strengen, väterlichen Ton. »Wir konservieren das gute Stück und ihr könnt bei Bedarf noch einmal auf mich zukommen, wenn ihr euch einig seid. Schauen wir jetzt mal nach den anderen Organen, um uns einer möglichen Todesursache zu nähern, in Ordnung?« Damit steckte er die Hände zurück in den geöffneten Körper.

»Können Sie denn schon etwas Konkretes zur Todesursache sagen?«, fragte Fabian wenig später, als Gering sich das erste Paar Handschuhe auszog und in den Müll warf.

»Nun, wir haben hier die verschiedensten Arten von

Läsionen. Zum einen etliche Knochenbrüche und Hämatome, die auf stumpfe Gewalteinwirkung hindeuten. Intraorale Verletzungen deuten darauf hin, dass das Opfer geknebelt war. Dazu kommen Stichverletzungen, die alle im etwa gleichen Heilungszustand sind, und die ausgeschlagenen Zähne sowie der ausgerissene Fingernagel an der rechten Hand. Alle Verletzungen wurden ihm vor dem Tod zugefügt. Dieser Mann wurde einige Zeit stark misshandelt, ich würde sogar sagen, gefoltert. Die Prellungen des Zungenbeins sowie des Kehlkopfes deuten darauf hin, dass er auch gewürgt wurde. Gestorben ist er aber schließlich an einer Hirnblutung, herbeigeführt durch die Gewalteinwirkung auf den Kopf. Vermutlich war der Tod nicht unbedingt vom Täter so eingeplant gewesen, sondern könnte für ihn mehr oder weniger ex abrupto eingetreten sein.«

»Sie glauben also, dass der Täter nicht damit gerechnet hat? Wie kann es unvorhergesehen sein, dass jemand nach solchen Qualen stirbt?«, fragte Fabian und schüttelte den Kopf.

»Für Menschen wie Sie und mich, mit einem gesunden Verstand, mag das ganz offensichtlich die natürliche Folge sein. Aber hinter dieser Tat steckt eine unheimliche Wut. Ich vermute ganz stark, dass der Täter schlicht und ergreifend die Beherrschung verloren hat und sich nicht im Klaren darüber war, mit welch starker Gewalteinwirkung er vorging. Da die Folgen einer Hirnschwellung recht unvermittelt eintreten, könnte der Tod tatsächlich eine Überraschung für ihn gewesen sein.«

»Bleiben Sie bei Ihrer ersten Einschätzung, dass es sich hier um eine Beziehungstat handelt?«

»Wenn wir es nicht gerade mit einem Mafia- oder Bandenopfer zu tun haben, würde ich sagen, ja. Es müsste schon zu einem bestimmten Ritual gehören oder man müsste eine stark ausgeprägte Emotion einer Person gegenüber haben, wenn man sie dermaßen traktiert. Sobald ich das Ergebnis von den Proben habe, lasse ich Ihnen den Bericht zukommen.«

Die beiden verabschiedeten sich von Dietmar Gering, stiegen wieder aus den Schutzanzügen und ließen sich von der jungen Frau die Tür nach draußen öffnen.

»Siehst du, eine Beziehungstat. Da zieht sich doch die Schlinge um den Ehemann immer weiter zu. Auf meine Schnellschüsse kann man sich noch immer verlassen«, triumphierte Thomas, als sie auf den Hinterhof traten.

Fabian schloss die Augen und ließ sich von der Sonne das Gesicht wärmen. »Ich hoffe, du hast nichts dagegen, wenn ich mich trotz allem um die Telefonnummern kümmere. Würde mich schon sehr interessieren, was da wirklich im Nordend war.«

»Sei doch wegen der Sache mit dem Herzen nicht so beleidigt. Ich weiß, dass du dich gerne in alle Richtungen umsiehst. Aber du musst zugeben, dass eine Kinderkrankheit doch schon ziemlich weit von einem dreißig Jahre später eingeschlagenen Schädel entfernt ist.«

»Du hast ja recht. Vergessen wir die Sache«, sagte Fabian und stieg in den Wagen.

17

Ungeduldig wartete er darauf, dass der alte Mann die Portion in seinem Mund endlich runterschluckte. Seit Minuten kaute er auf dem verschissenen Graubrot herum, als handle es sich dabei um ein zähes Stück Fleisch, und funkelte ihn dabei aus zusammengekniffenen Augen vorwurfsvoll an.

»Glotz nicht, sondern iss. Ich habe nicht den ganzen Tag Zeit für dich«, knurrte er und hielt ihm das nächste, mundgerecht geschnittene Stück Brot vor die Nase.

Ein gelangweiltes Brummen war die Antwort.

Achselzuckend stopfte er sich das Brot selbst in den Mund. Der Rand war knochentrocken, hart und es fehlte Butter. Ein triumphierendes Lächeln huschte über das Gesicht des Alten, so als wollte er sagen: *Siehst du, es ist ungenießbar*.

»Zum Glück musst du den Scheiß fressen und nicht ich.« Er stand auf und spuckte das Brot in den Mülleimer. »Wünschst du dir nicht manchmal, dass dein klägliches Dasein auf dieser Erde einfach endet? Der erbärmliche Zustand ist es doch nicht wert, dass du dich so fest daran klammerst.«

Der Alte schluckte endlich den Brotbrei hinunter und leckte sich einen Krümel aus dem schlaff nach unten hängenden Mundwinkel. »Den Gefallen werde ich dir nicht tun«, presste er dann erstaunlich deutlich hervor.

»Das dachte ich mir.« Er nahm sich den Teller und schüttete das restliche Abendessen des Alten in den Müll. »Früher wurden ungezogene Kinder ohne Essen ins Bett geschickt. Heute drehen wir mal den Spieß um. Vielleicht bist du ja morgen erträglicher.«

»Vielleicht bist du morgen endlich verschwunden, wenn ich aufwache.«

Er lachte lauthals los. »Weißt du, da du so ein netter Kerl bist, habe ich mir etwas für dich überlegt. Wie wäre es mit einer Gutenacht-Geschichte?«

Der Alte schüttelte den Kopf.

»Du erinnerst dich doch bestimmt noch an Renate?«

Die Augen des Alten wurden größer. Er wusste, dass er einen Treffer gelandet hatte.

»Genau die. Renate Granate. Deine Tochter hat mir viel von ihr erzählt. Dass du scharf auf sie warst, sie aber lieber Muschis geleckt hat. Diese Bitch.« Er setzte sich auf die Bettkante und näherte sich mit dem Gesicht dem Ohr des Alten, als würde er ihm ein Geheimnis verraten wollen. »Nun, ich habe ihr heute einen Besuch abgestattet. Keine Sorge, so heiß ist sie nicht mehr, du hast also nichts verpasst.«

»Was hast du mit ihr gemacht?«, keuchte der Alte. Schweißperlen standen ihm auf der Stirn und er wand sich unbeholfen auf der Matratze.

»So einiges. Aber du wolltest doch keine Geschichte hören. Schade. Die Kurzfassung: Sie ist von ihrer Einsamkeit nun erlöst und kann im Himmel Fotzen lutschen, bis ihr die

Zunge abfällt.«

Der Alte schloss die Augen, Verzweiflung machte sich auf seinem Gesicht breit.

»Ich lasse dich nun besser mit deinen Gedanken alleine.« Er stand auf und ging zur Tür. »Habe noch eine Verabredung mit deiner Tochter. Wir gehen essen. Und dann lutsche ich vielleicht ein wenig an ihr herum.« Er streckte seine Zunge aus und ließ sie durch die Luft sausen.

Er drehte sich um und ging. Als er die Tür hinter sich schloss, hörte er, wie der Alte aufjaulte. Er lächelte zufrieden. Das hatte gesessen. Nicht mehr lange, das spürte er, und der Alte würde endlich einsehen, dass seine Zeit auf der Erde vorüber war.

18

»Das ist ja furchtbar.« Beatrix hatte den Kochlöffel beiseitegelegt und hielt sich an der Arbeitsplatte fest. Josis Adoptivmutter war eine resolute Frau, die normalerweise nichts so schnell erschüttern konnte. Doch die Nachricht von den Umständen um Dirks Tod nahm sie sichtlich mit.

»Wie muss es nur Renate gehen? Ich werde sie nachher gleich anrufen. Warst du schon bei ihr?«

Josi nickte. Beatrix wischte, offensichtlich in Gedanken versunken, mit einem Lappen etwas Kochwasser von dem Cerankochfeld. »Die arme Frau. Da hat sie sich ihr Leben lang nichts anderes als ein Kind gewünscht und dann passiert ihr so etwas. Sie hat doch niemanden, der sich um sie kümmert.«

»Gestern Nachmittag habe ich sie besucht. Sie hat eine Einkaufshilfe«, sagte Josi.

»Eine Einkaufshilfe. Als könnte die ein Kind ersetzen. Wie kommt sie zurecht? «

»Hm«, machte Josi, holte Teller aus dem Küchenschrank und verteilte sie auf dem Tisch. Dann setzte sie sich an die Stirnseite und schenkte sich ein Glas Wasser ein. »Es macht ihr sehr zu schaffen«, sagte sie schließlich. »Sie war ziemlich abweisend, und als ich sie auf einen Brief angesprochen habe, über den Dirk mit mir reden wollte, hat sie mich sogar rausgeworfen.«

»Was für ein Brief?«

»Ach, das ist eine merkwürdige Sache. Ist mir selbst erst gestern aufgefallen, nachdem ich bei der Polizei war. Vor einigen Wochen hat Dirk sich mit mir getroffen. Sagt dir der Name Marlies Brenner noch etwas?«

Beatrix' Augen weiteten sich und sie drehte sich ruckartig zum Herd. »Da klingelt bei mir nichts. Aber sag, kannst du bitte in den Keller gehen? Nimm die leeren Flaschen mit und bring etwas Wasser rauf.«

Josi zog die Stirn kraus, stand aber auf. Was hatte es nur mit diesem Brief auf sich, dass niemand mit ihr darüber sprechen wollte? Sie war sich sicher, dass ihre Adoptivmutter Marlies Brenner bei ihrer ehrenamtlichen Tätigkeit im Kinderheim kennengelernt hatte. »Soll ich sonst noch etwas mitbringen?«, fragte sie und nahm sich den Korb mit den leeren Glasflaschen.

»Ein Bier für den Günther. Er ist gerade in den Carport gefahren«, sagte Beatrix und rührte so heftig in den Kartoffeln, dass Josi sich fragte, ob sie Püree daraus machen wollte. An der Wohnungstür wartete sie auf ihren Adoptivvater, begrüßte ihn und machte sich dann auf den Weg in den Keller.

Als sie die Treppe hinunterging, empfing sie der angenehme Geruch von Orangen. Von ihrem Winterurlaub, der traditionell in Italien verbracht wurde, brachten Beatrix und Günther sich immer zwei vollgepackte Kisten Orangen mit, die sie dann im Laufe des Frühjahres aufbrauchten. Josi nahm sich eine der wenigen verbliebenen Früchte und hielt sie sich an die Nase. Am liebsten hätte sie die Orange direkt geschält und gegessen.

Stattdessen legte sie zwei davon in den Korb und sortierte die leeren Flaschen ein. Dabei fiel ihr Blick auf einen braunen Koffer, dessen Leder schon stark abgewetzt war. Ihr Name stand in geschwungenen Buchstaben auf dem Adressanhänger. Er war ein Geschenk zu ihrem achtzehnten Geburtstag gewesen und enthielt alles an Kindheitserinnerungen, was Beatrix aus dem Heim hatte retten können. Sogar Mario, den Stoffhasen, hatte sie aus den Fängen der dicken Krissy gerettet und in den Koffer gepackt. Eigentlich kein Gegenstand, mit dem Josi glückliche Erinnerungen verband.

Und doch war es an der Zeit, dass sie den Koffer endlich zu sich nach Hause holte. Jedes Mal, wenn sie ihre Adoptiveltern besuchte, nahm sie sich vor, daran zu denken, und vergaß es doch immer wieder. Kurzerhand schnappte sie sich den Griff und zog daran. Sie legte den Koffer auf den Boden und öffnete die metallenen Verschlüsse. Ganz obenauf lag ihr damals heiß und innig geliebter Hase Mario. Sie nahm ihn heraus und begutachtete die anderen Überreste ihrer Kindheit.

Neben Mario fanden sich dort Kassetten von den drei Fragezeichen, ihr erstes Buch - irgendwas mit einem Beo im Eiskaffee, der sprechen konnte - und ein Notizbuch, das von außen mit Pferdestickern beklebt war. Als Josi es aufschlug, las sie in krakeliger Kinderschrift *Tagebuch von Josefine* und in Großbuchstaben quer darunter *GEHEIM*.

Mit den Fingern strich sie über die Rillen auf dem Papier, wo sie zu fest aufgedrückt hatte und lächelte. Sie hatte völlig vergessen, dass sie damals ein Tagebuch geführt hatte. Mit den anderen Sachen legte sie es zurück in den Koffer und schloss den Deckel.

Heute Abend würde sie sich eine große Kanne von ihrem Lieblingstee machen und die Erinnerungen durchstöbern. Genau die richtige Beschäftigung, um sich vom Alleinsein abzulenken.

Bepackt mit dem Koffer und dem Korb voller Flaschen ging sie zurück nach oben. Günther wartete bereits an der Tür auf sie.

»Gerade wollte ich nach unten kommen und nachsehen, ob du verloren gegangen bist«, sagte er und nahm ihr die Getränke ab. »Das Essen steht auf dem Tisch, rein mit dir.«

Als Josi in die Küche kam, saß Beatrix am Tisch. Ihre Wangen waren gerötet, so wie immer, wenn sie sich über irgendwas aufregte.

»Ist dir das Essen angebrannt oder warum schaust du so?«, fragte Josi und erntete betretenes Schweigen. Der Strich, zu dem Beatrix ihre Lippen zusammengepresst hatte, wurde noch schmaler. Josi schaute hilfesuchend zu Günther. »Okay, was ist los?«

»Wollen wir nicht langsam mal essen?«, warf Beatrix ein, bevor Günther eine Antwort geben konnte. »Ich habe mir nicht all die Mühe gemacht, damit es kalt wird.«

»Es ist also nicht angebrannt?«, witzelte Josi und versuchte ein Lächeln.

»Beatrix hat mir erzählt, dass du bei Renate warst«, sagte Günther, während Josi die Kartoffeln verteilte. Sie merkte, wie ihre Adoptivmutter unter dem Tisch nach ihrem Mann trat. Der Blick, den sie ihm dabei zuwarf, sprach Bände.

»Richtig, und ich weiß nicht, warum sie etwas dagegen hat, dass wir uns darüber unterhalten.«

Günther lächelte milde. »Das kann ich dir verraten. Sie will nicht, dass ich auf den Brief zu sprechen komme.«

»Es reicht!« Beatrix sprang von ihrem Stuhl auf. »Wir hatten eine Abmachung.«

Josi blickte perplex zwischen ihren Adoptiveltern hin und her. »Hey, langsam«, sagte sie und hob beschwichtigend die Hände. »Ihr müsst nicht gleich einen Ehestreit vom Zaun brechen. Aber es würde mich doch interessieren, warum ihr euch wegen eines Briefes so aufregt.«

»Das muss dir deine Mutter erklären. Anscheinend fand sie es seltsam, dass Marlies auch Dirk angeschrieben hat.«

»Günther!«

»Warum auch?« Josi verstand gar nichts mehr. Sie schob ihren Teller von sich und verschränkte wie ein trotziger Teenager die Arme. »Was ist hier los?«

»Da hast du es«, murmelte Beatrix.

Günther schob ebenfalls seinen Teller von sich und öffnete die Flasche Bier, die Josi für ihn mit nach oben gebracht hatte. »Dann solltest du mich demnächst vorher einweihen, wenn du willst, dass ich ein Schweigegelübde ablege. Du hast es ihr also gar nicht gesagt?«

Josi hatte genug von dem Schauspiel, das ihre Adoptiveltern da aufführten. »Wie wäre es, wenn mich jetzt mal jemand aufklären würde, verdammt noch mal?«

»Marlies hat auch uns vor einigen Monaten geschrieben und darum gebeten, einen Brief, den sie mitgeschickt hat, an dich weiterzuleiten«, sagte Günther und nahm sich wieder sein Gulasch vor.

»Bevor du danach fragst, ich habe ihn leider

verschlampt.« Beatrix stand auf und stellte sich ans Fenster. Sie klang ehrlich zerknirscht. »Die ganze Zeit lag er auf dem Telefontisch im Wohnzimmer und plötzlich war er weg. Hat bestimmt dein Vater in seinem Aufräumwahn zum Altpapier geworfen.« Sie warf ihrem Mann einen vorwurfsvollen Blick zu.

»Schieb das jetzt nicht auf mich. Ich habe das Teil nie angerührt. Außerdem reicht es jetzt wirklich. Beruhig dich wieder und komm zu uns an den Tisch. Wir wollten doch gemütlich zu Mittag essen.« Mit dem Fuß schob er ihr den Stuhl entgegen.

»Seit deiner Altersteilzeit bist du unerträglich«, murmelte Beatrix, setzte sich aber trotzdem. Dann wandte sie sich an Josi. »Es tut mir leid, dass ich dir nichts gesagt habe. Ich habe es einfach jedes Mal wieder vergessen. Sei deswegen nicht sauer.«

»Okay«, entgegnete Josi. Mit der Gabel zerstach sie die Kartoffeln auf ihrem Teller und vermischte sie lustlos mit der Soße. Die Geschichte überzeugte sie nicht. Ihre Adoptivmutter vergaß normalerweise nie etwas, machte sich für jede Kleinigkeit eine Notiz auf einem kleinen Block, der stets neben dem Telefon im Flur lag. Unmöglich, dass sie einfach immer wieder vergessen hatte, den Brief zu erwähnen.

»Du hast ihn nicht zufällig geöffnet und kannst mir sagen, was sie von mir wollte?«, bohrte Josi nach dem Essen doch noch einmal nach, während sie und Beatrix die Spülmaschine einräumten.

Ihre Adoptivmutter schüttelte den Kopf. »Wo denkst du denn hin? Ich schaue doch nicht in deine private Post. Dem

Brief an mich lag ein verschlossenes Kuvert bei, das ich an dich weitergeben sollte.«

»Ein Grund mehr, Marlies zu kontaktieren. Das sind mir einige Zufälle zu viel.« Josi nickte, wie um sich selbst zu bestätigen. Warum war sie nicht schon viel früher auf die Idee gekommen?

Den restlichen Nachmittag mieden ihre Adoptiveltern konsequent das Thema und Beatrix war in den kommenden Stunden sehr wortkarg. Josi hatte wenig Lust auf die schlechte Stimmung und verabschiedete sich bald nach Hause.

Mit dem Koffer und einer Tasse Tee setzte sie sich auf das Sofa und erlaubte auch Lumpi ausnahmsweise, sich zu ihr zu gesellen. Während er sich grunzend an den Sofakissen rieb, packte sie die Erinnerungsstücke auf den Couchtisch. Zuerst nahm sie sich ihr Tagebuch vor. Die ersten Seiten waren unspektakulär, enthielten kindliches Gekritzel darüber, wie froh sie war, endlich eine Familie zu haben und sich nicht mehr mit Krissy ein winziges Zimmer im Heim teilen zu müssen. In nahezu jedem Beitrag überschlug sie sich mit Lob für alles, was ihr neues Leben für sie bereithielt.

Die neue Schule war einfach super, so viele nette Mädchen in der Klasse und die Lehrerin toll. Ihr eigenes Zimmer war super, mit ihren Eltern zu Abend zu essen war super und ebenso die Zwillinge, die sich später als miese Zicken herausgestellt hatten. Einfach alles war super.

Jedenfalls bis zu einem Tag, an dem Josi von einem Albtraum berichtete. Herzzerreißend hatte sie die Dinge niedergeschrieben, die ihr im Traum widerfahren waren. Die kindliche Weise, mit der sie ihre Angst ausdrückte, ging Josi so nahe, dass sie am liebsten ihr zehnjähriges Ich in den Arm nehmen und trösten wollte.

Der Inhalt der nächsten Seiten verstärkte dieses Gefühl noch. Sie waren gefüllt mit Zeichnungen, die selbst die erwachsene Josi beängstigend fand. Den Hintergrund stets dunkel gehalten, waren im Vordergrund Stühle oder Liegen zu sehen. Darauf festgeschnallt lag zum einen offensichtlich Josi - wem sonst hätte sie gelbe Kringelhaare verpassen sollen - und ein Junge, vermutlich Dirk. Zwischen ihnen stand eine kleine Person mit einer überdimensional großen Spritze in der Hand. Ihr Gesicht war keinesfalls menschlich, stellte eher ein Monster oder ein Fantasiewesen dar. Die anderen Bilder zeigten ähnliche Motive.

Josi legte das Buch weg und nahm einen Schluck aus ihrer Tasse. Lumpi hatte sich an ihrem Oberschenkel zusammengerollt und sie kraulte seinen Rücken. Die Lust, in ihren Erinnerungen zu wühlen, war ihr vergangen. Das Tagebuch zeigte ihr, dass es vermutlich nur wenige glückliche Erlebnisse gab. Zumindest zu Heimzeiten.

Über die Jahre hatte sie es irgendwie geschafft, den Keller, Marlies und die Spritzen in einen versteckten Teil ihres Bewusstseins zu sperren und dort zu vergessen. Und das war auch besser so. Josi wusste, dass Dirk dieses Kunststück nie gelungen war, so sehr er es auch versucht hatte. Doch vielleicht hatte er vor seinem Tod Antworten erhalten. Und zwar von Marlies.

Sie klappte das Tagebuch zu, packte es mit den Kuscheltieren und Büchern zurück in den Koffer und nahm sich den Laptop vom Tisch. Sie rief die Onlineversion des Telefonbuches auf, tippte in das Suchfeld den Namen *Marlies Brenner* ein und wählte die Ergebnisse für den Ort

Frankfurt aus. Kein Resultat. Sie versuchte es mit M. Brenner. Ihr Browser spuckte sechs Nummern aus. Bei der ersten Nummer sprach sie mit einem misstrauischen Vater namens Michael Brenner, der wissen wollte, woher sie seine achtjährige Tochter kannte. Die zweite Nummer existierte nicht mehr und bei der dritten meldete sich ein Anrufbeantworter mit einer Frauenstimme, die viel zu jung für die damals schon nach Reibeisen klingende Marlies klang. Erst bei der vierten ging ein Mann an den Apparat, der eine Marlies kannte, die früher sogar in einem Heim gearbeitet hatte. Doch diese Marlies war leider nicht zu sprechen.

»Würden Sie ihr sagen, dass die Tochter von Beatrix Wolf angerufen hat? Frau Brenner hatte mir einen Brief geschrieben und meine Mutter hat ihn leider verlegt.«

Am anderen Ende der Leitung raschelte es leise, dann hörte Josi den Mann schnaufen. Doch eine Antwort gab er nicht.

»Es ist so, dass ich früher in dem Heim war, in dem Frau Brenner gearbeitet hat«, setzte Josi zu einer Erklärung an, damit der Mann verstand, wie wichtig dieser Anruf für sie war.

»Tut mir leid«, unterbrach sie der Mann. »Das wird wohl leider nicht möglich sein. Meine Mutter ist vor einer Woche verstorben.«

»Aber das kann nicht sein. Sie ist ... Was sagen Sie?« Josi fühlte sich wie vor den Kopf gestoßen.

»Ich kann Ihnen wohl nicht weiterhelfen.«

»Nein. Das können Sie nicht. Mein Beileid.« Josi legte auf. Ihr erster Impuls bestand darin, bei Beatrix anzurufen und sie anzubrüllen. Wie konnte sie nur einen Brief verschlampen, der an Josi adressiert war? Auch wenn ihre Adoptivmutter Marlies noch nie etwas hatte abgewinnen können, war das keine Erklärung dafür, dass sie die Nachricht für Josi über Wochen einfach »vergaß«.

Nein, es gab nur eine Möglichkeit. Beatrix musste entgegen ihrer Behauptung den Brief geöffnet und entschieden haben, ihn nicht an Josi weiterzuleiten.

19, 1985

Besorgt strich Renate dem kleinen Dirk über die Stirn. Die Haut des Jungen fühlte sich glühend heiß an und Schweiß verklebte seine Haare. Ab und zu drang ein leises Stöhnen aus seiner Kehle. Die meiste Zeit allerdings lag er nur mit schmerzverzerrtem Gesicht auf der Seite und hielt sich den Bauch. Er gab so ein jämmerliches Bild ab, dass Renate ihr Mitleid beinahe körperlich spüren konnte.

Als Dirk erneut von einem Krampf geschüttelt wurde, fasste Renate einen Entschluss. Sie würde noch heute Nachmittag mit ihm zu einem Arzt fahren. Schlimm genug, dass sie Kristina vor einigen Tagen eingeredet hatte, die Bauchschmerzen würden mit etwas Tee und einer Wärmflasche von alleine verschwinden. Die ganze Nacht hatte sie das Weinen des kleinen Mädchens aus dem Zimmer gehört. Das hatte ihr den Rest gegeben. Sie war nicht mehr bereit, tatenlos zuzusehen, wie die Kinder litten. Ihr Gewissen ließ das nicht zu.

Sie streichelte Dirk über den Rücken, in der Hoffnung, ihn so etwas beruhigen zu können. Sein kleiner Körper erzitterte unter ihrer Hand. »Alles wird gut«, sagte sie und strich ihm eine Strähne aus der verschwitzten Stirn. »Wir gehen jetzt zu einem Arzt, der dafür sorgen wird, dass du keine Schmerzen mehr hast.«

Dirk drehte seinen Kopf und schaute sie mit großen Augen an. Er schüttelte heftig den Kopf und würgte, als er versuchte, sich aufzusetzen.

»Du musst keine Angst haben. Niemand wird dir wehtun.«

Dirk wollte sich nicht beruhigen, zappelte in seinem Bett. Renate wusste sich langsam nicht mehr zu helfen. Sie stand auf. »Soll ich dir einen Tee machen?«, fragte sie.

»Nicht ... auf die ... Krankenstation«, presste Dirk hervor.

»Alles klar. Versprochen. Niemand bringt dich auf die Krankenstation. Aber ich hole dir etwas Warmes zum Trinken.« Sie lächelte ihm zu und ging zur Tür.

Dirk hatte sich wieder hingelegt. Sein kleiner Körper war unter der großen Daunendecke kaum noch zu erkennen. Renate schloss die Tür hinter sich und ging in den Betreuerraum. Dort nahm sie sich die Gelben Seiten und suchte nach Kinderärzten. Gleich die erste Praxis sicherte ihr zu, Dirk sofort dranzunehmen, wenn sie mit ihm vorbeikam.

Als sie den Hörer aufgelegt hatte und zurück zu Dirk gehen wollte, stand Volker im Türrahmen.

»Mit wem hast du da gesprochen?«, fragte er. Als sie sich an ihm vorbeidrängen wollte, hielt er sie an der Schulter zurück.

»Ich habe einen Kinderarzt angerufen. Dirk geht es schlecht. Wir sollen gleich vorbeikommen.«

Er machte sich noch breiter und packte ihre Schulter fester. »Das glaube ich nicht. Wenn es wirklich so schlimm ist, bring ihn auf die Krankenstation. Dort kann er über Nacht bleiben. Marlies wird alles dokumentieren und morgen wird sich die Reaktion gelegt haben.«

Renate holte tief Luft und drückte ihren Rücken durch. Obwohl Volker als Mann nicht gerade eine imposante Erscheinung abgab, hatte er eine beängstigende Ausstrahlung. Doch sie würde sich nicht einschüchtern lassen. Es war ihre Pflicht, für die Unversehrtheit der Kinder zu sorgen, und der würde sie nachkommen.

»Du lässt mich jetzt sofort vorbei!« Sie bemühte sich, ihrer Stimme einen festen Klang zu geben.

»Und wenn nicht? Was wirst du tun? Mir gegen das Schienbein treten?« Volker lachte schallend.

Einen Moment schwieg Renate und sammelte sich. Dann schaute sie ihm in die Augen, hielt seinem Blick stand und sagte: »Solltest du mich nicht mit dem Kind hier rausmarschieren lassen, unbehelligt wohlgemerkt, damit ich den Jungen verdammt noch mal zu einem richtigen Arzt bringen kann, dann hast du dieses Heim die längste Zeit geleitet, das schwöre ich dir. Ich werde an die Öffentlichkeit gehen und wenn ich für den Rest meines Lebens keinen Job mehr bekommen sollte. Also lass mich durch.« Renate unterdrückte ein Zittern, das sich von ihrem Innern heraus ausbreiten wollte.

Volker räusperte sich. Doch anstatt etwas zu sagen, klappte er einfach seinen Mund wieder zu und runzelte die Stirn.

Renate nickte unmerklich. Sie hatte ihn tatsächlich aus der Fassung gebracht. »Lässt du mich jetzt durch?«, fragte sie.

Immer noch schweigend trat Volker einen Schritt zur Seite und Renate ging an ihm vorbei. Als sie bei Dirks Zimmer angekommen war, hörte sie, wie Volker die Tür zum

Betreuerraum zuschlug. Renates Herz krampfte sich zusammen. Ihr Entschluss stand nun fest. Sie würde Dirk nicht nur für einen Arztbesuch hier rausholen.

20

Thomas Wendtner schwenkte den Rest seines Hefeweizens und trank den letzten Schluck. »Noch zwei Mal das Gleiche«, rief er dann der Bedienung zu und hob zur Sicherheit zwei Finger, falls sie ihn über die Lautstärke in der Kneipe nicht verstanden haben sollte.

Das Walschers war gerammelt voll und die beiden hatten nur einen Tisch bekommen, weil der Inhaber - der Bruder eines Kommissars - immer eine Nische für die Kollegen vom Präsidium reservierte.

Fabian leerte ebenfalls sein Glas und verzog das Gesicht. Eigentlich hatte er längst genug und sich schon vor der letzten Runde verabschieden wollen, doch Thomas machte nicht den Eindruck, als würde er so schnell gehen. Leider herrschte zwischen ihnen ein ungeschriebenes Gesetz, dass sie bei einem gemeinsamen Feierabendbier so lange blieben, bis auch tatsächlich beide genug hatten.

Um Thomas zu signalisieren, dass es bei ihm so weit war, gähnte Fabian ausgiebig und streckte sich.

»Nicht gerade ein optimaler Beginn nach zwei Wochen Urlaub, hm?«

Fabian nickte. »Außerdem hatte ich gestern eine harte Nacht. Wenn du verstehst, was ich meine.« Er zwinkerte und grinste anzüglich.

»Dein Leben möchte ich haben«, seufzte Thomas.

»Meine Freundin zieht sich maximal noch zum Duschen aus. Und in der Regel bin ich dabei nicht mal zu Hause.«

»So schlimm? Bisher dachte ich, diese Abstinenz ginge erst in der Ehe los.«

Die Kellnerin kam an ihren Tisch, tauschte die leeren Gläser gegen volle und machte zwei Striche auf Thomas' Bierdeckel. Nachdem sie wieder gegangen war, prosteten die beiden sich zu.

»Es braucht keinen Trauschein, um sich gegenseitig anzuöden. Wenn man nicht mal beim Pinkeln noch die Tür zumacht, ist der Zeitpunkt erreicht, an dem man sich zu gut kennt.«

»Hey«, machte Fabian und rülpste leise in seine Faust. »Das ist zu viel Information. Aber das wird mir so schnell nicht passieren. Ich bin heute Morgen das erste Mal von einer Frau nach einem One-Night-Stand abserviert worden.«

»Und jetzt willst du mein Mitleid dafür?« Thomas steckte sich eine Handvoll Erdnüsse in den Mund und kaute geräuschvoll darauf herum. »Tut mir leid, ich glaube, ich muss in diesem Fall passen.«

Fabian zuckte mit den Schultern. Angewidert schaute er die Bröckchen an, die beim Sprechen aus Thomas' Mund gefallen und auf dem Tisch gelandet waren. Thomas bemerkte seinen Blick und fegte die Krümel mit dem Handrücken vom Tisch.

»War die Frau denn so besonders? Du bist doch sonst nicht so mies drauf, nur weil eine Frau kein zweites Mal bei dir im Bett liegt.«

»Quatsch. Der trauere ich nicht hinterher«, log Fabian.

In Wahrheit dachte er schon den ganzen Nachmittag darüber nach, wie er Isabell aufspüren oder ihre Nummer herausfinden konnte. Leider hatten sie sich so wenig über Privates unterhalten, dass sie ihm nicht mal ihren Nachnamen verraten hatte. Wenn er sie nicht zufällig irgendwo treffen würde, standen seine Chancen also ziemlich schlecht. Da Thomas ihn mit einem skeptischen Blick bedachte, fügte er hinzu: »Ich mache mir eher Gedanken darüber, weshalb ein ansonsten gesunder Mann so viele Narben auf seinem Herzen hat.«

»Vielleicht wurde auch er ständig nach heißen Nächten sitzengelassen.« Thomas schaute ihn gespielt schmerzerfüllt an und fasste sich dabei an die Brust.

»Du bist ein Idiot«, hustete Fabian, der sich an seinem Weizen verschluckt hatte.

»Im Ernst. Hör auf, dich darauf zu versteifen. Die Narben haben ihn nicht umgebracht, so viel ist klar. Wir haben einen Verdächtigen und wir sollten uns mit all unserer Energie auf ihn konzentrieren. Witterhold hat ein Motiv, er hat einen silbernen Kombi als Firmenwagen und er war zum fraglichen Zeitpunkt alleine im Haus.«

»Es ist dein Verdächtiger, nicht meiner. Ich bin der Meinung, wir sollten uns nicht zu schnell von anderen Optionen verabschieden. Erst recht nicht, weil seine Frau angegeben hat, dass er zur fraglichen Zeit im Haus war oder sie zumindest sein Schnarchen gehört hat.«

»Da stimme ich dir sogar zu. Es gibt da noch eine Variante, die wir noch nicht beachtet haben. Schon mal darüber nachgedacht, dass seine Frau Bescheid weiß?« Thomas lehnte sich nach vorne und senkte seine Stimme.

»Er kommt nach Hause. Seine Frau hat ihn später erwartet. Deshalb erwischt er sie in flagranti mit einem Anderen im Bett. Es kommt zum Streit zwischen den beiden Männern, sie prügeln sich. Du hast gesehen, was für ein Schrank der Witterhold ist. Seine Frau kann nur schockiert dabei zusehen, wie ihr Liebhaber zu Brei geprügelt wird.«

»Eine Gemeinschaftstat? Das würde mich doch sehr wundern.«

Thomas zuckte mit den Schultern. »Sie wäre nicht die erste Ehefrau, die ihren eifersüchtigen Mann deckt. Aus Angst, dass er sie sonst auch verramscht, macht sie gemeinsame Sache mit ihm und sie denken sich diese Geschichte aus. Deswegen wusste sie auch sofort, dass es sich bei dem Opfer um ihren guten Freund handelt.«

Fabian nickte. Er musste zugeben, dass die Geschichte plausibel klang. Und doch ließ ihn das Gefühl nicht los, dass es dieses Mal nicht ganz so einfach war. »Du hast eine blühende Fantasie. Aber solange wir keine Beweise gegen ihn haben, werde ich nicht die Ermittlungen mit Scheuklappen durchführen.«

»Jedenfalls ist meine Theorie näherliegend als dein vages Gefühl, das ins Nichts führt.« Thomas hob sein Glas an und hielt es Fabian zum Anstoßen entgegen. »Aber lass uns jetzt nicht darüber streiten. Wir haben Feierabend.«

Fabian hob ebenfalls sein Glas und prostete seinem Kollegen zu. Er kannte ihn jetzt lange genug und wusste, was das zu bedeuten hatte. Wenn Thomas sich auf jemanden eingeschossen hatte, dann war er nicht bereit, von seinem Kurs abzuweichen, bevor er die Schuld - oder eben die Unschuld - des Verdächtigen bewiesen hatte. Jeder hatte sein eigenes Vorgehen und die Kombination aus beiden war effektiv und zielführend. Ein Streit zwischen ihnen war es jedoch keinesfalls.

»Ich muss mal ein paar Bier wegbringen«, sagte Fabian und stand auf. Er drängte sich an der vollen Theke vorbei zu den Toiletten und stellte sich an eines der freien Pissoirs.

Der Kerl neben ihm war bestimmt anderthalb Köpfe größer als er, und als sein Urin auf die Keramik traf, spritzten kleine Tröpfchen in Fabians Richtung. Einige davon trafen ihn am Bein. Angeekelt schloss Fabian seine Hose und ging in eine der Kabinen. Nachdem er sich dort erleichtert hatte, versuchte er am Waschbecken, die Spritzer des anderen notdürftig mit etwas Wasser von seiner Hose zu entfernen.

Als er aus der Männertoilette kam, stand der Kerl mit einer Blondine im Arm an der Theke. Er reichte dem Kellner einen Schein über den Tresen. Die Blondine drehte sich um. Fabians Muskeln versteiften sich. War das nicht Isabell, die da an seinem Arm hing? Damit die Frau ihn nicht entdeckte, machte er einen Schritt zurück in den düsteren Flur vor den Toiletten. Dabei rempelte er gegen einen Typen.

»Verdammt, pass doch auf«, maulte dieser und Fabian hob entschuldigend die Hand.

»Steh doch hier nicht im Weg rum«, beschwerte sich der andere weiter und schubste Fabian nach vorne. »Besoffener Penner.«

Fabian drehte sich um, packte den Typen am Hemdkragen und drückte ihn gegen die Wand.

»Wenn du dir keinen Ärger mit einem Bullen einhandeln willst, dann solltest *du* lieber aufpassen, was du von dir gibst«, sagte er scharf. Mit seiner freien Hand fischte er seinen Dienstausweis aus der Hosentasche und hielt ihn dem Typen vors Gesicht.

»Schon gut, kann doch keiner wissen. Sorry«, murmelte der andere kleinlaut.

Fabian ließ den Typen los, der sich sofort davonmachte, und schaute sich nach Isabell um. Sie verließ gerade die Kneipe. Im Arm des Spritzpinklers.

Der sich vermutlich nicht mal die Hände gewaschen hat, dachte Fabian angeekelt und stürmte zu seinem Tisch. Dort knallte er Thomas einen Zehner vor dessen Bierglas und nahm seine Lederjacke.

»Zahlst du für mich mit? Ich muss dringend los«, sagte er außer Atem. Isabell schlenderte gerade draußen am Fenster vorbei.

Thomas schaute verwirrt zwischen dem Zehn-Euro-Schein und Fabian hin und her. »Was ist los? Sind dir die zwei Weizen so schnell zu Kopf gestiegen?«

»Die Frau von letzter Nacht. Sie war hier und ist gerade gegangen.« Die Tatsache, dass sie mit einem anderen Mann unterwegs war, behielt er besser für sich.

»Halt, stehengeblieben!« Thomas sprang auf. »Du hast jetzt nicht vor, dich wie ein verliebter Teenager aufzuführen, oder?«

Einen Moment hielt Fabian inne. So wirklich wusste er selbst nicht, was er vorhatte. Doch er musste unbedingt herausfinden, ob sich Isabell tatsächlich von dem ekelhaften Kerl abschleppen ließ. Etwas hilflos zuckte er mit den Schultern.

»Dich hat es wohl richtig erwischt, was? Aber sei dir darüber im Klaren, dass Frauen nicht auf so einen Kindergarten stehen.«

»Wenn ich mal wissen will, wie weit ich die Klotür auflassen darf, um danach noch Sex zu haben, wende ich mich vertrauensvoll an dich.«

Thomas lachte und streckte Fabian den Mittelfinger entgegen. »Hau schon ab. Viel Glück.«

Fabian deutete eine Verbeugung an, drehte sich um und stürmte aus dem Lokal. Die kühle Nachtluft ließ seine Gedanken wieder etwas klarer werden. Er schaute sich um. Die Kaiserstraße war, wie jeden Abend, überfüllt. Dicht gedrängt standen die Menschen vor den Bars und Restaurants oder flanierten in Gruppen über die Bürgersteige. Dazwischen schlichen einige Penner herum, in der Hoffnung, etwas von dem Restgeld der Kneipenbesucher abzubekommen.

Einer davon schwankte nun auf Fabian zu. »Junger Mann, Sie seh'n so aus, als hätt'n Sie ein großes Herz. Bestimmt können Sie mir doch mit 'nem Euro aushelfen, oder? Das Zugticket kostet dreisiebzig und ich hab gerade noch zwo Euro einstecken.«

Fabian griff in seine Hosentasche und fand fünfzig Cent, die er dem Alten zusteckte. »Du hast nicht zufällig eine hübsche Blondine am Arm eines Typen hier vorbeikommen sehen, oder?«, fragte er.

»Hast dich mal umgeschaut? Überall Blondinen. 'Schuldige, da kann ich dir nicht helfen.«

Fabian nickte und drehte sich um. Thomas hatte recht. Davon abgesehen, dass er kaum eine Chance hatte,

Isabell zwischen all den Menschen hier zu entdecken, war sein Verhalten kindisch und peinlich. Was wollte er denn sagen, wenn er sie fand? Sie hatte ihn heute Morgen sitzengelassen, sich ohne ein Wort aus seiner Wohnung gestohlen. Wenn das nicht eindeutig genug war, dann sollte es doch die Tatsache sein, dass sie heute Abend schon wieder mit einem anderen Mann unterwegs war.

Er schlug die Richtung zu seinem Wagen ein, um nach Hause zu fahren. Als er am Walschers vorbeiging, trat gerade Thomas aus der Tür. »Du hast aber schnell aufgegeben«, sagte er lachend.

»Hab's mir anders überlegt«, sagte Fabian. »Wenn sie diesen Körper nicht haben will, dann ist das ihr Pech.«

Sehnsüchtig starrte er zu zwei jungen Frauen hinüber, die sich gerade Zigaretten ansteckten. Unwillkürlich atmete er tief ein, als sie ihren ersten Zug nahmen.

»Jetzt bin ich aber beruhigt. Ich hatte schon Angst, dass du über Nacht zum Weichei geworden bist.«

»Nicht in diesem Leben. Außerdem haben wir einen Fall, auf den wir uns konzentrieren müssen.«

»Ganz recht«, sagte Thomas und setzte sich in Bewegung. Fabian trottete hinter ihm her.

An der Konstabler Wache verabschiedeten sie sich und Fabian kaufte bei einem chinesischen Schnellimbiss noch zwei Nudelboxen. Dieses Mal ohne Fleisch. Das Gespräch mit Isabell hatte ihn nachdenklich gestimmt und er hatte sich vorgenommen, die Menge an Tieren, die wegen ihm sterben mussten, so gut es ging zu reduzieren.

Als er aus der Linie drei stieg, saß wie erhofft Peter im Wartehäuschen und rauchte eine Zigarette. Er bemerkte

Fabian erst, als dieser vor ihm stand und ihm eine der beiden Packungen Nudeln hinhielt.

»Ohh«, machte er und hustete rasselnd. Fabian befürchtete, dass er nicht mehr viele Zigaretten würde rauchen können. »Das ist genau das Richtige heute. Ich hab einen Bärenhunger. Dank dir, lieber Staatsdiener«, sagte er, als er sich beruhigt hatte, und griff gierig nach der Pappschachtel.

Fabian setzte sich neben ihn und gemeinsam schaufelten sie die gebratenen Nudeln in sich hinein.

»Siehst nicht gut aus, übernächtigt«, nuschelte Peter zwischen zwei Gabeln mit einem Seitenblick auf Fabian.

»Hast du gar nicht so unrecht. Die Nächte waren kurz in letzter Zeit.«

Peter nickte wissend. »Ist es die Kleine von heute Morgen, die dich nicht schlafen lässt?«

Die Gabel, die er gerade zum Mund geführt hatte, fiel Fabian beinahe aus der Hand. Er merkte, wie ihm das Blut in den Kopf stieg. »Du bist aber gut im Raten.«

»Na, na ... nicht gleich nervös werden. Bist ja alt genug, Bursche.« Er klopfte ihm aufmunternd auf die Schulter. »Hab euch gestern gesehen, wie du mit ihr hochgegangen bist. Und sie ist bis spät in der Nacht nicht mehr rausgekommen, das hab ich auch mitgekriegt.« Er stopfte sich die nächste Portion Nudeln in den Mund. »War eine Hübsche.«

Fabian nickte. Hübsch war gar kein Ausdruck. Isabell sah fantastisch aus und der Gedanke daran, wie perfekt sie für ihn sein könnte, schmerzte ihn ein wenig.

Das schien auch Peter zu bemerken. »Sie hat's dir wohl wirklich angetan, was? Dann solltest du dich ranhalten und sie dir sichern.« Er hatte sich seine Nudeln zwischen die Knie geklemmt und wischte sich mit seinen Fingern, die so dreckig und ölig wie die eines Automechanikers nach einem Arbeitstag wirkten, über den fettigen Mund. Dabei löste sich ein Stück Nudel aus dem Vollbart und fiel auf seine Hose.

»Wenn das so einfach wäre.«

»Was ist das Problem?«

»Ihre Nummer. Ich hab sie nicht. Eigentlich hab ich gar nichts. Sie ist heute Morgen sang- und klanglos verschwunden.«

»Oha.« Ein Lächeln umspielte Peters Lippen und Fabian meinte, ein wenig Schadenfreude zu erkennen. »Keine große Sache. Du bist doch Polizist. Da sollte sie leicht zu finden sein.«

»Möglich. Doch ich kenne nicht mal ihren Nachnamen. Wir haben gegessen und sind ...« Fabian suchte nach einem Ausdruck, der nicht abfällig klang. »Nun ja, sofort im Bett gelandet. Es blieb nicht viel Zeit für solche Nebensächlichkeiten.«

»So ist das also. Dann muss ich dir leider sagen, dass mir meine Lebenserfahrung nur einen Rat erlaubt. Vergiss das Mäuschen. Bist eben mal an die Falsche geraten. Hast das ja immerhin selbst einige Jahre betrieben, und ich sage dir, ich glaube an so etwas wie Karma. Irgendwann kommen alle Verfehlungen des Menschen zu einem zurück.«

Fabian fragte sich, mit wie vielen Frauen Peter ihn beobachtet hatte. Dass der Obdachlose von seinem Frauenverschleiß wusste, war keine angenehme Vorstellung.

Wie viele Leute in seiner Umgebung mochten ebenfalls davon mitbekommen haben?

»Musst nicht so peinlich berührt sein«, murmelte Peter. Er hatte anscheinend eine außerordentliche Empathie. »Dein Sexleben ist mir egal. Ich sage nur, hör auf, dir den Kopf zu zerbrechen. Entweder sie wird von alleine draufkommen, oder sie ist nicht deine. Egal, wie hübsch ihr Hintern ist.«

»Vermutlich hast du recht«, sagte Fabian. »Ich sollte sie vergessen.« Obwohl er wenig Lust darauf hatte, sich diese Hammerfrau so ohne Weiteres aus dem Kopf zu schlagen, meinte er es ernst. Ständig daran zu denken, wie er sie wiedersehen konnte, brachte ihm nichts weiter ein als schlaflose Nächte. Offensichtlich hatte sie sich ja längst anders orientiert.

21

Josi lag mit einem Berg aus Kissen im Rücken auf dem Sofa und schaute alle zwei Minuten auf das Telefon, als könnte sie es so dazu bringen, endlich zu klingeln. Seit über einer Stunde wartete sie auf einen Anruf von Elias. Vermutlich hatte er mal wieder seine Mittagspause ausfallen lassen. So langsam verlor sie allerdings die Geduld. Es war bereits nach zwei Uhr und sie hatte den ganzen Tag noch nichts Richtiges gegessen, weshalb ihr Magen knurrte. Noch einmal überprüfte sie, ob der Ton an ihrem Handy auch wirklich eingeschaltet war, steckte es in die Brusttasche ihres Karohemdes und stand auf. Im Flur wurden ihre Schritte langsamer. Es war egal, wie häufig sie sich einredete, dass ihr hier drinnen nichts passieren konnte, doch sie wurde das ungute Gefühl nicht los, dass sich jeden Moment eine der Türen öffnen und Dirks Mörder herausstürmen würde.

In der Küche stieß sie die Luft aus, die sie unwillkürlich angehalten hatte. Im Vorratsschrank entdeckte sie nichts, auf das sie Appetit hatte, und so holte sie zwei Scheiben eingefrorenes Brot aus der Tiefkühltruhe und steckte sie in den Toaster. Während sie darauf wartete, dass die Scheiben geröstet wurden, dachte sie über den gestrigen Abend nach. Irgendwie musste sie einen Weg finden, etwas über den Inhalt von Marlies' Briefen zu erfahren. Vielleicht sollte sie es doch noch einmal bei Renate versuchen. Mit etwas Glück lag der Brief sogar im Zimmer bei Dirks Sachen, wo er ihn gefunden hatte. Da sie nun wusste, dass Marlies auch ihr einen solchen Brief geschickt hatte, konnte sie Renate möglicherweise überreden, ihn Josi zu überlassen. Allerdings traute sie sich nicht, schon wieder bei ihr vorbeizuschauen. Renate hatte ihr sehr deutlich gemacht, dass sie momentan weder über Dirk noch über irgendwelche Briefe sprechen wollte. Josi musste ihr wenigstens etwas Zeit geben, die Geschehnisse zu verarbeiten. Vorher würde Renate ihr sicher nicht helfen.

Das Geräusch des Toasters riss Josi aus ihren Gedanken. Ihre Brote waren fertig. Als sie sich nach vorne lehnte, um die Scheiben auf einen Teller zu legen, nahm sie aus dem Augenwinkel eine Bewegung wahr. Sie erstarrte. Irgendjemand stand in ihrem Vorgarten. Josi beobachtete den Schatten eine Weile. Die Person regte sich nicht.

Josi tat es ihr gleich. Eine ganze Zeitlang blieben sie und der Schatten dort stehen und schienen sich gegenseitig anzustarren. Das ging so lange, bis sich Josi fragte, ob dort draußen überhaupt jemand war. Während sie sich ihr Brot schmierte, versuchte Josi, sich einzureden, der Schatten stamme von einem Baum, den ihre Fantasie aus Angst in einen Menschen verwandelte. Doch es gab keinen derart großen Baum im Hinterhof, lediglich kleine Buchsbaumsträucher, und so gelang es ihr nicht, sich zu beruhigen.

Schließlich fasste sie sich ein Herz und öffnete das Fenster.

»Das hier ist Privatgelände. Verschwinden Sie«, wollte sie brüllen, doch die Worte blieben ihr im Hals stecken. Die Person in ihrem Garten war kein Fremder. Stattdessen war es Mareike, die mit verheulten Augen im Hinterhof stand.

Nachdem Josi sie nach drinnen gebeten und ihr eine Tasse Tee gemacht hatte, saß Mareike auf dem Sofa und knetete ihre Finger. Ihr Blick ging ins Leere.

»Es tut mir leid, wenn ich dich erschreckt habe«, flüsterte sie so leise, dass Josi sie beinahe nicht gehört hätte. »Das Alleinsein, unsere Wohnung. Es hat mich wahnsinnig gemacht. Da hatte ich das Gefühl, dass ich ihm hier nahe sein kann. Hier, wo er zuletzt lag, verstehst du?«

»Solange du an ihn denkst, wird er dir immer nahe sein. Dafür musst du dich nicht bei uns im Hof herumdrücken.«

Mareike rieb sich über die Augen, schnäuzte ihre Nase und nickte dann. »Du hast recht. Es ist besser, wenn ich dir jetzt deine Ruhe lasse.«

»Das habe ich doch gar nicht gemeint. Momentan bin ich ganz froh, wenn ich nicht alleine in der Wohnung bin. Die Einsamkeit macht mich auch wahnsinnig.« Josi deutete auf den Fernseher. »Vorhin habe ich den sogar extra angemacht, als ich in die Küche gegangen bin. Einfach, damit ich das Gefühl habe, ich hätte Gesellschaft.«

»Kann ich mir vorstellen. Ich schaffe es auch nicht, einfach nur rumzusitzen. Sobald ich etwas Ruhe habe, mache ich mir Gedanken darüber, wie unser Leben aus dem Nichts heraus so zerstört werden konnte. An einem Abend sitzt du noch gemeinsam bei Nudeln und Rotwein am Tisch und am nächsten taucht dein Ehemann plötzlich nicht mehr auf.«

Bei der Vorstellung, Elias von einem Tag auf den anderen ohne Vorwarnung zu verlieren, verkrampfte sich Josi. Plötzlich bereute sie, sich nicht intensiver von ihm verabschiedet zu haben, als er nach Hamburg gefahren war.

»Und dann, mit den Gedanken, brodeln die Vorwürfe in

mir hoch. Warum habe ich nur nicht erkannt, dass mit Dirk etwas nicht stimmte in letzter Zeit?«

»Noch kann man doch überhaupt nicht sagen, ob er in irgendwas verwickelt war. Möglicherweise war er einfach ein Zufallsopfer.« Für den Moment wollte Josi nicht, dass Mareike etwas von ihren Befürchtungen erfuhr, dass Dirk möglicherweise das genaue Gegenteil eines Zufallsopfers war.

»Darum geht es mir auch gar nicht.« Mareike winkte ab und nahm einen Schluck aus ihrer Tasse. »Weil ich nicht zur Ruhe kam, habe ich heute Nacht das ganze Haus aufgeräumt. Dabei habe ich einen Brief von Dirk gefunden, den er weggeschmissen hat.«

Josi wurde hellhörig. »Ein Brief? Ist ja interessant. Und hast du ihn gelesen? An wen war er adressiert?«, fragte sie aufgeregt.

»Eine Adresse war nicht vermerkt, er lag zusammengeknüllt im Mülleimer. Er war an eine Marlies gerichtet. Zuerst dachte ich, er hätte eine Andere gehabt, aber das ging nicht aus dem Brief hervor. Offensichtlich hat er auf irgendeine Nachricht von dieser Marlies geantwortet.«

Josi zitterte nun innerlich vor Anspannung. »Lag in dem Mülleimer zufällig auch der Brief von Marlies?«

Einen Moment wirkte Mareikes Blick abwesend, als hätte sie Josi gar nicht zugehört. Dann runzelte sie die Stirn und schüttelte langsam den Kopf. »Warum interessiert dich das?«

»Weil ich auch von ihr angeschrieben wurde!«

Plötzlich wirkte auch Mareike hellwach. »Von dieser Marlies, meinst du? Wer ist sie überhaupt?«

»Sie war damals eine Betreuerin bei uns im Heim. Meistens eingesetzt auf der Krankenstation. Vielleicht war sie Krankenpflegerin. Mittlerweile ist sie auf jeden Fall verstorben. Hast du ihren Brief gefunden?«

Mareike schüttelte den Kopf. »Bei dem Müll war er zumindest nicht dabei. Was hat sie dir denn geschrieben?«

»Scheiße!« Josi stand auf und ging ans Fenster. Am liebsten hätte sie mit der Faust gegen die Wand geschlagen. Sie war so kurz davor gewesen, endlich mehr über den ominösen Brief zu erfahren. Doch vielleicht würde Dirks Antwort Rückschlüsse auf das Schreiben von Marlies zulassen. »Kannst du dich wenigstens erinnern, was er darauf geantwortet hat?«

»Warum willst du das so genau wissen? Sag mir doch erst mal, was Marlies von dir wollte.«

Josi schluckte und drängte die aufsteigenden Tränen zurück. »Ich habe keine Ahnung, was darin stand. Aber ich glaube so langsam, dass der Inhalt etwas mit Dirks Tod zu tun haben könnte.«

»Was meinst du damit, du weißt es nicht?«

»Du erinnerst dich doch noch an das Treffen vor einigen Wochen, um das Dirk mich gebeten hatte?«

Mareike nickte.

»Er wollte mit mir über genau diesen Brief sprechen. Zu diesem Zeitpunkt wusste ich noch nichts davon, dass bei meinen Eltern auch so einer für mich lag. Erst als ich gestern bei ihnen zum Essen war, hat mein Vater mir fast schon beiläufig von einem Brief erzählt, der bei ihnen ankam. Meine Mutter hat jedoch zufälligerweise vergessen, ihn mir zu geben, und mittlerweile ist er verschwunden.

Angeblich im Altpapier gelandet.«

»Ist ja seltsam«, sagte Mareike. »So etwas Ähnliches hat Dirk auch geschrieben. Er habe den Brief nur durch Zufall im Keller von Renate entdeckt, als er dort nach Kinderfotos gesucht hat. Deswegen seine späte Antwort, schrieb er. So ganz bekomme ich es nicht mehr zusammen. Außerdem hat er sich bei Marlies für die Ehrlichkeit bedankt und etwas davon geschrieben, dass er einen gewissen Stockmeier kontaktieren wolle. Viel mehr war es nicht, anscheinend hatte er die Antwort nicht zu Ende formuliert, denn es war keine Verabschiedung vorhanden.«

»Das kann doch kein Zufall sein.« Josis Stimme überschlug sich beinahe. »Bevor meine Mutter mich adoptiert hat, half sie regelmäßig ehrenamtlich im Heim. Renate war dort Betreuerin. Stockmeier der Leiter. Marlies' Brief muss etwas mit unserer Vergangenheit zu tun haben und unsere Eltern wollten verhindern, dass wir etwas davon erfahren.«

»Wir brauchen diesen Brief«, rief Mareike, offensichtlich von Josis Aufregung angesteckt. »Renate muss ihn uns geben.«

»Auf die Idee bin ich auch schon gekommen«, sagte Josi ernüchtert. »Keine Chance, die hat sofort dichtgemacht. Als ich bloß den Namen Marlies in den Mund genommen habe, hat sie mich vor die Tür gesetzt. Aber wenn du sie darauf ansprichst ...«

»Ein Grund mehr, etwas über den Inhalt zu erfahren. Dann können wir entscheiden, ob er irgendetwas mit Dirks Tod zu tun hat. Gehen wir. Ich fahre.«

»Du willst da wirklich jetzt schon wieder hin, nachdem

sie mich rausgeworfen hat?«

Mareike stürmte bereits voraus in den Flur, wo sie ihre Schuhe anzog. »Kommst du nun, oder was?«

Je mehr sich der Wagen dem Haus von Renate näherte, desto mulmiger fühlte Josi sich. Der Brief hatte bei ihren Eltern beinahe einen Ehestreit ausgelöst, und Renate hatte sie bereits einmal deswegen rausgeworfen. Das Verhalten schrie geradezu danach, dass mit dem Schreiben etwas nicht stimmte.

Mareike stellte offensichtlich ähnliche Überlegungen an, denn sie raste über die Stadtautobahn und nach nur dreißig Minuten erreichten die beiden die Wohnsiedlung. Mareike parkte den Wagen direkt gegenüber von Renates Haus und stieg aus.

»Wenn wir hier fertig sind, sollten wir zur Polizei gehen. Die Ermittler müssen unbedingt von diesen Briefen erfahren«, sagte Mareike, warf ihre halbgerauchte Zigarette auf den Boden und trat sie aus. Dann marschierte sie auf die Tür zu. Josi ging langsam hinterher.

Doch entweder ahnte die alte Frau, was Mareike und Josi von ihr wollten, oder sie war nicht zu Hause. Frustriert stapfte Josi zurück zum Wagen.

»Das war wohl nichts. Wir hätten vorher anrufen sollen«, sagte sie zu Mareike, die ihr gefolgt war.

»Ich kann mir gar nicht erklären, wo sie sein soll.« Mareike warf einen sorgenvollen Blick in Richtung Haus. »Sie schafft es ja nicht mal, sich ohne Hilfe anzuziehen.«

»Vielleicht ist sie beim Arzt«, murmelte Josi und schaute auf das Handy in ihrer Hand. In Gedanken war sie längst wieder bei Volker Stockmeier und der Frage, was Dirk von ihm gewollt hatte. Sie fuhr mit ihrem Zeigefinger das Muster zur Entsperrung des Displays nach und öffnete den Browser. Dann gab sie seinen Namen ein. Er lebte noch immer in Frankfurt.

»Was ist? Was machst du da?«, fragte Mareike und machte einen Schritt auf Josi zu. Die steckte schnell ihr Handy zurück in die Tasche.

»Gar nichts. Wir sollten nach Hause fahren.« Josi wollte Mareike zunächst nichts davon sagen, dass auch sie vorhatte, bei Stockmeier anzurufen. Sie wollte alleine sein, wenn sie sich ihrer Vergangenheit in Form des ehemaligen Heimleiters und Tyrannen stellte.

Sie stiegen ins Auto und Mareike lenkte es aus der Parklücke. Auf der Heimfahrt überlegte Josi, wie sie das Telefonat mit Stockmeier am besten angehen sollte. Sie fragte sich, ob Dirk sein Vorhaben umgesetzt und Stockmeier bereits kontaktiert hatte. Und falls ja, über was hatten sie wohl gesprochen? Wie könnte er das Gespräch begonnen haben? Josi nahm sich vor, zunächst nicht zu verraten, dass sie im Grunde außer der Tatsache, dass der Brief existierte, nicht das Geringste über ihn wusste. Vermutlich war es besser, die Unterhaltung zunächst auf Dirk zu lenken und den Brief nur nebenbei zu erwähnen.

»Ich habe darüber nachgedacht und bin zu dem Entschluss gekommen, dass ich Dirks Entwurf auf jeden Fall zur Polizei bringe«, sagte Mareike unvermittelt, als sie in Josis Straße hielten. »Vielleicht ist es bloß ein komischer Zufall, aber die Chance besteht, dass er einen entscheidenden Hinweis enthält. Es ist in Ordnung, wenn ich nicht mehr mit reinkomme, oder?«

Josi brachte nur ein Nicken zustande. Die Aussicht darauf, gleich mit Stockmeier persönlich zu sprechen, schnürte ihr die Kehle zu. »Ist gut«, presste sie hervor und stieg aus. Mareike blickte sie noch einen Moment skeptisch an. Dann zog sie die Beifahrertür zu und fuhr davon.

Josi eilte ins Haus und hörte den Anrufbeantworter ab. Elias hatte sich endlich gemeldet. Allerdings nur, um ihr mitzuteilen, dass er auch noch das Wochenende über in Hamburg bleiben musste. Normalerweise hätte sie sich über die Art aufgeregt, wie er sie darüber informierte, doch momentan verschwendete sie keinen Gedanken daran.

Mit dem Telefon in der Hand ging sie ins Wohnzimmer und klappte den Laptop auf, der auf dem Esstisch stand.

Die Zeit, bis der Desktop endlich erschien, kam ihr vor wie eine Ewigkeit. Endlich konnte sie den Browser aufrufen und tippte Stockmeiers Namen in das Suchfeld. Nachdem sie die angegebene Rufnummer in ihr Telefon eingegeben hatte, zögerte sie. All ihre vorgefertigten Sätze kamen ihr plötzlich wie das kopflose Gerede eines neugierigen Teenagers vor. Doch momentan war dieses Gespräch die einzige Chance, irgendwas über den Brief von Marlies herauszufinden. Also schluckte sie ihre Zweifel hinunter und betätigte die Verbindungstaste.

Nach dem dritten Klingeln verließ sie erneut der Mut, und sie wollte gerade wieder auflegen, als sich eine männliche Stimme am anderen Ende der Leitung meldete.

»Guten Tag, Witterhold mein Name«, sagte sie hastig. Eigentlich hatte sie sich vorgenommen, nicht direkt mit ihrem neuen Familiennamen rauszurücken, doch aus Gewohnheit war er ihr rausgerutscht.

»Und Sie wünschen?«, grummelte der Mann barsch.

Obwohl er viel zu jung klang, fragte Josi mit zittriger Stimme: »Spreche ich mit Herrn Stockmeier, dem ehemaligen Leiter des Kinderheims Lindenhof?«

Einen Moment lang blieb es still, als würde der Mann darüber nachdenken, ob Josi die richtige Nummer gewählt hatte. »Nein, der ist nicht mehr zu sprechen«, sagte er endlich und klang dabei nicht mehr ganz so abweisend wie noch zuvor. »Seit seinem Schlaganfall ist er nicht nur ans Bett gefesselt, auch die Sprache funktioniert nicht mehr. Kann ich Ihnen denn helfen?«

»Oh«, machte Josi, die nicht wusste, ob sie enttäuscht oder erleichtert sein sollte. »Ist das erst kürzlich passiert?«

»Ich wüsste nicht, was Sie das angeht.« Die Kälte war zurück in seiner Stimme.

»Entschuldigen Sie, ich wollte nicht indiskret sein. Es ist nur so, dass vor Kurzem noch ein guter Freund von mir mit ihm gesprochen hat.«

»Das glaube ich kaum«, unterbrach er Josi. »Erstens bin ich der Pfleger von Herrn Stockmeier und hätte das sicher mitbekommen und zweitens habe ich Ihnen gerade erklärt, dass er seit seinem Schlaganfall nicht mehr in der Lage ist, zu sprechen. Es ist also schlichtweg unmöglich, was Ihr Bekannter Ihnen da erzählt hat.«

Josi seufzte. Auch wenn sie froh war, um das Gespräch mit Stockmeier herumgekommen zu sein, jetzt steckte sie in einer Sackgasse.

»Ist gut. Entschuldigen Sie bitte die Störung«, murmelte sie schließlich und legte auf. Dann nahm sie ihren Geldbeutel aus ihrer Tasche und zog eine Visitenkarte aus ihrem Geldbeutel.

Auf Fabian Priors Büronummer meldete sich die Mailbox. Einen Moment überlegte sie, ob sie draufsprechen und ihn um einen Termin bitten sollte. Sie entschied sich dagegen und legte auf. Das, was sie mit ihm zu bereden hatte, wollte sie keiner Maschine erzählen.

22

Er saß im dunklen Wohnzimmer und wartete. Oben lag der Alte in seinem Zimmer und wartete ebenfalls. Allerdings nicht auf seine Tochter, sondern auf sein Abendessen. Doch er hatte jetzt keine Lust, sich um den Alten zu kümmern. Er hatte überhaupt keine Lust, sich jemals wieder um ihn zu kümmern. Er hatte sie erst in diese verdammte Situation gebracht. Es war nur eine Frage der Zeit, bis die Witterhold ihnen ebenfalls auf die Spur kam und ihr Stück vom Kuchen abhaben wollte. Von seinem Kuchen.

In seinem Inneren meldete sich eine leise Stimme, etwas wie ein Gewissen. Das versuchte ihm zu sagen, dass er derjenige gewesen war, der Grollmisch den Schädel eingeschlagen hatte, bis er nicht mehr geatmet hatte. Genau genommen war es also seine eigene Schuld. Doch seine Wut brachte diesen Anflug von Selbsterkenntnis sofort zum Schweigen. Es war ohnehin zu spät für ein »was wäre, wenn«. Nun blieb ihm nur noch, alles dafür zu tun, dass niemand die Wahrheit herausfand. Selbst wenn er noch über eine weitere Leiche gehen musste, um das zu erreichen. Oder auch zwei, denn den Alten würde er in diesem Atemzug gleich mit entsorgen. Am liebsten wäre er jetzt gleich nach oben gegangen, um ihm eine gewaltige Abreibung zu verpassen, doch er musste es so anstellen, dass seine Frau nichts davon mitbekam.

Endlich hörte er ihren Wagen, wie er über den Kies in

die Einfahrt fuhr. Er lehnte sich nach vorne, stützte die Ellenbogen auf den Knien ab und faltete die Hände unter dem Kinn. Plötzlich kam er sich vor wie ein Vater, der mitten in der Nacht auf seine Tochter wartete. Also stand er auf und ging in den Flur, als seine Frau gerade durch die Haustür trat.

»Da bist du ja endlich«, sagte er und ärgerte sich über seinen Tonfall, der ihm nun doch sehr väterlich geraten war.

»Ich war noch in der Stadt und bin in einem Café versackt. Hast du die ganze Zeit gewartet?«

»Natürlich nicht. Hab mich nur gefragt, wo du steckst. Aber da du jetzt hier bist, können wir auch gleich reden. Du ahnst ja nicht, was heute passiert ist.« Jetzt schlug sein Tonfall in Richtung Altweibertratsch um. Er fand einfach nicht die richtige Ausdrucksweise.

Seine Frau umarmte ihn, gab ihm einen Kuss auf die Wange und ging dann in Richtung Treppe. »Es wäre mir lieb, wenn ich fix unter die Dusche springen könnte und wir uns danach unterhalten würden. Die Kinder waren heute einfach überdreht. Und dann das Wetter. Sonne, Wolken, warm, kalt. Vermutlich stinke ich wie ein Iltis.«

Er griff nach ihrem Handgelenk und zog sie zu sich heran. »Nein, das kann nicht warten. Sie hat heute angerufen.«

Die Augen seiner Frau weiteten sich. Sie strich sich, wie immer, wenn sie nervös war, eine Locke aus der Stirn. »Wer? Du meinst ...«

»Ganz genau. Die Witterhold. Sie weiß irgendwas.«

»Das glaube ich nicht. Der Grollmisch hätte gesungen, wenn es so wäre. Du hast ihm jeden Zahn einzeln gezogen.

Er hat geschrien wie ein Baby. Glaubst du nicht, dass er da irgendwann eingeknickt wäre?«

Er spuckte den Daumennagel aus, den er sich gerade abgekaut hatte. Nur zu gut erinnerte er sich an die verzweifelten Schreie, die Grollmisch von sich gegeben hatte, als er bei den Backenzähnen angelangt war. Die Schneidezähne waren noch leicht aus dem Kiefer zu lösen gewesen, die Backenzähne hatten da wesentlich mehr Widerstand geleistet. Außerdem war er durch die Schwellung nur schwer an die Zähne rangekommen und wegen des ganzen Blutes in Grollmischs Mund immer wieder mit der Zange abgerutscht. Ja. Vermutlich wäre bei einer solchen Folter selbst der stärkste Kerl zusammengebrochen und hätte alle Lügen aufgegeben.

»Was hat sie denn gesagt?«, riss ihn seine Frau aus den Gedanken.

»Sie wollte deinen Vater sprechen. Und als ich ihr sagte, dass er seit dem Schlaganfall ein Krüppel ist ...«

Sie schlug ihm mit der Faust auf den Oberarm. »Du sollst ihn nicht so nennen.«

»... da hat sie sofort den Grollmisch angesprochen. Sie weiß, dass er hier war. Wenn sie damit zur Polizei geht, dauert es nicht lange, und die stehen vor unserer Tür.«

Endlich schien auch seine Frau den Ernst der Lage zu erkennen. Ihre Stirn legte sich in Falten. »Vielleicht hast du recht«, murmelte sie und nahm seine Hand. Sanft strich sie mit dem Finger über die offene Stelle an seinem Daumennagel, wo er zu viel Haut abgenagt hatte. »Wir müssen etwas unternehmen.«

»Und damit sollten wir uns nicht zu lange Zeit lassen.

Ich gehe nicht dafür in den Knast, dass ich deinen Vater gedeckt habe.«

Sie schaute ihn an, die Augen zu Schlitzen verengt, ihr Griff um seine Finger verstärkte sich. »Hör auf, so zu tun, als wärst du da unten vollkommen uneigennützig vorgegangen. Mit all seinem Geld lebst du wie Gott in Frankreich.«

»Aber ich habe mir nicht ausgesucht, auf welche Weise er es verdient hat.«

»Kein aber. Erzähl mir nicht, dass du freiwillig aufs Amt gehen und dir einen schlechtbezahlten Job suchen würdest. Was im Übrigen mit einem Umzug verbunden wäre. In eine winzige Wohnung im Sozialviertel.«

»Du hast ja recht.«

»Natürlich habe ich das«, sagte sie und gab seine Hand frei. »Ich gehe jetzt nach oben, duschen.« Damit ließ sie ihn stehen und ging zur Treppe.

Er schaute ihr nach und rieb sich die schmerzenden Finger. Bevor sie oben angekommen ins Bad ging, drehte sie sich noch einmal zu ihm um.

»Keine Sorge. Wir werden uns gleich morgen um sie kümmern. Ich habe da auch schon so eine Idee.«

23

Ein Ruck ging durch den Wagen, als Fabian mit der Felge an den Bürgersteig krachte.

»Dreckiger Mist«, fluchte er. So gut es ging, strich er die Haare an seinem Hinterkopf glatt, die dort nach dem Duschen immer widerspenstig abstanden. Dann stieg er aus, schaute kurz nach der Felge, die eine ordentliche Macke abbekommen hatte und stürmte auf das Haus seiner Eltern zu. Er war bereits zwanzig Minuten zu spät.

Dementsprechend unterkühlt fiel die Begrüßung aus, als Brigitte Prior an der Tür erschien.

»Das wird aber auch Zeit, es ist beinahe sieben durch«, grummelte sie und drehte sich um. »Ist ja nicht so, als hättest du erst heute Mittag davon erfahren, dass du hier zum Essen eingeladen bist. Die ganze Familie wartet.«

»Ich freue mich auch riesig, dich zu sehen«, sagte er leise und schloss die Tür hinter sich.

Im Flur zog er sich die Schuhe aus und folgte seiner Mutter in die geräumige Wohnküche, wo bereits sein Bruder Gerit, dessen Frau Nicole und sein Vater am Tisch saßen. Seine Mutter stand am Herd und füllte Reis in eine weiße Porzellanschüssel.

»Da bist du ja«, begrüßte ihn sein alter Herr.

»Tut mir leid, dass ich so spät komme. Ich habe schon gehört, dass ihr alle kurz vor dem Hungertod steht.«

»Hör auf, mich zu veräppeln«, beschwerte sich Fabians Mutter. »Ich bin vielleicht alt, aber taub bin ich deswegen noch lange nicht.«

Gerit und Fabian verdrehten gleichzeitig die Augen. Brigitte Prior war alles, aber nicht alt. Mit ihren knapp sechzig Jahren jammerte sie fast mehr über die angeblichen Folgen ihres - laut eigener Schilderung mindestens biblischen - Alters, als es ihre eigene Mutter tat. Fabian rechnete jeden Tag damit, dass sein Vater anrief und ihn darüber informierte, dass seine Mutter die Frührente angetreten hatte.

»Außerdem könntest du dir ein Beispiel an deinem Bruder nehmen. Der war schon um halb sechs hier und hat mir beim Vorbereiten geholfen.«

Fabian verkniff sich die Antwort, dass es kein Kunststück war, rechtzeitig zu erscheinen, wenn man im Homeoffice arbeitete und quasi gehen konnte, wann immer man wollte. Für Gerit war es kein Problem, die Arbeit auf den nächsten Tag zu verschieben. Anstatt jedoch einen Streit anzufangen, ging er an den Kühlschrank und nahm drei Bier heraus, die er auf den Tisch stellte.

»Was trinkt ihr?«, fragte er Nicole, die dankend abwinkte.

»Für mich nichts.«

Die Männer stießen an und Fabian trank einen tiefen Schluck aus der Flasche. Der Alkohol machte ihn wohlig müde und er lehnte sich entspannt im Stuhl zurück.

Seine Mutter nahm stöhnend die schwere, gusseiserne Pfanne vom Herd und schüttete den Inhalt in eine Sauciere. Dann öffnete sie den Ofen.

»Wer möchte alles ein Jägerschnitzel?«, fragte sie überflüssigerweise und kam mit einer großen Servierplatte an den Tisch.

»Oh, Brigitte. Das sieht ja wundervoll aus«, lobte Nicole das bürgerliche Essen, als hätte man ihr ein Fünf-Sterne-Gericht vorgesetzt.

»Und wie das riecht«, pflichtete ihr Gerit bei. »Sind da Steinpilze mit drin?«

Ein Lächeln zeichnete sich auf dem Gesicht von Brigitte Prior ab. »Aber ja. Die hat dein Onkel letztes Jahr selbst gepflückt und getrocknet. Eine bessere Qualität kannst du nicht finden. Ich packe dir nachher gerne welche ab.«

Fabian nahm sich etwas von dem Reis und reichte die Pilze an seinen Bruder weiter. Obwohl er sich liebend gerne an der sahnigen Soße bedient hätte, verkniff er sich, etwas davon aufzutun und hielt sich stattdessen an den Reis und das unpanierte Schnitzel. Während seines Urlaubes hatte er sich einige Kilos angefressen, die er erst wieder abtrainieren musste.

Doch auch diese kleine Freude blieb ihm verwehrt. Er hatte kaum zwei Gabeln von dem trockenen Reis hinuntergeschlungen, da klingelte sein Handy. Den missbilligenden Blick seiner Mutter ignorierend, stand er auf und ging in den Flur.

»Thomas, was gibt's?«

»Störe ich dich gerade bei irgendwas?«

Fabian schaute sich kurz um, entfernte sich noch etwas weiter von der Küchentür und sagte: »Nein, ich habe gerade nichts Wichtiges zu tun. Schieß los.«

»Folgendes. Soeben habe ich eine Info reinbekommen, die dich interessieren dürfte. Es geht um den Grollmisch. Wenn du gerade Zeit hast, könnten wir da etwas überprüfen.«

»Wie wär's, du sagst mir erst mal, worum es überhaupt geht?«

»Seine Frau hat sich vorhin bei mir gemeldet. Sie hat einen Brief im Mülleimer gefunden - von ihm verfasst. Eine Antwort auf eine Nachricht, die er von einer ehemaligen Heimmitarbeiterin erhalten hat, die mittlerweile verstorben ist. Der ursprüngliche Brief war allerdings nicht aufzufinden, aber Frau Grollmisch geht davon aus, dass seine Pflegemutter mehr darüber weiß. Wir könnten noch schnell dort vorbeifahren.«

»Wo wohnt die alte Dame?«

»Nicht weit von Frankfurt. Wenn du willst, hole ich dich ab.«

»Brauchst du nicht, ich bin in Neu-Isenburg bei meinen Eltern. Schick mir die Adresse rüber und wir treffen uns direkt vor Ort.«

Nachdem Fabian aufgelegt hatte, ging er zurück in die Küche.

»Dass du nicht mal während des Essens dein Telefon ausschalten kannst.« Seine Mutter bedachte ihn mit einem missbilligenden Blick. »Du siehst deine Familie einmal im Monat zum Essen und dann schaffst du es nicht mal, fünfzehn Minuten gemeinsam mit uns am Tisch zu sitzen.«

Fabian schob geräuschvoll seinen Stuhl an den Tisch, anstatt sich wieder zu setzen. »Falls du es vergessen haben solltest, ich bin Polizist. Kannst du dir vorstellen, dass es den

Gewalttätern da draußen vollkommen egal ist, wie oft ich meine Familie sehe?«

»Auch Polizisten haben Arbeitszeiten«, entgegnete Brigitte Prior, allerdings wirkte sie bereits wesentlich kleinlauter.

»Das ist richtig. Aber leider ermitteln wir zurzeit in einem Mordfall. Ein Mann wurde umgebracht. Er war so zugerichtet, dass ihn nicht mal seine eigene Mutter erkannt hätte. Man hat ihm buchstäblich das Gesicht zu Brei geschlagen und dann auf die Straße geworfen ...«

»Das will ich beim Essen nicht hören!«

»... wo ihn seine Jugendfreundin ohne einen einzigen verbliebenen Zahn im Mund und mit vierzehn gebrochenen Knochen im Gesicht gefunden hat. Es gibt keinen Feierabend für mich, solange dieser Mensch, der ihm das angetan hat, noch auf freiem Fuß ist. Du bist meine Mutter und ich liebe dich, aber du musst lernen, meinen Beruf zu akzeptieren.«

Ohne ein weiteres Wort stürmte er aus dem Elternhaus zu seinem Auto. Die zerfurchte Felge sprang ihm ins Auge und er trat wütend dagegen. Es tat gut, seinem Ärger Luft zu machen. Endlich hatte er seiner Mutter einmal Kontra gegeben. Er stieg in den Wagen und folgte der Route, die sein Navigationsgerät vorgab. Thomas wartete bereits vor seinem Dienstwagen auf ihn.

»Gehen wir rein«, begrüßte er Fabian und stapfte auf eines der Häuser auf der anderen Straßenseite zu.

»Willst du mir nicht erst mal erzählen, worum es geht?«

Wollte er anscheinend nicht, denn er ging wortlos auf die Haustür zu und klingelte. »Dafür ist keine Zeit. Die Kurzfassung kennst du ja bereits. Viel mehr weiß ich auch nicht. Grollmisch hat wohl auf den Brief einer ehemaligen Heimmitarbeiterin reagiert, aber seine Antwort unvollendet weggeworfen. Die Nachricht an ihn kam laut der Witwe bei dessen Mutter an und die hat sich wohl überlegt, ihrem Sohn nichts davon zu sagen. Da sie immer noch keine Angaben machen will, wurde die Ehefrau skeptisch und hat sich bei uns gemeldet. Alles in allem nichts, was mich hellhörig machen würde, aber ich dachte mir, dass es dich interessieren könnte.«

»Zu gütig von dir.« Fabian deutete eine Verbeugung an. »Angekündigt hast du uns wohl nicht?« Im Haus blieb alles ruhig. Niemand öffnete ihnen die Tür.

»Ich habe angerufen, aber es ging keiner ran. Alte Leute werden wohl nicht so lange unterwegs sein, deswegen dachte ich mir, wir erledigen es gleich heute Abend, damit wir es abgehakt haben.«

»Lass mich mal«, sagte Fabian und drängte sich an Thomas vorbei. Er betätigte erneut den Klingelknopf und ließ seinen Finger einen Moment darauf liegen. Dann rief er: »Frau Sonnenberg? Machen Sie bitte die Tür auf, hier ist die Polizei. Es geht um Ihren Sohn.«

Thomas grinste ihn an. »Jetzt weiß ich wieder, warum ich so gerne mit dir zusammenarbeite.«

»Du mich auch.«

»Komm, lass uns gehen. Die alte Dame ist anscheinend nicht zu Hause. Wir hätten uns wirklich telefonisch ankündigen sollen«, sagte er und ließ Fabian vor dem Haus stehen.

Um einen besseren Blick auf das Gebäude zu haben, machte Fabian einen Schritt nach hinten. Das Fenster neben der Haustür gab den Blick auf die Küche frei. Es war gekippt, die Vorhänge standen offen. Ungewöhnlich für eine alte Frau, ihr Haus so zurückzulassen. Im Zeitungsrohr steckten noch die Tageszeitung und eine Reihe von Werbeblättchen, die in Folie eingeschweißt waren. Ein Blick durch den Briefkastenschlitz offenbarte ein ähnliches Bild. Drei Briefe und ein Katalog warteten darauf, ins Haus geholt zu werden.

»Kommst du?«, rief Thomas, der bereits zu seinem Wagen gegangen war.

»Einen Moment«, sagte Fabian und bedeutete ihm, zurückzukommen. »Wir sollten uns vorher mal ein wenig genauer umsehen. Irgendwie kann ich mir nicht vorstellen, dass die Frau vor der Post aus dem Haus gegangen und jetzt noch nicht zurückgekehrt ist. Zumindest hätte sie sonst ihr Fenster zugemacht, du kennst doch die Bedenken von alten, alleinstehenden Frauen.«

Thomas runzelte die Stirn und nickte. »Aufmerksam, Herr Prior. Was hast du vor?«

»Lass mich einmal ums Haus herumgehen, bevor wir verschwinden. Du wartest hier vorne, für den Fall, dass sie doch auftauchen sollte. Es wäre keine schöne Begrüßung, wenn sie zwei wildfremde Männer über ihr Grundstück stapfen sieht.«

Fabian stieg über den Gartenzaun und ging zwischen Hecke und Haus zum Garten. Die Vorhänge hinter den Fenstern an der Seite waren alle zugezogen. Auch hinter dem Haus sah es nicht viel besser aus. Eine lange Fensterfront bot nur wenig Einsicht, lediglich ein kleiner Spalt war zwischen den beigefarbenen Stoffbahnen an der Terrassentür zu sehen. Fabian ging darauf zu, klopfte an die Glasscheibe und rief noch einmal. Drinnen rührte sich nichts. Schließlich legte er seine Hände an die Scheibe, um das Licht abzuschirmen, und schaute durch den Spalt.

Das Wohnzimmer wirkte aufgeräumt und verlassen. Ein Rollator stand neben einem großen Fernsehsessel, daneben ein kleines Tischchen mit einem Hausnotrufgerät. Das dazugehörige Armband lag an der Seite. Nichts Ungewöhnliches, viele ältere Menschen legten es ab, wenn sie das Haus verließen, weil sie sich dafür schämten. Fabian drehte den Kopf etwas nach links und entdeckte das Sofa. Dort sah er ein paar Füße, die in ausgelatschten Filzpantoffeln steckten. Der dazugehörige Körper lag reglos vor dem Sofa.

Fabian zückte sein Telefon und machte sich auf den Weg zurück zu Thomas. Sie kamen zu spät.

24

Gähnend stützte Josi ihren Kopf auf die Hand und schielte unauffällig zur Uhr. Viertel nach neun, und sie saß noch immer auf dem viel zu kleinen Stuhl in einer so ungünstigen Position, dass sich ihr Rücken schmerzhaft meldete. Der Elternabend sollte laut Planung seit einer Viertelstunde beendet sein, doch es sah nicht danach aus, als hätten die Eltern so bald alle ihre Fragen gestellt.

Jedes Jahr spielte sich wieder dasselbe Drama ab. Vor den Sommerferien drehten die Eltern der Erstklässler durch, weil die Betreuung für zwei Wochen geschlossen hatte und sie sich - Gott bewahre - ausnahmsweise selbst um ihr Kind kümmern mussten. Mittlerweile war Karin Janschke, die Leiterin der Einrichtung, dazu übergegangen, die Ankündigung bereits nach den Osterferien rauszuschicken, in der Hoffnung, dass die Panik dann nicht ganz so groß wäre. Doch der Ansturm der überforderten Eltern verlagerte sich einfach nur nach vorne und die Sommerferien waren bereits an diesem Abend ein Thema gewesen.

Erst um zehn vor neun hatten sie endlich begonnen, über mögliche Ausflugsziele für die vier Wochen zu sprechen, in denen die Betreuung geöffnet hatte. Da dieser Programmpunkt sich erfahrungsgemäß in die Länge zog, hatten sie bereits über eine halbe Stunde überzogen. Sie war nur froh, dass sie diese Woche beurlaubt war, denn nach einer vollen Arbeitswoche den Freitagabend ebenfalls in der

Schule zu verbringen, war wirklich kein Spaß.

»Ich würde sagen, wir notieren jetzt alle Vorschläge und ich schicke Ihnen eine Umfrage, die Sie mir bis zum nächsten Elternabend beantworten«, sagte Karin Janschke und Josi nickte ihr dankbar zu.

Auch von den Eltern erhob niemand Einspruch und tatsächlich hatte keiner mehr eine Frage, die er unbedingt noch schnell loswerden wollte. Offensichtlich hatten selbst sie nach über zwei Stunden genug davon, sich über Kleinigkeiten zu echauffieren.

Josi packte ihr Handy aus, um sich eine Bahn für ihren Heimweg herauszusuchen. Als sie das Display aktivierte, vibrierte das Gerät in ihrer Hand. Der Akku hatte nur noch wenige Prozent. Sie hatte vergessen, ihn aufzuladen. Allerdings erlaubte er ihr, noch schnell eine Verbindung zu suchen, bevor sich das Handy abschaltete. Sie hatte knappe zehn Minuten, mindestens sieben brauchte sie bis zur Haltestelle, wenn sie sich beeilte. Also packte sie ihre Sachen, verabschiedete sich von Karin Janschke und machte sich auf den Weg.

Die U-Bahn der Linie eins fuhr gerade ein, als sie die Haltstelle erreichte. Josi atmete erleichtert auf. Um die Uhrzeit gab es Schöneres, als alleine in einer U-Bahn-Station auf die nächste Verbindung zu warten.

Während der Fahrt verfluchte Josi ihren Akku. Da sie deswegen keine Musik hören konnte, musste sie dem Gespräch des penetranten Informatikstudenten lauschen, der sich in seinem jugendlichen Leichtsinn mit einem eindeutig Stockbesoffenen über dessen angebliche Computerkenntnisse austauschte.

»Dann sag mir doch mal etwas, das beweist, wie gut du dich auskennst«, sagte der Jungspund mit dem Laptop auf den Knien.

Josi verdrehte die Augen. *Sei doch still*, beschwor sie ihn in Gedanken.

»Meinst'n du das, hm?«, fragte ihn der Betrunkene. »Ich muss doch überhaupt nix beweisen.«

»Na, aber wenn du sagst, du kennst dich gut mit Computern aus, dann musst du doch etwas sagen können, das nur jemand weiß, der auch damit arbeitet.«

Josi konnte sich nur über seine Schmerzfreiheit wundern.

»Also Junge, wenn du wüsstest«, lallte der Ältere und wedelte mit der Bierflasche vor dem Gesicht des Jüngeren herum. »Im großen Stil haben wir damals Kreditkartenbetrug mit den Dingern betrieben. Was meinst'n du, warum ich sonst acht Jahre gesessen hab, hm?«

Der Jüngere klappte seinen Laptop zu und steckte ihn in seinen Rucksack. »Acht Jahre? Das ist nicht wenig.«

»Kannste aber glauben. Dabei hab ich gut verdient vorher. Achttausend Mark. Im Monat. Musste erstmal haben, hm?«

Der Jungspund schüttelte den Kopf. »Dann war das aber ganz schön dumm, findest du nicht? Wenn du doch genug Geld hast, warum begehst du Straftaten, um noch mehr zu bekommen?«

»Nächster Halt: Holzhausenstraße. Ausstieg zum Campus Westend«, mischte sich die elektronische Stimme der Bandansage ein. Josi stand auf. Eigentlich ein bisschen schade, dass sie von dem Gespräch der beiden nun nichts mehr mitbekam. Es hätte durchaus noch interessant werden können.

Josi stieg als Einzige aus, die Station war bis auf sie menschenleer. Sie beeilte sich, zur Rolltreppe zu kommen. Bereits auf halber Höhe hörte sie das Grölen von angetrunkenen Jugendlichen herunterschallen. Mit jedem Meter, den sie sich der Oberfläche näherte, wuchs das mulmige Gefühl in ihrer Magengegend. Es beruhigte sich etwas, als sie die Ursache für den Lärm entdeckte.

An den Fahrradständern direkt neben dem Aufgang lungerten einige spätpubertierende Jungs herum und tranken Bier. Einer davon war damit beschäftigt, gegen die Glaswand zur Rolltreppe zu treten und dabei zu brüllen, als sei er ein sein Revier verteidigender Gorilla. Ein anderer stand auf dem umgeworfenen Bierkasten und feuerte ihn lautstark an.

Josi beschleunigte ihren Schritt, um schnell Distanz zwischen sich und die Halbstarken zu bringen.

Der Gorilla ließ nun von der Glaswand ab und pfiff stattdessen Josi hinterher. Die anderen Jungs jubelten ihm zu, als gebühre ihm für diese billige Anmache ihr uneingeschränkter Respekt.

Josi spürte, wie die Blicke an ihr hafteten, während sie über die Straße hetzte. Sie schaute sich um, ob ihr einer der Jungs folgte, und beschleunigte abermals ihren Schritt. Endlich erreichte sie eine Nebenstraße und blickte gehetzt zurück zur Haltestelle. Niemand war ihr gefolgt. Sie tauchte in das schummrige Licht der schmalen Straße ein und blieb einen Moment stehen. Dort atmete sie durch, bis sich ihr

Puls wieder normalisiert hatte. Sie fragte sich, weshalb sie sich von dieser Handvoll spätpubertierender Jungs so ins Bockshorn jagen ließ.

Vor der Sache mit Dirk hatte sie nie ein Problem gehabt, sich auch spät nachts in den Trubel der Stadt zu begeben oder durch verlassene Straßen zu laufen. Die Stadt war ihr Zuhause und sie hatte nie geglaubt, dass ihr hier etwas zustoßen könnte, selbst wenn noch so viele Statistiken dagegensprachen. Als Jugendliche hatte sie sich regelmäßig nachts aus dem Fenster ihres Zimmers gestohlen, um heimlich Freunde zu besuchen oder einfach nur durch die Dunkelheit zu spazieren.

Ein leichter Wind ließ Josi frösteln. Sie zog ihre Jacke fester um sich und setzte sich wieder in Bewegung. Für einen Freitagabend waren die Straßen des Nordends seltsam verlassen. Nicht ein Mensch begegnete ihr auf dem Weg zum Holzhausenpark. Vermutlich waren die meisten bereits in den Bars und Kinos, um das Wochenende zu feiern, und der Rest lag auf der Couch und genoss die Freizeit. Josi war froh, dass sie bald ebenfalls dort sein würde, in ihren sicheren vier Wänden.

Abgesehen von der irrationalen Angst, die sie durch die Straßen begleitete, pochte ein unangenehmer Schmerz in ihren Füßen, der von den zu hohen Absätzen kam. Am liebsten hätte sie schon hier die Schuhe ausgezogen, wenn sie sich nicht sicher gewesen wäre, dass sie garantiert irgendwo in das Erbrochene oder andere Ausscheidungen von Menschen oder Tieren reintreten würde.

Plötzlich schreckte Josi auf. Direkt neben ihr ertönte ein leises Knacken hinter der Mauer. Irgendwas war da im Gebüsch. Sie drängte sich dicht an dem parkenden Kleinbus entlang und schaute angespannt in die Dunkelheit des Gartens neben sich. Eine Katze schoss aus dem Gebüsch und flitzte vorbei an Josi über die Straße. Erleichtert stieß Josi die Luft aus und wechselte ebenfalls auf die andere Straßenseite. Nur noch wenige Minuten, und sie war endlich zu Hause.

In ihrer Straße angekommen, kramte sie nach dem Schlüssel in ihrer Handtasche. Als sie wieder aufblickte, fiel ihr Blick auf das Hoftor zu ihrer Einfahrt. Es stand offen. Josi blieb wie angewurzelt stehen und schaute sich um. Die Straße war menschenleer.

Vermutlich hatte einfach nur jemand vergessen, das Tor zu schließen. Trotzdem musste sie sich geradezu dazu zwingen, weiterzugehen. Was, wenn ihr jemand im Hof auflauerte? Wenn Dirks Mörder zurückgekommen waren, um nun auch sie umzubringen?

Als sie durch das Tor trat, stand Josis ganzer Körper unter Spannung. Sie drückte sich an die Hauswand der Einfahrt und schaute sich verstohlen um. Alles wirkte wie immer. Sie konnte nichts Verdächtiges im Hof oder an ihrem Haus entdecken. Darum gab sie sich einen Ruck und ging zielstrebig zu ihrer Haustür. Während sie in den dunklen Flur starrte, wurde ihr wieder etwas mulmig zumute. Aus dem Wohnzimmer hörte sie ein leises Bellen. Lumpi kratzte an der Tür, um rauszukommen. Irgendwie musste er es geschafft haben, sich dort einzusperren.

Josi tastete nach dem Lichtschalter. Im Flur blieb es dunkel. Verärgert versuchte sie es noch einmal. Anscheinend war schon wieder die Sicherung rausgeflogen. Das passierte in letzter Zeit ständig und Elias hatte bereits einen Termin mit einem Elektriker gemacht.

Auf dem Weg zum Wohnzimmer ging sie zum Sicherungskasten und schaltete die Sicherung wieder ein. Dann entließ sie Lumpi in den Flur. Der kleine Terrier sprang sie schwanzwedelnd an und leckte ihr über die Hand, mit der sie versuchte, seinen Kopf zu streicheln. Dann rannte er an die Haustür. Anscheinend hatte er ein dringendes Geschäft zu erledigen.

»Einen Moment«, rief Josi ihm zu und streifte sich die Stiefel von den Füßen. Bevor sie in ihre Turnschuhe schlüpfte, tauschte sie ihren Rock noch gegen eine Jogginghose und ging zur Tür. Lumpi kratze bereits am Türrahmen. Sie legte ihm die Leine an und trat mit ihm auf den Hof. Er rannte sofort los, erleichterte sich an der Hecke vor Josis Küchenfenster und zog sie dann weiter in Richtung Park.

Nachdem sie eine schnelle Runde mit ihm gedreht hatte, ging sie zurück zum Haus. Im Hof stellten sich ihre Nackenhaare auf.

In Bad schimmerte Licht zwischen den Schlitzen der Jalousie hindurch.

Lumpi bemerkte ihre Beunruhigung und blieb stehen. Leise knurrend setzte er sich vor ihre Füße. Josi tastete in ihrer Hosentasche nach dem Handy, doch da war nichts. Bevor sie gegangen war, hatte sie es im Wohnzimmer an das Ladegerät gehängt. Sie machte langsam einen Schritt zurück und schaute sich um. In den Häusern, die den Innenhof umgaben, waren alle Fenster dunkel. Sie umklammerte die Leine und überlegte fieberhaft, was sie nun tun sollte.

Sie könnte bei Frau Kussauer klingeln und sie darum bitten, die Polizei anzurufen. Schließlich war das Licht vorhin nicht eingeschaltet gewesen, als sie nach Hause gekommen war. Andererseits hatte auch das Flurlicht nicht funktioniert. Vielleicht war im gesamten Haus der Strom weg gewesen und das Licht brannte schon seit dem Nachmittag.

Nein. Josi entschied, sich nicht ins Bockshorn jagen zu lassen. Sie war eine starke Frau, die nicht hysterisch wurde, nur weil da ein erleuchtetes Fenster war. Also kramte sie ihren Schlüssel aus der Hosentasche und ging auf die Haustür zu.

Auch Lumpi schien sich beruhigt zu haben, denn er startete ebenfalls durch und tapste schwanzwedelnd zur Hecke vor Josis Küchenfenster. Dort angekommen setzte er sich auf die Hinterbeine und bellte.

Plötzlich löste sich ein Schatten aus dem Gebüsch und beugte sich zu dem kleinen Hund runter.

Josi öffnete den Mund, um loszuschreien, dann erkannte sie Manuela.

»Nicht erschrecken«, sagte sie und streichelte Lumpi ausgiebig über den Rücken.

»Zu spät«, murmelte Josi. Ihr Herz raste.

»Tut mir leid, ich hätte mir denken können, dass es total dämlich ist, hier auf dich zu warten. Aber ich wollte nicht so auffällig im Hof rumstehen. Sonst hätte noch jemand geglaubt, ich wäre ein Einbrecher.«

»Schon gut, ich hätte nur beinahe einen Herzinfarkt bekommen.« Unter normalen Umständen wäre Josi wirklich wütend gewesen, doch nun war sie froh, dass sie etwas Gesellschaft hatte. »Was suchst du um diese Zeit noch hier?«

Manuela schaute zerknirscht auf den Boden. »Ich wollte mit dir reden. Wegen des Elternabends. Ich habe es heute einfach nicht geschafft und jetzt hab ich ein schlechtes Gewissen.«

»Ah«, machte Josi, weil sie nicht wusste, was sie dazu sagen sollte. »Warum hast du nicht angerufen?«

Manuela zuckte schuldbewusst mit den Schultern. »Tut mir echt leid, es war dumm von mir, hier im Dunkeln rumzustehen.«

Die Leiterin der Betreuungseinrichtung hatte sich natürlich über die Abwesenheit von Manuela gewundert, doch Josi war sie relativ egal gewesen. Manuela war bloß eine Vierhundert-Euro-Kraft, die ihrer Meinung nach nicht wirklich etwas zu einem Elternabend beitragen konnte.

»Willst du mit reinkommen?«, fragte sie schließlich, da ihr das Schweigen unangenehm war.

»Oh gerne, wenn du vielleicht noch einen Espresso für mich hättest. Um elf bin ich im Gibson-Club verabredet, ich geh dir also nicht lange auf die Nerven.«

»Sicher«, murmelte Josi. Sie fragte sich, wie sich Manuela als Studentin überhaupt einen Clubabend leisten konnte. Der Gibson-Club war nicht gerade für seine günstigen Preise bekannt.

Nachdem sie die Tür aufgeschlossen hatte, tastete sie, wie zuvor auch, nach dem Lichtschalter. Dieses Mal funktionierte die Flurlampe auf Anhieb. Lumpi stürmte an den beiden Frauen vorbei ins Haus. Dann blieb er abrupt stehen, senkte den Kopf und schnüffelte intensiv an der Küchentür.

»Da hat wohl jemand Hunger«, murmelte Josi.

»Dann solltest du ihn füttern«, sagte Manuela, die gerade ihren knallroten Nagellack überprüfte. Josi meinte, ein leichtes Zittern in ihrer Stimme zu hören.

Sie nickte und starrte die Küchentür an. Wie kam es, dass auf einmal alle Türen in der Wohnung geschlossen waren? Nicht nur, dass es Lumpi irgendwie geschafft hatte, sich im Wohnzimmer einzusperren, nun war auch die Küchentür zu. Normalerweise blieben bis auf das Badezimmer alle Türen im Haus geöffnet. In all den anderen Räumen fühlte sie sich eingesperrt, eine Marotte, die sie aus der Heimvergangenheit übernommen hatte.

Josi schielte aus dem Augenwinkel zu Manuela, die gerade ihren Daumennagel polierte.

»Du«, flüsterte Josi und Manuela hob den Kopf. »Irgendwie glaube ich, dass jemand im Haus war.«

Manuela runzelte die Stirn.

»Was mache ich denn jetzt? Hast du dein Handy griffbereit? Dann kann ich die Polizei anrufen ...«

»Wie kommst du darauf, dass hier jemand sein sollte?«

»Die Tür«, sagte Josi und nickte in Richtung Küche. Manuela zuckte mit den Schultern und griff an Josi vorbei nach der Klinke. Die Tür öffnete sich einen Spalt breit.

Laut bellend stürmte Lumpi in den Raum, vorbei an der dunklen Gestalt, die im Türrahmen erschien.

Im ersten Augenblick glaubte Josi, dass Elias doch schon nach Hause gekommen war. Aber die Person, die vor ihr stand, war kleiner als ihr Mann und schmaler.

Und sie kam auf sie zu.

Josi taumelte zurück und stieß gegen Manuela.

Instinktiv versuchte sie, sich an ihr vorbei zu drängen, doch Manuela bewegte sich kein Stück und ließ Josi keinen Raum zur Flucht.

»Verschwinden Sie aus meinem Haus«, rief Josi, doch sie hatte das Gefühl, dass ihre Stimme kaum mehr als ein Piepsen war.

Der Fremde hatte sie mittlerweile erreicht und legte ihr seine Hand auf ihren Mund.

Panisch schlug Josi um sich, krallte sich in seine Hände. Vergebens, der Mann trug dicke Lederhandschuhe. Sie bekam keine Luft und versuchte verzweifelt, sich ihm zu entwinden, doch bereits kurze Zeit später verschwamm die Umgebung vor ihren Augen und sie verlor das Bewusstsein.

25. Kapiel

Die Sonne hatte Fabians Wagen in eine Sauna verwandelt, als er sich am Vormittag auf den Weg ins Büro machte. Bevor er einstieg, öffnete er die beiden vorderen Türen und wartete, bis der laue Wind die Hitze im Wangeninneren ein wenig vertrieben hatte. Eigentlich war er spät dran, doch er hatte es ganz und gar nicht eilig.

Viel lieber säße er jetzt auf der Terrasse eines Cafés, um dort ein bequemes spätes Frühstück zu genießen. Idealerweise mit Isabell. Stattdessen war es bei einem schnellen Kaffee im Stehen geblieben, da er den Wecker einmal zu oft auf »Snooze« gestellt hatte.

Trotz der Wartezeit waren die Sitze im Wagen unerträglich heiß. Wie so oft verfluchte er seine Lederbezüge. Im Winter dauerte es eine Ewigkeit, bis sie sich aufgewärmt hatten, und im Sommer verbrannten sie einem den Hintern so dermaßen, dass man Angst haben musste, mit knuspriger Hähnchenhaut wieder auszusteigen. Wäre es ihm nicht zu peinlich gewesen, er hätte sich längst Sitzbezüge gekauft.

Im Büro saß Thomas bereits an der Arbeit. Auf seinem Schreibtisch lagen ausgebreitet einige Papiere. Der Briefkopf verriet Fabian, dass es sich dabei um die Laborberichte handelte, die Thomas offenbar schon gesichtet hatte. An der Pinnwand zu dem Fall waren einige Zettel dazugekommen. Fabian fragte sich, ob Thomas überhaupt jemals schlief oder Zeit mit seiner Freundin verbrachte.

»Ist der Fall schon gelöst? Wie ich sehe, warst du fleißig während meiner Abwesenheit«, sagte Fabian anerkennend, in der Hoffnung, dass die Würdigung seiner Arbeit Thomas milde stimmen würde.

»Von einer Lösung sind wir noch weit entfernt«, murmelte Thomas in die Papiere vertieft. »Die Auswertung der Proben von Grollmisch ist da. Es wurden dicke und feste Fasern an seiner Kleidung sichergestellt, die stammen vermutlich aus dem Kofferraum. Außerdem Hautschuppen. Sind bereits auf dem Weg zur PCR, dann können wir die DNA durch die Datenbank jagen.«

Fabian nickte enttäuscht. Nichts davon brachte sie im Moment weiter. Da es sich bei dem Fall eindeutig um eine Beziehungstat handelte, bezweifelte er, dass sie mit den Erbinformationen einen Treffer landen würden. Sie suchten hier keinen Täter, der schon mehrfach gemordet hatte. Und genau das machte es so schwer, auf seine Spur zu kommen. Doch womöglich hatte er einen Fehler begangen, indem er ein zweites Mal zugeschlagen hatte, denn Fabian zweifelte nicht daran, dass derselbe Täter auch für den Tod von Grollmischs Pflegemutter verantwortlich war. Es musste schon mit dem Teufel zugehen, wenn innerhalb von wenigen Tagen zwei Familienmitglieder unabhängig voneinander umgebracht wurden.

»Gibt es schon einen Termin für die Obduktion von Frau Sonneberg?« Mit einem leisen Stöhnen ließ Fabian sich auf seinen Schreibtischstuhl fallen.

»Dieses Mal wird der Chef mit dabei sein. Wir sollen uns um die Spuren kümmern und ihm so bald wie möglich einen Verdächtigen liefern.« Thomas deutete auf die Zeitung, die auf Fabians Schreibtisch lag. »Die Presse sitzt ihm wohl im Nacken. Bevor die Geier Geschichten über einen Frankfurter Serienkiller in die Welt setzen, muss natürlich alles so bald wie möglich abgeschlossen sein. Am besten schon gestern.«

»Zaubern können wir leider noch nicht. Außerdem gehört da schon eine Menge Fantasie dazu, aus zwei völlig verschiedenen Tathergängen einen Serientäter zu kreieren. Wir haben einmal die unheimliche Wut einhergehend mit längerer Misshandlung und dann ganz profanes Erdrosseln einer wehrlosen alten Dame. Nichts, das auf den ersten Blick auf einen Serientäter hinweist. Und von der Verbindung der Opfer sollte die Presse bislang noch nicht Wind bekommen haben.«

»Mit ein bisschen *Glück* dauert es aber nicht allzu lange, bis ihnen irgendein Vögelchen etwas davon zwitschert«, sagte Thomas und ahmte mit seiner Hand einen sich öffnenden und schließenden Mund nach. »Hoffentlich hat der Bastard auch am zweiten Tatort Spuren hinterlassen, damit wir ihm direkt beide Morde nachweisen können, wenn wir ihn schnappen.«

Fabian stand auf und stellte sich an die Pinnwand. »Also, was haben wir bisher? Eine Frau, ehemalige Angestellte in dem Kinderheim des Opfers, schreibt kurz vor ihrem Tod einen Brief. Vermutlich, um ihr Gewissen zu erleichtern, das geht aus der Antwort hervor. Da sie nicht an die Adresse des ehemaligen Schützlings herankommt, adressiert sie das Schreiben an die Pflegemutter. Die verheimlicht die Existenz des Briefes. Kurz nachdem der Sohn das Schriftstück dann von selbst gefunden hat, wird er gefoltert und umgebracht. Nur zwei Tage später wird die Pflegemutter in ihrem eigenen Haus erwürgt.«

»Die neueste Information kennst du ja noch gar nicht. Auch die Pflegemutter von Grollmisch war in dem Kinderheim beschäftigt. Als Erzieherin.«

Fabian nahm sich ein Blatt Papier, schrieb das Wort *Kinderheim* darauf, malte drei große Ausrufezeichen dahinter und pinnte es ganz oben an die Wand. »Ich würde sagen, die Schlinge zieht sich immer weiter zu.«

»Wenn wir nur diesen verdammten Brief hätten ... Ich würde meine rechte Hand dafür geben.«

Etwas Ähnliches hatte Fabian am Morgen auch schon gedacht und er war froh, dass Thomas nun endlich von seiner Eifersuchtstheorie abließ. »Gibt es nicht so etwas wie Briefexperten? Linguisten oder so, die anhand der Antworten einen wahrscheinlichen Inhalt erstellen können? Reich mir das Ding doch mal rüber.«

Thomas wühlte auf seinem Schreibtisch herum und gab Fabian schließlich eine Klarsichtfolie. Fabian nahm das zerknüllte Stück Papier heraus und breitete es vor sich aus.

Liebe Marlies,

zunächst muss ich mich für die späte Antwort entschuldigen, auch wenn du möglicherweise gar keine erwartet hast. Es ist nur so, dass meine Mutter den Brief zu meinen Sachen in meinem ehemaligen Zimmer gelegt und ihn dann einfach vergessen hat. So lautet zumindest ihre Version. Nachdem ich allerdings den Inhalt kenne, glaube ich eher, dass sie ihn bewusst zurückgehalten hat. Und ich kann es ihr nicht einmal übelnehmen. Ich weiß nicht, ob ich anders gehandelt hätte, wenn ich an ihrer

Stelle gewesen wäre. Nun, da ich ihn aber doch gefunden habe, kann ich nicht anders, als dir eine Antwort zu schreiben.

Ich danke dir für deine Offenheit, obwohl ich auch zugeben muss, dass ich mich sehr wundere, warum du dir so viele Jahre damit Zeit gelassen hast. Ich muss ehrlich zugeben: Ich hatte kaum noch Erinnerungen daran, und deine Zeilen haben vieles in mir ausgelöst, das ich erst verarbeiten musste. Und es tut mir leid, dich enttäuschen zu müssen. Ich kann das nicht auf sich beruhen lassen und habe beschlossen, mich bei dem alten Stockmeier zu melden. Keine Sorge, ich habe nicht vor, dich zu erwähnen, schließlich weiß ich dank dir nun endlich, was damals mit uns geschehen ist.

Gerne würde ich dir meine besten Wünsche aussprechen und dir sagen, dass ich dir eine baldige Genesung wünsche. Aber momentan kann ich das - und das wirst du verstehen - einfach nicht empfinden. Du hast gefragt, ob ich dir vergeben kann. Ich muss sagen: Ich kann das zum jetzigen Zeitpunkt nicht beantworten. Dein Geständnis muss also ausreichen, um dir vorläufigen Frieden mit dir selbst zu verschaffen.

Der Brief endete womöglich unvollendet ohne Verabschiedung und wimmelte nur so von durchgestrichenen Wörtern und Sätzen. Anscheinend hatte Dirk Grollmisch es sich nicht leichtgemacht, seine - durchaus widersprüchlichen - Gefühle in Worte zu fassen.

»Es ist an der Zeit, dass wir uns den Stockmeier vornehmen. Der könnte unser fehlendes Puzzlestück sein oder zumindest etwas Licht ins Dunkel bringen«, sagte er, holte sein Diensthandy aus der Jackentasche und schaltete es ein.

»Am Samstag? Na, der wird begeistert sein.«

»Seit wann interessiert es dich denn, welchen Zeitpunkt ein möglicherweise wichtiger Zeuge für richtig hält? Oh, verdammt.« Eine SMS informierte Fabian darüber, dass er zwei Nachrichten auf seiner Mailbox hatte. Seit Donnerstag. Er musste das Telefon unbedingt an einen Techniker geben, denn schon das zweite Mal innerhalb der letzten Monate meldete das Handy erst nach einem Neustart, dass er Anrufe verpasst hatte.

Anstelle einer Nachricht hatte der Anrufer allerdings nur Schweigen auf dem Band hinterlassen. Einmal glaubte Fabian, ein leises Seufzen zu vernehmen, bevor der Hörer am anderen Ende der Leitung wieder eingehängt wurde. Er hörte die Nachricht erneut an und notierte sich die Nummer des Anrufers.

Als er die Nummer zurückrief, empfing ihn die Mailbox: »Hallo, hier ist Josi. Ich kann gerade nicht rangehen, aber hinterlasst mir doch einfach eine Nachricht«.

»Guten Tag, Prior. Sie haben versucht, mich zu erreichen. Versuchen Sie es doch bitte noch einmal, das Telefon wird das gesamte Wochenende eingeschaltet bleiben. Sollte ich nicht rangehen, sprechen Sie freundlicherweise kurz auf die Mailbox, damit ich weiß, worum es geht.« Fabian legte auf und schaute seinen Kollegen an, der gerade dabei war, den Brief zurück in den Ordner mit den Unterlagen zu den Ermittlungen zu heften. »Kennst du eine Josi?«, fragte er.

Thomas schaute auf und grinste anzüglich. »Sagt mir nichts. Aber bist du nicht der Ladykiller von uns beiden? Hast wohl mal wieder den Namen einer deiner Kneipenbekanntschaften vergessen, hm?«

»Selbst wenn es so wäre, hätte ich ihr bestimmt nicht die Nummer von meinem Diensthandy gegeben.«

»Was hat sie denn gesagt, die ominöse Josi? Moment, da fällt mir ein, das könnte eine Abkürzung für Josefine sein.« Da Fabian ihn nur verständnislos anschaute, fügte er hinzu: »Die Witterhold. Unsere Zeugin, du erinnerst dich?«

Fabian hätte sich am liebsten mit der flachen Hand vor die Stirn gehauen, doch er hielt sich zurück. Er und Namen, das war eine Sache, die niemals funktionieren würde. »Da könntest du recht haben. Vielleicht ist ihr doch noch etwas eingefallen. Ich versuche es mal auf ihrem Haustelefon.«

Doch auch dort hatte Fabian kein Glück und erreichte nur den Anrufbeantworter. Er hinterließ auf dem Band eine ähnliche Nachricht und legte auf.

»Wie wäre es, wenn wir uns die Adresse von diesem Stockmeier raussuchen und ihm einen Besuch abstatten? Auf dem Rückweg können wir noch kurz bei der Witterhold einen Zwischenstopp einlegen, und wenn sie wieder da ist, hören wir uns an, was sie zu sagen hat.«

»Anstrengende Ermittlungsarbeit an einem Samstag? Mit diesem übereifrigen Verhalten sage ich dir keine große Karriere als Beamter im deutschen Staatsdienst voraus.«

Thomas zeigte ihm den Mittelfinger und stand auf. »Hör auf mit den Mätzchen und lass uns fahren. Umso früher können wir dann endlich unser Wochenende einläuten.«

Draußen hatte sich die Luft inzwischen merklich abgekühlt und dunkle Wolken türmten sich hoch am Himmel auf. Fabian, der nur im kurzärmeligen Hemd aus dem Haus gegangen war, fröstelte und verfluchte den Mai, der sich mit seinem wechselhaften Wetter immer mehr als April entpuppte.

»Ich fahre«, sagte Thomas und stiefelte zielstrebig zu seinem Wagen. Fabian hatte nichts dagegen einzuwenden. Samstags waren erfahrungsgemäß die meisten Idioten in der Stadt unterwegs, die sinnlos den CO2-Ausstoß erhöhten, indem sie mit ihren protzigen Karren wieder und wieder ihre Runden in der Innenstadt drehten.

Es dauerte nicht lange, bis die beiden an einer Ampel halten mussten und Fabian den brüllenden Motor eines solchen Wagens irgendwo hinter ihnen in der Schlange hörte. Er schaute aus dem Fenster und beobachtete die Leute auf der Straße, deren Köpfe sich teils bewundernd, teils abschätzig in die entsprechende Richtung drehten. Dabei streifte sein Blick einen Mini, der direkt neben ihnen an der Ampel stand. Eine hochgewachsene Blondine saß am Steuer. Fabian lehnte sich nach vorne, um etwas von ihrem Gesicht erkennen zu können und erstarrte. Er hätte schwören können, dass die Frau im Wagen neben ihnen Isabell war.

Dreh dich doch mal zur Seite, beschwor er sie im Geiste, doch sie blickte weiter stur geradeaus.

»Gib mal Gas, wenn es grün wird. Würde mir die neben uns gerne mal genauer ansehen«, sagte Fabian zu Thomas.

Die Aufforderung kam gerade rechtzeitig, denn in dem Moment schaltete die Ampel um. Ohne weiter nachzufragen, brauste Thomas los. Zu Fabians Ärger startete auch der Mini durch und bog in die nächste Seitenstraße ein. Dennoch hatte er die Gelegenheit, einen Blick auf das Gesicht zu werfen. Das Kennzeichen konnte er nicht mehr erkennen. Er ließ sich zurück in den Sitz fallen. Die Frau war eindeutig Isabell gewesen.

Der obdachlose Peter hatte recht, jetzt wusste er endlich mal, wie sich all die Frauen fühlten, die er schon sitzen gelassen hatte. Er sollte versuchen, nicht mehr an Isabell zu denken und stattdessen vielleicht Susanne von der Spurensicherung anrufen. So schlimm konnten sie und ihre Katze wohl kaum sein. Und doch wusste Fabian genau, dass er demnächst wie ferngesteuert in jeden metallicblauen Mini schauen würde, der an ihm vorbeifuhr.

»Und?«, erkundigte sich Thomas und schielte Fabian aus dem Augenwinkel an.

»Was meinst du?«

»Was hast du rausgefunden?« Als Fabian ihn nur verständnislos anstarrte, fügte er hinzu: »Über den Mini. Irgendwelche verdächtigen Anhaltspunkte?«

Fabian merkte, wie er rot anlief, und schaute schnell zum Fenster. Er fühlte sich von Thomas ertappt. »Ehm. Also. Nein. Da war eine Blondine.«

»Schon verstanden. Die Frau ist mir auch aufgefallen. Süßes Mädel. Geschmack hast du ja, das muss man dir lassen.«

»Mmh«, brummte Fabian zustimmend.

Er musste sich die Frau auf jeden Fall für die nächste Zeit aus dem Kopf schlagen, um sich auf die Ermittlungen konzentrieren zu können. Wenn er danach immer noch glaubte, dass ausgerechnet sie die Eine, Richtige in seinem

Leben war, konnte er sich später auf die Suche nach ihr machen.

Zum Glück schien Thomas sich nicht weiter für das Thema zu interessieren. Schweigend erreichten sie das Nordend, wo sie, weil es ohnehin auf dem Weg lag, nun doch jetzt schon bei Joesphine Witterhold vorbeischauten. Da die ganze Straße zugeparkt war, stellte Thomas den Wagen vor der Einfahrt ab. Die beiden hatten kaum den Hinterhof betreten, da öffnete sich eines der Fenster. Heraus schaute eine alte Dame mit einem grauen Dutt, wie ihn Fabians Oma früher auch immer getragen hatte. Sie winkte hektisch zu ihnen herüber und bedeutete ihnen, dass sie zu ihr kommen sollten.

»He, Sie da! Sie sind doch die Herren Kommissare, richtig?«, rief sie.

Fabian und Thomas wechselten einen Blick und gingen dann auf sie zu. Es war dieselbe Frau, die sie schon belagert hatte, als sie zur Tatortbegehung hier gewesen waren.

»Wenn Sie zu Frau Witterhold wollen, die ist nicht da. Geht um die Leiche, nicht wahr?«

»Dazu können wir leider keine Angaben machen. Wissen Sie, wann Frau Witterhold zurück sein wird?«, fragte Thomas Wendtner.

»Na, das wüsste ich auch gerne. Ich war heute schon ein paar Mal drüben. Ihr kleiner Hund sitzt bei mir. Den habe ich heute Nacht herrenlos im Hof eingefangen.«

»Vielleicht ist er ihr entwischt, ohne dass sie es gemerkt hat? Und jetzt ist sie auf der Suche nach ihm.«

»Das bezweifle ich wohl, so laut, wie der war. Hat mich aus dem Schlaf gebellt, das arme Tier. Zuerst hab ich immer nur das Gebell gehört und mich gewundert, dass es so nah klingt. Als ich aus dem Fenster geschaut habe, konnte ich allerdings nichts erkennen. Irgendwann bin ich dann aber raus, weil ich nicht mehr einschlafen konnte. Der Kleine kann vielleicht einen Lärm veranstalten. Da saß er drüben vor der Haustür und hat sich die Seele aus dem Leib gebellt.«

»Das war aber sehr aufmerksam von Ihnen. Anscheinend hat sich ja sonst niemand für den Hund interessiert«, sagte Fabian und kramte in seiner Jackentasche. »Wären Sie so nett, uns sofort zu informieren, wenn Sie etwas von Frau Witterhold hören?« Er streckte sich und hielt der alten Dame seine Visitenkarte hin.

»Glauben Sie denn, es ist ihr etwas zugestoßen?«

Thomas schüttelte den Kopf, doch Fabian sah ihm an, dass er nicht wirklich davon überzeugt war. »Machen Sie sich darüber mal gar keine Gedanken, Frau ...«

»Kussauer. Wir haben uns bereits kennengelernt, als Sie zur Befragung von Frau Witterhold hier waren.«

»Richtig, jetzt wo Sie es sagen. Also, Frau Kussauer, seien Sie ganz unbesorgt. Das war sicher nur ein Versehen. Wahrscheinlich ist Frau Witterhold der Hund entwischt, ohne dass sie es bemerkt hat. Dann ist sie vielleicht ausgegangen und hat bei einer Freundin übernachtet. Sie wird sicher bald nach Hause kommen. Es wäre nett, wenn Sie uns in diesem Fall Bescheid geben könnten.«

»Worauf Sie sich verlassen können.«

Trotz der Aussage der alten Dame klingelte Fabian bei Josefine Witterhold, während Thomas durch den winzigen Garten ging und die Fenster überprüfte. Wie erwartet rührte sich nichts.

»Seltsam, findest du nicht?«, murmelte Fabian, nachdem sie sich versichert hatten, dass die alte Kussauer ihr Fenster wieder geschlossen hatte.

»Nach einem Zufall klingt es zumindest nicht. Ich hoffe nur, dass wir keine dritte Leiche finden. Denkst du, wir sollten die Tür öffnen lassen?«

»Wenn sie bis heute Abend nicht auftaucht, müssen wir darüber nachdenken. Jetzt bin ich allerdings erst mal gespannt, was uns dieser Stockmeier zu erzählen hat.«

26

Beim Aufwachen fühlte sich Josis Kopf an, als habe jemand mit einem harten Gegenstand auf ihren Schädel eingeschlagen. Sie hatte ihre Augen nur einen Spalt breit geöffnet. Das Licht schoss ihr mit einem unerträglichen Schmerz ins Hirn. Schützend legte sie eine Hand über die Augen. Ihr Bett war ungewöhnlich hart. Abermals versuchte sie, durch ihre Finger zu linsen und starrte auf eine bröckelnde Steindecke. Erst jetzt fiel ihr auch der Geruch auf. Modrig und irgendwie feucht. Sie wusste nicht, was das hier für ein Raum war, aber es handelte sich dabei auf keinen Fall um ihr Schlafzimmer.

Josi setzte sich ruckartig auf. Den pochenden Schmerz in ihrem Kopf ignorierte sie. Verwirrt schaute sie sich um. Überall waren Wände, als hätte sie jemand eingemauert. Sie saß auf einer Art Feldbett in einem ansonsten leeren Verschlag, der nicht viel größer als die Pritsche selbst war. Sie musste sich lediglich auf den Rand setzen und ihre Beine ausstrecken, schon konnte sie die gegenüberliegende Seite mit ihren Fußsohlen berühren. Vor einem schmalen Fenster in der Wand, durch das etwas Tageslicht fiel, waren dicke Stahlstreben ins Gemäuer eingelassen. Auf der anderen Seite des Verschlags befand sich eine schwere Stahltür.

Ja, sie war eindeutig in einem Gefängnis. Der Schmerz in ihrem Kopf wurde heftiger.

»Hallo, ist da wer?«, rief sie, wurde sich aber sofort der

Sinnlosigkeit dieser Frage bewusst.

Irgendjemand musste sie hier eingesperrt haben, und dieser Jemand würde sie sicher nicht einfach so wieder herauslassen, nur weil sie nach ihm rief.

Josi stand auf und zog die Pritsche vor das Fenster, das zu weit oben lag, um ohne Weiteres hinausschauen zu können. Selbst mit der Erhöhung musste sie sich auf die Zehenspitzen stellen und sich an den Stahlstreben nach oben ziehen. Draußen schaute sie auf einen verwilderten Garten, an dessen Rand eine Baumreihe stand oder ein Wald begann. Falls sie überhaupt noch in Frankfurt war, befand sie sich irgendwo am Stadtrand. Ihr war nicht ganz klar, was sie sich erhofft hatte, doch sie entdeckte nichts, das ihr irgendwie weiterhelfen konnte.

Dennoch streckte sie eine Hand durch das Gitter und drückte gegen die dünne Glasscheibe. Vor lauter Anstrengung wurde ihr schwindelig. Sie ließ schließlich davon ab und legte sich zurück auf das Feldbett. Kalter Schweiß stand ihr auf der Stirn und sie zitterte.

Josi schloss die Augen und rieb sich mit Daumen und Zeigefinger über die Augenbrauen. Ganz langsam kehrte die Erinnerung zurück. Nach dem Elternabend hatte sie mit Lumpi noch eine Runde durch den Park gedreht. Als sie nach Hause gekommen war, hatte Manuela vor ihrer Tür gewartet. Gemeinsam waren sie ins Haus gegangen, und dann war da plötzlich dieser Mann in ihrer Küche gewesen, der sie angegriffen hatte.

Manuela. Warum hatte sie ihr nicht geholfen? Hatten sich etwa mehrere Einbrecher im Haus versteckt? War auch sie hier irgendwo eingesperrt?

Josi stand auf und stolperte über einen rostigen Stahleimer, der halb unter der Pritsche hervorlugte. Anscheinend hatte man vor, sie länger hier festzuhalten.

Mit wenig Hoffnung schleppte sie sich an die Stahltür und rüttelte an der Klinke. Wie befürchtet tat sich rein gar nichts.

»Manuela, bist du da draußen irgendwo?«, rief sie und trat mit dem Fuß gegen den Stahl. Dann lehnte sie sich dagegen und presste ihr Ohr an die Tür. Nichts. Kein Geräusch, außer dem Blut, das ihr in den Ohren rauschte.

»Manuela, hörst du mich? Ist irgendjemand da?«, versuchte sie es noch einmal. Draußen blieb weiterhin alles still. Sollte Manuela hier ebenfalls irgendwo festgehalten werden, waren die Räume entweder schalldicht oder man hatte sie so weit voneinander entfernt untergebracht, dass sie Josi nicht hören konnte. Aber warum hielt man sie überhaupt fest? Normale Einbrecher hätten sich das genommen, was sie wollten und wären verschwunden. Vielleicht hatten sie Josi entführt, um Geld von Elias zu erpressen. Dabei waren sie nicht mal reich oder wohlhabend. Und Manuela? Was hatten sie mit ihr gemacht? Sie schloss die Augen und presste sich die Handflächen auf die geschlossenen Lider.

Im Versuch, die aufkeimende Panik zu unterdrücken, atmete sie tief ein und aus. Es brachte ihr überhaupt nichts, wenn sie jetzt durchdrehte. Sie musste ruhig bleiben und sich überlegen, wie sie hier rauskommen konnte. Und doch wurden ihre Atemzüge immer kürzer, ihr Herz raste und sie merkte, wie sie hyperventilierte. Ihre Lippen begannen zu kribbeln und ohne sich dagegen wehren zu können, atmete Josi sich in die Bewusstlosigkeit.

27

Im Süden von Sachsenhausen wurde die enge Frankfurter Bebauung lichter und wechselte von Wohnblocks zu geräumigen Einfamilienhäusern. Unter der angegebenen Adresse von Stockmeier befand sich eine opulente Villa, hinter zwei dicht belaubten Schwarzbirken verborgen. Thomas parkte auch hier den Wagen direkt vor dem Eingangstor auf einem Rasenstück. Fabian sparte sich den Kommentar, dass der Hausbesitzer davon sicher nicht begeistert wäre. Je näher sie dem Haus kamen, desto intensiver beschäftigte ihn die Frage, welchen Beruf man ausüben musste, um sich ein solches Haus in einer der teuersten Gegenden Frankfurts leisten zu könnten. Stockmeier war vermutlich ein Bankdirektor oder Unternehmensberater. Fabian würde ihn auf jeden Fall danach fragen.

Am schmiedeeisernen Tor blieben sie stehen und suchten die Klingel. Thomas fand sie schließlich im Auge eines Löwenkopfes aus Bronze, der in den gemauerten Pfosten eingelassen war.

»Nobel«, murmelte Thomas und pfiff anerkennend durch die Zähne, während die beiden auf eine Reaktion warteten. »Geschmack muss man sich leisten können.«

Es dauerte einen Moment, bis sich eine Stimme aus dem Lautsprecher direkt über dem Löwen meldete.

»Ja, bitte?«, fragte der Mann.

»Herr Stockmeier? Wir sind von der Kripo und hätten da einige Fragen an Sie. Wenn Sie uns bitte kurz reinlassen würden«, sagte Fabian, der sich nach vorn beugte.

»Herr Stockmeier kann leider nicht an die Tür kommen. Ich bin sein Pfleger. Was wollen Sie denn von ihm?«

Thomas holte seine Marke aus der Tasche und hielt sie vor die Kamera. »Ich denke, es ist nicht in Herrn Stockmeiers Interesse, dass wir das vor der Tür besprechen. Öffnen Sie.«

Aus der Leitung kam ein leises Knacken und Fabian befürchtete schon, dass der Pfleger einfach verschwunden war. Dann ertönte der Türsummer. Thomas ging voraus zur Haustür, an der sie bereits ein Mann in den Vierzigern erwartete.

»Wendtner mein Name. Das hier ist mein Kollege Prior«, stellte Thomas sie beide vor, während Fabian sich in dem marmorgefliesten Eingangsbereich umsah.

Vom Erdgeschoss aus führten zwei Treppen nach oben auf eine Galerie. An der Wand hingen moderne Ölgemälde, deren Bedeutung wohl nur der Künstler selbst entschlüsseln konnte. Die Bilder wurden in ihrer Hässlichkeit lediglich noch von zwei Windhund-Statuen aus weißem Porzellan übertroffen, die links und rechts neben der Eingangstür wie Wachhunde aufgestellt waren. Fabian wäre jede Wette eingegangen, dass im Bad auch goldene Wasserhähne und Seifenablagen in Muschelform montiert waren.

»Wie ich Ihnen bereits sagte, ist Herr Stockmeier gesundheitlich leider nicht in bester Verfassung. Er ist bettlägerig und wird nicht mit Ihnen sprechen können.«

»Nun, das kann er vermutlich selbst am besten entscheiden. Wir benötigen seine Aussage als Zeuge, und wenn er jetzt nicht vernehmungsfähig ist, müssen wir einen Termin mit ihm vereinbaren. Vielleicht weisen Sie sich zuerst mal aus«, entgegnete Fabian. Er wurde das Gefühl nicht los, dass er den unsympathischen Kerl mit der schmierigen Rockabilly-Tolle schon einmal irgendwo gesehen hatte. Aber wo, das wollte ihm partout nicht einfallen.

Der Typ machte sich größer, als er ohnehin schon war, und verschränkte die Arme vor dem Brustkorb. »Eigentlich wollen Sie doch nichts von mir, also, was geht es Sie dann an? Aber ich will mal nicht so sein. Ich bin Colin Tschuschke, der Pfleger von Herrn Stockmeier, wenn Sie es genau wissen wollen. Er hat nämlich nicht bloß eine mickrige Grippe, falls Sie das vermutet haben. Mein Ausweis ist oben, den muss ich erst holen.« Ein leichtes, beinahe hämisches Grinsen breitete sich auf seinem Gesicht aus, als würde er genießen, was nun folgte. »Vor einigen Jahren hatte Herr Stockmeier einen Schlaganfall und kann sich seitdem nicht mehr alleine die Kacke von seinem Arsch abputzen, geschweige denn überhaupt ohne Hilfe aus dem Bett aufstehen. Sie sehen also ein, dass er wohl kaum Zeuge für irgendwas sein kann.«

»Wären Sie trotzdem so freundlich, uns zu ihm zu bringen? Wir würden uns gerne selbst ein Bild von seinem Zustand machen. Und ein paar Fragen beantworten kann er möglicherweise dennoch.«

Die Gesichtszüge von Colin Tschuschke wurden wieder hart. Offensichtlich erbost darüber, dass sein Einwand nicht funktioniert hatte, drehte er sich um und ging zur Treppe.

Als Fabian und Thomas Anstalten machten, ihm zu folgen, hielt er sie zurück.

»Sie werden sich schon noch kurz gedulden müssen, bis ich mit Herrn Stockmeier gesprochen habe, ob er Sie überhaupt empfangen möchte. Wenn nicht, frage ich ihn nach einem Termin.«

»Kein Problem, wir warten hier«, rief Thomas ihm hinterher.

»Unsympathisches Kerlchen«, murmelte Fabian, als Colin Tschuschke außer Hörweite war. »Und von so einem muss man sich später nach einem langen Arbeitsleben den Hintern abwischen lassen.«

»Allerdings. Man kann nur hoffen, dass einen einfach der Schlag trifft und man weg vom Fenster ist. Mit dem würde ich mir im Alter nicht mein Haus teilen wollen.«

»Was mir komisch vorkommt: Der Kerl sieht gar nicht aus, wie so ein typischer Pfleger. Ich meine, seien wir ehrlich. Entweder haben die Leute Polen oder Philippinas zu Hause, oder es ist jemand von einem Verband. Aber so ein Macho? So einen wie den erwartet man doch eher in der Autowerkstatt.«

Thomas zog die Augenbrauen hoch und schaute Fabian streng an. »Du wirst doch wohl nicht in Klischeedenken verfallen, oder?« Von oben hörten sie ein leises Knarzen. Jemand schien über ihnen entlang zu gehen. »Aber ich muss dir zustimmen, der typische Altenpfleger ist er wirklich nicht«, fügte Thomas hinzu. Dann öffnete sich im ersten Stockwerk eine Tür und wenig später erschien Colin Tschuschke wieder an der Treppe.

»Leider muss ich Sie enttäuschen. Der Zustand von

Herrn Stockmeier ist heute gar nicht gut. Sie können zwar hochkommen, aber Antworten werden Sie kaum erwarten können. Sabbern ist heute angesagt, reden eher nicht.«

Fabian warf Thomas einen Blick zu. Sein Kollege zuckte mit den Schultern und stieg die Treppe nach oben. Fabian folgte ihm. Sie erreichten die mit Stäbchenparkett ausgelegte Galerie, die sich über drei Seiten des Hauses zog und von der insgesamt sechs Türen abgingen. Der Wandschmuck hier war noch geschmackloser als im Erdgeschoss und vom Stil her passte kein Bild zum anderen. Neben einer übermäßig dicken und zu allem Überfluss auch noch nackten Frau, die man in Öl gebannt hatte, wie sie sich auf einem beigefarbenen Sofa räkelte, hing ein Aquarell von einer toskanischen Landschaft. Dazu gesellte sich eine stilisierte Afrikanerin in grellen Farben und eine Kreidezeichnung eines obligatorischen Stilllebens. Ansonsten war die Galerie vollkommen leer, nicht ein Möbelstück war hier zu finden.

»Soll ich ein Foto machen? Dann haben Sie länger etwas davon«, bot Colin Tschuschke an.

Thomas stellte sich direkt vor ihn und schaute ihn streng an. »Herr Tschuschke, ich rate Ihnen, dass Sie sich langsam mal am Riemen reißen. Wir sind in offizieller Funktion hier und Sie sprechen mit Beamten. Wenn Sie sich mit ihren Frechheiten nicht ein wenig zurückhalten, muss ich über eine Verwarnung nachdenken. Und die ist dann mit einem saftigen Bußgeld verbunden.«

Obwohl Thomas beinahe einen Kopf kleiner war, hatte er wohl Eindruck bei Tschuschke geschunden. Der Mann ließ die Schultern hängen und steckte die Hände in die Hosentaschen. »War ja nicht so gemeint«, sagte er leise. »Wollen Sie jetzt zu Herrn Stockmeier, oder nicht?«

Er öffnete eine der Türen und sofort strömte das typische Krankenhausaroma, gemischt mit dem Geruch alter Menschen, heraus.

»Die Herren von der Polizei sind nun da, Volker«, kündigte Colin Tschuschke die beiden an.

Fabian und Thomas betraten den Raum, während der Pfleger in der Tür stehenblieb.

Das Zimmer war bis auf ein Krankenbett, zwei Stühle und einen Nachttisch leer. Auch in diesem Raum waren einige der geschmacklosen Kunstwerke verteilt, die vom Stil her älter waren als die Bilder, die im Flur hingen. Gegenüber des Betts hing ein riesiger Flatscreen-TV, der so gar nicht ins Gesamtbild passte.

Im Bett lag unter einer weißen Daunendecke ein ausgemergelter alter Mann. Sein Gesicht war blass, beinahe gräulich, die rechte Hälfte hing schlaff herunter. Ein wenig Speichel tropfte aus dem Mundwinkel. Die Augen halb geschlossen, schien er überhaupt nicht zu bemerken, dass sein Pfleger mit ihm gesprochen hatte.

»Guten Tag, Herr Stockmeier«, sagte Fabian und ging auf das Bett zu. »Mein Name ist Prior und ich bin von der Kripo Frankfurt. Fühlen Sie sich in der Lage, uns ein paar Fragen zu beantworten?«

Der alte Mann zeigte kaum eine Reaktion. Lediglich seine Hände krampften sich etwas stärker um die Decke, die über seinem Körper ausgebreitet war.

»Können Sie mich verstehen?«, fragte Fabian, diesmal etwas lauter. Als Antwort bekam er ein leises Stöhnen. Er schaute sich um. Colin Tschuschke stand noch immer in der Tür und grinste spöttisch.

»Würden Sie uns bitte einen Moment allein lassen«, forderte Thomas den Pfleger auf. Der zuckte mit den Schultern und setzte sich in Bewegung. »Halten Sie sich aber bitte zu unserer Verfügung. Wir haben sicher auch noch die ein oder andere Frage an Sie.«

Der Pfleger verschwand ohne ein weiteres Wort im Flur. Thomas schloss kopfschüttelnd die Tür hinter ihm. »Ein Wunder, dass Sie es mit diesem Ekel aushalten«, sagte er. Stockmeier gab ein Brummen von sich, das man beinahe als Zustimmung werten konnte.

Fabian nahm sich die Hand des Alten und strich sanft darüber, so wie es ihm die Pfleger seiner Oma gezeigt hatten, als sie sich im Endstadium der Demenz befunden hatte. »Wir sind jetzt alleine. Können Sie uns irgendwie verstehen?«, wollte Fabian erneut wissen.

»Mhh ... eid«, stöhnte Volker Stockmeier. Der Speichel aus seinem Mundwinkel löste sich und rann die Wange herab. Von seinem Kiefer aus lief er dann ins Ohr.

Fabian wandte sich seinem Kollegen zu. »Irgendwas wollte er wohl gerade sagen. Sollen wir es versuchen?«

»Also, tut mir leid, aber ich glaube nicht, dass wir da irgendwas rausbekommen. Wir sollten uns lieber mal den Pfleger vornehmen. Selbst wenn der Zustand von dem Stockmeier vor Kurzem noch besser gewesen sein sollte, glaube ich kaum, dass unser Opfer irgendwelche tiefergehenden Gespräche mit ihm geführt hat. Wir verschwenden hier unsere Zeit.«

Volker Stockmeier stöhnte und verdrehte die Augen. Dann fielen seine Lider zu und sein Kopf sackte zur Seite. Er schien eingeschlafen zu sein. So ungern es Fabian zugab, er musste Thomas zustimmen. Das hier war ganz offensichtlich eine Spur, die im Sande verlief.

»Du scheinst recht zu haben.« Er stand auf und legte die Hand von Volker Stockmeier zurück auf seine Brust. »Wenn ich so etwas sehe, dann kann man nur hoffen, dass sie endlich Sterbehilfe erlauben, wenn wir alt sind.«

»Bist du bescheuert? Willst du etwa, dass deine Erben dich abmurksen, bloß weil sie keine Lust haben, auf ihren Anteil der Kohle zu warten?«, herrschte Thomas ihn an. »Auf keinen Fall würde ich wollen, dass irgendjemand über den Zeitpunkt meines Todes entscheiden kann.«

»Willst du lieber als lebendige Leiche jahrelang in einem Krankenbett liegen und darauf angewiesen sein, dass dir irgend so ein Arschloch das Essen bringt und dich saubermacht? Nein danke, für mich wäre das nichts.« Fabian schüttelte es schon bei der Vorstellung. Eher würde er tatsächlich in Kauf nehmen, dass ihn irgendjemand vorzeitig loswerden wollte, als das Risiko einzugehen, auf diese unmenschliche Weise seinen Lebensabend zu verbringen.

»Eins will ich auf keinen Fall, und das ist, mich jetzt mit dir darüber zu streiten. Wir haben Wichtigeres zu tun.« Damit öffnete Thomas die Tür und rannte fast in Colin Tschuschke, der direkt davor auf sie wartete.

»Sie haben wohl eingesehen, dass aus ihm nichts rauszukriegen ist, oder? Ich bringe Sie gerne noch an die Tür.«

»Gelauscht haben Sie also auch noch«, entgegnete Thomas und blieb demonstrativ im Türrahmen stehen. »Wir haben es nicht eilig. Bevor wir gehen, würden wir Ihnen gerne noch ein paar Fragen stellen.«

Colin Tschuschke verdrehte die Augen wie ein trotziger Teenager. »Vielleicht verraten Sie mir vorher mal, worum es überhaupt geht. Sie reden ständig von irgendwelchen Fragen, aber rücken nicht damit raus.«

»Es geht um einen Mordfall«, sagte Fabian. »Das Opfer kündigte vor seinem Tod in einem Brief an, dass es sich mit Herrn Stockmeier in Verbindung setzen würde. Hat sich in letzter Zeit ein junger Mann bei Ihnen gemeldet, der sich nach ihm erkundigt hat?«

»Nicht, dass ich wüsste. Ich merke mir doch nicht jeden Aboverkäufer oder Staubsaugervertreter, der hier klingelt. Besonders aufdringlich war jedenfalls keiner von denen, das wäre mir aufgefallen.«

»Es gab also niemanden, der dringend das Gespräch mit Herrn Stockmeier gesucht hat?«

»In den letzten Wochen war hier überhaupt niemand, der was von dem Alten wollte. Wissen mittlerweile alle, dass er im Hirn nur noch Matsch ist. Ihr Opfer war also bestimmt nicht hier. War es das?«

»Leider noch nicht«, schnaubte Thomas. »Leben Sie alleine mit Herrn Stockmeier hier?«

»Wer sagt, dass ich hier wohne?«

»Tun Sie das nicht? Der alte Mann bedarf doch dauerhafter Pflege, also ging ich davon aus.«

»Schon möglich, dass ich hier wohne. Aber ich weiß nicht, was das mit der Sache zu tun hat.«

»Wissen Sie was? Wir gehen jetzt einfach mal den offiziellen Dienstweg und fangen mit der Überprüfung Ihrer Papiere an, wenn Sie es so wollen. Dann müssen wir auch keine Mutmaßungen mehr darüber anstellen, wo Sie nun wohnen und wo nicht.«

»Ist ja schon gut. Sie haben aber auch schlechte Laune heute. Muss wohl an Ihrer Bezahlung liegen. Nein, der Volker und ich wohnen hier nicht alleine. Seine Tochter lebt auch im Haus. Aber meistens ist sie nicht da. So wie jetzt gerade auch.«

»Und Ihre Papiere?«, beharrte Fabian auf seiner Forderung.

»Ach kommen Sie. Die habe ich gerade nicht im Haus. Habe nachgesehen, während Sie da drin waren.«

»Gemeldet sind Sie aber schon hier auf dieser Adresse?«, fragte Thomas.

Der Blick von Colin Tschuschke wurde immer unsicherer. »Natürlich bin ich das. Ich bin doch kein Illegaler oder so. Wenn Sie wollen, sage ich seiner Tochter später, dass sie den Vertrag raussuchen soll, dann sehen Sie, dass ich auch hier gemeldet bin. Alles rechtens und so.«

»Das hoffen wir. Sie haben hiermit einen Termin auf der Wache«, meldete sich Thomas zu Wort. »Und die Dame des Hauses ist gleich mit eingeladen. Wenn Sie sich nicht innerhalb der nächsten Woche melden, müssen wir Ihnen leider erneut einen Besuch abstatten. Möglicherweise mit einem Durchsuchungsbefehl. Ich rate Ihnen also, der Einladung zu folgen.«

Nun war jeder Rest von Überheblichkeit endgültig aus dem Gesicht von Colin Tschuschke verschwunden. »Ich werde es ausrichten«, murmelte er zerknirscht.

»Die Einladung gilt auch für Sie, das haben Sie verstanden?«

»Blöd bin ich nicht. Nächste Woche, meine Papiere, die Chefin und ich. Ist klar. War es das jetzt?«

Thomas warf Fabian einen Blick zu. Der nickte und sie bewegten sich in Richtung Haustür.

»Dem hast du es aber gegeben«, grinste Fabian Thomas an. »Seine Laune für das Wochenende ist dahin.«

»Sieh mal da«, ignorierte Thomas die Anspielung und nickte mit dem Kopf in die Richtung der Einfahrt.

Fabian folgte seinem Blick und entdeckte einen silbergrauen Skoda Fabia Kombi. »Du ahnst es nicht«, sagte er und versuchte, die in ihm aufkeimende Nervosität zu unterdrücken. »Unser Besuch war vielleicht doch nicht umsonst.«

28

Josi saß im Sandkasten und klopfte mit einer blauen Schaufel die kleinen Unebenheiten aus dem Sandkuchen, den sie gerade mit dem Eimer gebacken hatte. Die Sonne schien an diesem Nachmittag so heiß, dass der Sand, den sie extra mit der kleinen Gießkanne feucht gemacht hatte, sofort wieder austrocknete. Sie musste sich also beeilen, wenn sie nicht wollte, dass ihr Eimerkuchen auseinander bröckelte, bevor er fertig war. Die Füße hatte Josi tief im Sand vergraben, wo es angenehm kühl war, ihre Sandalen standen auf der Wiese neben der Schaukel.

Plötzlich kam ein riesiger, schwarz-weißer Vogel aus einem der Bäume geschossen und landete direkt bei ihren Schuhen. Selbst aus dieser Entfernung konnte Josi erkennen, worauf er es abgesehen hatte.

Im hellen Sonnenlicht blitzten und blinkten die silbernen Blumen an den Verschlüssen, als wären sie riesige Edelsteine. Interessiert pickte der Vogel daran herum. Josi war froh, dass er sie anscheinend nicht abbekam. Bestimmt würde sie einen Riesenärger mit den Betreuern bekommen, wenn ihre fast nagelneuen Sandalen schon nach wenigen Tagen kaputt waren. Doch bei all der Angst um ihre Schuhe, den Vogel wollte sie auf keinen Fall verjagen. Viel zu interessant war er, mit seinen wunderschönen Federn und seinem tiefschwarzen Schnabel.

Mittlerweile hatte er von Josis Sandalen abgelassen,

hüpfte stattdessen auf der Wiese herum. Er blickte dabei ständig in ihre Richtung und sie bekam das Gefühl, als würde er sie beobachten. Sie streckte ihre Hand nach ihm aus und winkte. Wie als Antwort blinzelte er. Ein Lächeln breitete sich auf Josis Gesicht aus. Mit der Hand durchforstete sie ihre Hosentasche und tatsächlich fand sie ein Stück Brot, das sie anscheinend beim Frühstück eingesteckt hatte. Sie zerbröselte es in kleine Stückchen und warf eines davon dem Vogel hin. Er sprang sofort darauf zu und pickte es auf. Dann schaute er sie an. Einladend hielt sie ihm ihre offene Hand mit dem restlichen Brot entgegen. Das Tier legte den Kopf schief und blinzelte. Es schien beinahe, als würde es überlegen.

Vor Aufregung schlug Josis Herz rasend schnell. Sie wagte es kaum, zu atmen. Ihre kleinen Füße krallten sich in den Sand. Schließlich hatte der Vogel sich entschieden und hüpfte zielstrebig auf sie zu. Nun bekam Josi ein wenig Angst. Je näher er kam, desto größer wurde er. Bestimmt war sein Schnabel messerscharf. Was, wenn er ihr damit einen ihrer Finger abzwickte oder sie angriff? Ihre Füße waren zu tief im Sand, sie konnte nicht einfach fliehen.

Doch ihre Sorgen waren umsonst, nichts dergleichen passierte. Ganz vorsichtig, beinahe liebevoll, nahm sich das Tier die Brotkrumen, deren Menge sich wie durch ein Wunder scheinbar verdoppelt hatte. Dann breitete er seine Flügel aus und flog davon. Wie zum Abschied krächzte er dabei leise. Josi winkte ihm etwas wehmütig hinterher. Ab jetzt würde sie immer beim Frühstück Brot einstecken, damit sie etwas für ihn dabeihatte, falls er wiederkommen sollte. Vielleicht würden sie ja tierische Freunde werden.

Als Josi sich wieder ihrem Sandkuchen widmen wollte,

bemerkte sie Dirk. Er hockte mit dem Rücken zu ihr auf der Holzumrandung des Sandkastens. Komisch, sie hatte gar nicht mitbekommen, wie er sich dorthin gesetzt hatte.

»Hast du das gesehen?«, fragte sie.

Dirk antwortete nicht.

»Der Vogel da!« Sie wendete sich um und schaute, ob sie ihn irgendwo in den Bäumen entdecken konnte. »Er hat mir aus der Hand gefressen. Total niedlich.«

Noch immer zeigte Dirk keinerlei Reaktion.

»Hey, was ist mit dir?«, fragte Josi und lehnte sich nach vorne, um ihn an der Schulter zu berühren. Bevor sie ihn jedoch erreicht hatte, drehte er sich langsam zu ihr um.

Mit großen Augen starrte er sie an. Sein Mund war verschlossen.

Nein, er war nicht nur verschlossen, er war vernäht. Mit großen Kreuzstichen war ein tiefroter Faden über seine Lippen gespannt. Die Einstichlöcher leuchteten blutrot und waren geweitet, so als hätte er trotz der Naht versucht, die Lippen zu öffnen.

Josi wollte schreien, doch sie hatte plötzlich keine Stimme mehr. Sie versuchte, aufzustehen, aber auch das funktionierte nicht. Immer wieder wurde sie nach unten gezogen. Es war beinahe, als wären ihre Füße in den Sandkasten einbetoniert. Panisch blickte sie sich um. Dunkle Wolken waren aufgezogen, die sich über dem Haupthaus des Heims in Form einer Rauchsäule bündelten. Alle Läden an den Fenstern waren geschlossen.

Sie drehte sich zurück zu Dirk. Neben ihm stand eine riesige dunkle Figur. Sie hatte ihn am Arm gepackt. Dirk wehrte sich mit Leibeskräften, doch er kam nicht gegen den schwarz gekleideten Riesen an. Josi warf sich nach vorne, um Dirk festzuhalten. Doch es war bereits zu spät. Der Hüne hatte ihn fortgeschleift.

Plötzlich packte auch sie jemand am Arm. Josi schlug um sich, versuchte, sich aus dem Griff zu winden.

»Komm schon, mach es uns beiden nicht so schwer!«, sagte der Mann, der sie gepackt hatte. Er beugte sich zu ihr herunter.

Vor Panik schloss sie die Augen. Sie wollte ihn nicht sehen, wollte dem Grauen nicht ins Gesicht schauen. Sie riss den Mund auf, um zu schreien. Dieses Mal ließ ihre Stimme sie nicht im Stich. Laut und schrill platzte es aus ihrer Kehle. Josi schrie. Sie brüllte und kreischte, bis ihr die Person über ihr eine Ohrfeige gab.

»Wenn du nicht gleich deinen Mund hältst, pack ich dich zurück in die Zelle«, sagte eine dunkle Stimme.

Josi öffnete die Augen. Nur langsam stellte sich ihr Blick scharf. Als sie ihre Umgebung erkannte, verstummte sie. Die Sonne, die Bäume und der Sandkasten waren verschwunden. Stattdessen befand sie sich in einem Keller.

29

Verwundert wandte sich Fabian nach dem metallicblauen Mini um, als sie den Süden von Sachsenhausen verließen. Wieder hatte eine blonde Frau am Steuer gesessen. Isabell? So langsam fragte sich Fabian, ob sie ihm so sehr im Kopf rumspukte, dass er überall Gespenster sah. Ob sie wohl hier irgendwo wohnte? Dann musste sie ziemlich gut verdienen. Hatten sie über ihren Beruf gesprochen? Er konnte sich nicht erinnern. Über seine Arbeit als Polizist hatten sie geredet und sogar etwas über den aktuellen Fall, das wusste er noch. Vermutlich war sie deswegen am nächsten Morgen einfach verschwunden. Das hatte er schon oft erlebt.

»Schon ein komischer Zufall, das mit dem Stockmeier, findest du nicht?«, fragte Thomas, als sie zurück im Büro waren.

»Mh«, machte Fabian und verzog das Gesicht. Silbergraue Kombis fuhren zuhauf in Frankfurt und Umgebung herum, das alleine war nicht verdächtig. Aber dass ausgerechnet die Person, mit der Dirk Grollmisch unmittelbar vor seinem Tod in Kontakt getreten war, einen solchen Wagen fuhr, klang ganz und gar nicht nach einem Zufall. Fabian zumindest glaubte dem Pfleger kein Wort, wenn dieser behauptete, dass sich seit Wochen niemand nach dem alten Stockmeier erkundigt hatte. Und es gab nur einen Grund, in dieser Frage zu lügen. Nämlich dann, wenn man etwas zu verbergen hatte.

»Ich merke schon, du siehst das genauso wie ich. Wird wohl Zeit, dass wir den Antrag für einen Durchsuchungsbefehl fertigmachen, damit wir ihn am Montag gleich einreichen können.«

»Bei dem momentanen Stand können wir uns das getrost noch sparen. Kein Richter der Welt würde in den wenigen Indizien einen begründeten Verdacht sehen. Wir sollten die Zeit bis Montag lieber dazu nutzen, noch mal gründlich zu recherchieren, ob es nicht noch mehr Verbindungen gibt.«

Thomas runzelte die Stirn und klopfte auf den Tisch. »Hallo? Wer sind Sie und was haben Sie mit meinem Kollegen gemacht? So kenn ich dich ja gar nicht.«

Fabian konnte nur müde über diesen ausgelutschten Scherz lächeln. Aber in gewisser Weise hatte Thomas recht. Normalerweise war es Fabian, der sich in einer Idee festbiss und überstürzt alle Möglichkeiten der Strafverfolgung ausnutzen wollte.

»Hast ja recht«, gab Thomas schließlich zu. »Ich würde den Schmalzrocker nur zu gerne festnageln. Dem traue ich zu, dass er den alten Stockmeier in seiner eigenen Scheiße sitzenlässt und sich aus dem Staub macht.«

»So weit würde ich nicht gehen. Wir haben ja kaum Interesse an ihm gezeigt und ihn nicht mal auf den Wagen angesprochen. Der wähnt sich bestimmt in Sicherheit. Ich glaube eher, dass er sich für den Größten hält. Dass ihm niemand etwas anhaben kann.«

Thomas bückte sich und holte eine sehr braune Banane aus seiner Schreibtischschublade. »Auch eine?«

Fabian lehnte dankend ab. Heute war ein Eiweiß-Tag,

er durfte keine Kohlenhydrate essen, wenn er wieder etwas in Form kommen wollte. Aber er hatte momentan ohnehin kaum Appetit. Sogar seinen obligatorischen Magerquark zum Mittagessen ließ er im Kühlschrank stehen. Stattdessen suchte er in der Datenbank der Kripo nach Einträgen über Colin Tschuschke. Bisher war er anscheinend nicht auffällig geworden, nicht mal eine Verwarnung war zu finden.

Thomas zuckte mit den Schultern und schlang die überreife Banane in sich hinein. »Denkst du, wir sollten dem Rocker und der Tochter vom Stockmeier eine offizielle Einladung zu uns schicken? Nur, damit sie es nicht zufällig vergessen«, nuschelte er mit vollem Mund.

»Der bringt es fertig und vergisst sogar, die Post anzuschauen.«

Es klopfte und Gesa Anwandler steckte ihren Kopf zur Tür herein. »Störe ich gerade? Ich hätte da etwas für die Ritter des Rechts«, sagte sie und wedelte mit einem braunen Briefumschlag in der Luft herum. »Hat der Bote gerade vorbeigebracht. Sieht irgendwie wichtig aus.«

»Ein Kaffee wäre mir lieber gewesen«, grummelte Thomas und erntete dafür einen wütenden Blick.

»Du solltest endlich mal lernen, wie man einen ordentlichen Kaffee kocht, denn ich bin für den Papierkram zuständig. So langsam könntest du dich daran gewöhnt haben.«

»War doch nur Spaß, Gesalein, das weißt du doch«, sagte Thomas und warf ihr einen Handkuss zu.

»Sei froh, dass ich dir so wohlgesonnen bin, du elender Chauvi«, kicherte sie, legte den Umschlag auf den Tisch und verschwand wieder.

»Wenn du nicht aufpasst, macht sie dir irgendwann doch mal einen Kaffee. Aber gewürzt mit Arsen. Soll ja Sekretärinnen geben, die sich auf diese Weise ihres Chefs entledigt haben.«

Thomas lachte schallend und roch dann, wie um ihn zu überprüfen, an seiner Tasse. »Bei dem hier droht mir keine Gefahr. Zum Glück bin ich kein Chef.«

»Freu dich besser nicht zu früh«, sagte Fabian und nahm den Umschlag. Der war so ordentlich verschlossen, dass Fabian seine rechte Mühe damit hatte, das Klebeband von der braunen Versandtasche zu entfernen. »Warten wir noch auf irgendwelche Ergebnisse?«

»Könnte die Analyse von Grollmischs Computer sein. Da er passwortgeschützt war und seine Frau zum Kennwort nichts sagen konnte, habe ich unsere Techniker drangesetzt. Allerdings verspreche ich mir nicht allzu viel davon. Offensichtlich war er ja eher der analoge Typ.«

Fabian nahm die zusammengetackerten Seiten aus dem Kuvert und überflog die Zeilen. Zunächst sah es danach aus, als sollte Thomas recht behalten. Auf der dritten Seite fand er dafür umso interessantere Informationen.

»Wenn du dich da mal nicht täuschst«, murmelte er. »Die Nerds haben auf seiner Festplatte so einiges gefunden. Lies mal ab Seite drei.« Er reichte Thomas die Unterlagen rüber.

Der zog überrascht die Augenbrauen hoch, während er sich die Ergebnisse durchlas. »Du ahnst es nicht«, sagte er schließlich. »Lauter Textdateien mit Erpresser-Briefen. Wer hätte geglaubt, dass unser Opfer so einer ist. Möchte mal wissen, an wen die Nachrichten rausgingen.«

»Die Techniker sollen sich auf jeden Fall noch seinen E-Mail-Account vornehmen, vielleicht findet sich da ein ähnlicher Inhalt. Ich habe eine ganz starke Vermutung, für wen diese Nachrichten gedacht waren.«

»Ich auch. Aber leider ist es nicht mehr als das. Wobei der Kreis der möglichen Personen immer enger wird.«

»Und genau da liegt ein weiteres Problem«, merkte Fabian an. »Der alte Stockmeier wird wohl kaum aus dem Bett aufgestanden sein, um den Grollmisch so zuzurichten.« Fabian nickte in Richtung der Tatort-Fotos, die an die Pinnwand geheftet waren.

»Was ist mit unserem Elvis?«, fragte Thomas und deutete die typischen Tanzbewegungen des Kings of Rock 'n' Roll an. Dazu passend legte er einen Hüftschwung auf seinem Schreibtischstuhl hin.

»Mmh«, machte Fabian und schüttelte den Kopf. »Irgendwas passt da aber nicht zusammen. Weshalb sollte der Pfleger jemanden umbringen und riskieren, ins Gefängnis zu gehen wegen irgendeiner Sache, die der alte Stockmeier mal verbockt hat?«

»Vielleicht steht er im Testament? Darüber, dass der Alte einen Riesenhaufen Kohle besitzt, brauchen wir ja nicht zu diskutieren.«

»In diesem Fall hätte er den Stockmeier einfach selbst ins Jenseits geschickt. Das ergibt alles noch keinen Sinn. Was spuckt Google denn über Volker Stockmeier aus?«

Thomas rollte mit seinem Stuhl nach links und ließ seine Finger über die Tastatur klappern. Anschließend klickte er einige Male mit der Maus herum, brummelte etwas in sich hinein und hob endlich interessiert die

Augenbrauen an. »Das nenne ich doch mal einen Volltreffer«, sagte er und blickte vom Monitor auf. »Rate mal, womit unser Stockmeier früher sein Geld verdient hat!«

»Mit etwas, das uns möglicherweise weiterbringt?«

»Bingo. Er war der Leiter des Lindenhofs.«

»Und hinter dieser Info schnupperst du den Durchbruch? Wie ist er so reich geworden? Hat er alle seine Felder als Bauland verhökert?«

»Quatsch. Der Lindenhof ist kein landwirtschaftlicher Betrieb gewesen. Es war ein Kinderheim bei Frankfurt. Zwischen neunzehnvierundsiebzig und zwotausendzwo stand es unter seiner Leitung und wurde danach dichtgemacht.«

»So langsam werden es zu viele Zufälle. War das eine staatliche Einrichtung?«, fragte Fabian.

Thomas nickte. Seine Wangen hatten sich vor Aufregung rot gefärbt und er sah aus wie ein kleiner Junge direkt vor dem Weihnachtsabend. »Träger war die Stadt Offenbach. Warum?«

Fabian zuckte mit den Schultern. Er konnte sich nicht vorstellen, dass eine Leitungsposition in einem städtischen Heim so gut bezahlt wurde, dass man sich davon eine Villa in Südsachsenhausen und einen privaten Altenpfleger leisten konnte.

»Denkst du das Gleiche wie ich?«, fragte Thomas. Er war mittlerweile aufgesprungen und pfriemelte ein Blatt Papier aus dem Drucker. Mit einem Edding kritzelte er etwas darauf und schaute Fabian dann erwartungsvoll an.

»Ich denke, wir haben endlich eine Spur, die sich

weiterzuverfolgen lohnt. Bestimmt kann uns die Witterhold etwas darüber erzählen.«

»Da gehe ich noch einen Schritt weiter. Ich denke, es geht hier um Missbrauch. In ganz großem Stil.«

Fabian nickte. Genau darüber hatte er auch gerade nachgedacht.

30

Müde stand Kristina an der Gepäckausgabe und starrte auf das Transportband. Nach einer gefühlten Ewigkeit entdeckte sie endlich ihren Koffer, wie er aus dem Laderaum herausgefahren kam. Sie war froh, dass sie das knallpinke Modell gewählt hatte, so konnte sie ihn wenigstens sofort zwischen all den schwarzen Reisetaschen und Koffern ausmachen.

Schon jetzt war sie gelangweilt von Deutschland, dabei war sie noch nicht einmal eine Stunde hier. Aber sie hatte es ihrer Adoptivmutter versprochen, sich in diesem Jahr endlich mal wieder blicken zu lassen.

Sie hievte ihren Hardcase vom Band, zerrte ihn auf den Kofferwagen und machte sich auf den Weg zum Zoll. Selbstsicher marschierte sie durch die grüne Tür, obwohl sie mehr als genug zu verzollen hatte. Die Nichten ihrer Adoptivmutter orderten immer Tonnen der neuesten Hip-Hop-Klamotten (die es in Frankfurt vermutlich auch alle zu kaufen gab) und Süßigkeiten (die man zum Teil tatsächlich in Deutschland nicht finden konnte). Kristina war sich sicher, dass sie zumindest die Lebensmittel hätte anmelden müssen, aber bisher war sie nie aufgehalten worden.

Das Glück blieb ihr auch an diesem Samstag hold und sie wanderte unbehelligt durch die »Nichts-zu-verzollen-Tür«. Draußen wartete bereits ihre Adoptivmutter auf sie. Ihr Gesicht glänzte ölig und wirkte aufgedunsen.

Beim Näherkommen erkannte Kristina die Adern unter der dünnen Haut. Sie hatte wohl wieder getrunken.

»Hallo Sigrid«, sagte Kristina reserviert, als die ältere Frau einen wackeligen Schritt auf sie zuging, um sie zu umarmen. Trotz ihrer Abneigung gegen Sigrids Zustand ließ sie diese kurze innige Geste zu, bevor sie sich löste und etwas Abstand zu der nach Alkohol riechenden Frau einnahm.

»Und, was gibt es Neues in der alten Heimat?«, fragte Kristina, als sie auf dem Weg zum Parkhaus waren. Sie interessierte sich nicht wirklich dafür, da sie keinerlei Beziehung mehr zu Deutschland hatte und in den USA auch nichts aus ihrem damaligen Leben vermisste. Sie fragte eher, weil sie das Schweigen zwischen ihr und Sigrid nicht ertrug.

»Ach ja«, lautete die Standardantwort. In Sigrids Leben passierte offensichtlich nicht mehr viel Interessantes.

Da Kristina es aber noch unangenehmer fand, ihrer Adoptivmutter jedes Wort aus der Nase zu ziehen, wählte sie das Schweigen. Ihren Koffer hinter sich herzerrend, folgte sie Sigrid durch die Wirren des riesigen Parkhauses und fragte sich, wie zur Hölle es sogar Frauen in Businesskostümen auf hohen Hacken es schafften, mit ihrem Gepäck eleganter auszusehen als Kristina auf ihren flachen Latschen.

»Gibt eigentlich nichts zu berichten«, schnaufte Sigrid und beantwortete so endlich die Frage von eben. Umständlich fischte sie den Schlüssel aus ihrer Jackentasche und schloss den klapprigen Golf II auf.

»Ich fahre«, forderte Kristina und hielt ihr die offene Hand hin. Einen Moment regte sich Widerstand in Sigrids Blick, der allerdings so schwach war, dass sie ihn selbst ignorierte und Kristina den Schlüssel aushändigte.

»Aber nicht, dass du auf die linke Seite gerätst.«

Die Gefahr wäre eher bei dir gegeben, dachte Kristina und sagte: »In den USA fährt man rechts, genau wie hier auch, das habe ich dir schon hundertmal erklärt. Das ist nicht so wie in England.«

Sigrid bekam die Antwort nicht mehr mit, sie war stöhnend und schnaufend dabei, sich auf den Beifahrersitz zu wuchten.

Die Fahrt nach Idstein verbrachten sie größtenteils schweigend. Kristina fragte sich, weshalb sie nachgegeben hatte und nach Deutschland geflogen war. Mit jedem Jahr, das sie in den USA lebte, kühlte die Beziehung zu ihrer Adoptivmutter mehr ab. Mittlerweile kam es Kristina beinahe so vor, als säße eine fremde Frau neben ihr. Vielleicht war dem auch so, denn die Alkoholsucht hatte Sigrid verändert. Seit dem Tod ihres Mannes hatte sie sich von der angehimmelten Retterin, die sie damals für Kristina gewesen war, in ein Wrack verwandelt. In diesem Moment traf Kristina die Entscheidung, dass sie ihrer Adoptivmutter ab jetzt nichts mehr schuldete. Sie würde nach diesem Besuch nie wieder nach Deutschland zurückkehren.

»Deine ganze Post, die im letzten Jahr kam, habe ich für dich gesammelt und auf deinen Nachttisch gelegt«, sagte Sigrid, als sie die Wohnung betraten.

Bereits nach den wenigen Treppenstufen in den zweiten Stock war sie völlig außer Atmen und ein leichter Schweißfilm bedeckte ihre Stirn.

»Post? Ich habe doch schon seit Jahren nichts mehr bekommen.«

»Ist auch nicht viel. Vielleicht eine Einladung zu einem

Klassentreffen oder so.«

Nun war Kristina doch neugierig. Sie hatte nie ein besonders gutes Verhältnis zu ihren Klassenkameraden gehabt, war stets die übergewichtige und tollpatschige, wenig helle Außenseiterin gewesen. Nach ihrem Abschluss hatte sie nie das Bedürfnis verspürt, auch nur mit einem einzigen ihrer ehemaligen Mitschüler in Kontakt zu bleiben.

Jetzt aber hatte sie einige Schönheitsoperationen hinter sich gebracht, hatte wunderschöne Brüste und eine einigermaßen schlanke Figur sowie einen erfolgreichen Mann. Mit ihm lebte sie in den USA ein Traumleben. Zumindest musste es nach außen hin so wirken. Dass ihr Mann regelmäßig seine Assistentinnen flachlegte und sie mit den oberflächlichen Nachbarinnen des wohlhabenden Vorortes nicht viel anfangen konnte, brauchte ja niemand zu erfahren.

Kristina stellte ihren Koffer im Flur ab und ging in ihr Zimmer. Seit sie ausgezogen war, hatte sich nicht viel verändert und sie fragte sich, was sie jemals an dieser türkisfarbenen Wandfarbe gefunden hatte. Die gelbstichigen Buchenmöbel davor gaben einen grauenvollen Kontrast ab. Sie setzte sich auf ihr Bett und nahm sich den Brief, der neben Werbung ihrer ehemaligen Bank und einer Weihnachtskarte auf ihrem Nachttisch lag. Die Adresse war in einer zittrigen, sütterlinähnlichen Handschrift auf den Umschlag geschrieben. Es sah danach aus, als stammte die Schrift von einer alten Person und nicht von jemandem in ihrem Alter. Wohl doch kein Klassentreffen. Irgendwie war sie erleichtert, so sparte sie sich die Überlegung, ob es Sinn machte, dorthin zu gehen.

Aber wer wollte dann etwas von ihr und sah nur die Möglichkeit, sie unter dieser alten Adresse zu finden? Sie hob den Brief an, hielt ihn gegen das Licht, als könnte sie so durch den Umschlag sehen, und drehte ihn in der Hand. Absender stand keiner drauf, also riss sie ihn vorsichtig auf. Drei in der gleichen verwackelten Handschrift vollgeschriebene Seiten kamen zum Vorschein.

»Räumst du deinen Koffer aus dem Weg? Wenn ich da drüber falle, breche ich mir noch den Hals.«

Seufzend stand sie auf und ging in den Flur. Sigrid lehnte in der Tür zum Wohnzimmer und beobachtete Kristina dabei, wie sie ihren XXL-Koffer durch den Flur zerrte.

»Pinker Koffer, zwei Tonnen Klamotten für nicht mal eine Woche«, kommentierte sie das Schauspiel. Ein Lächeln umspielte ihre Lippen und für einen Moment sah sie wieder wie früher aus, als sie noch nicht getrunken hatte. »Zu so einem Mädchen habe ich dich aber nicht erzogen.«

»Eventuell hat dieses Mädchen ja schon immer tief in mir dringesteckt«, entgegnete Kristina. »Es musste sich wegen dir nur immer für Jungssachen interessieren.«

»Geschadet hat es dir ja wohl nicht.« Sigrid lachte heiser und drehte sich um. »Wenn du Lust hast, kannst du in zwanzig Minuten zum Essen kommen. Ich habe dir eine Bolognese gemacht. Seit gestern am Köcheln. Muss nur noch die Nudeln ins Wasser geben.«

Bei dem Wort Bolognese fühlte sich Kristina sofort in ihre Kindheit zurückversetzt. Man sah es ihr zwar nicht an, aber Sigrids Großmutter war Halbitalienerin gewesen und hatte ihrer Enkelin die besten Soßenrezepte auf der ganzen

Welt beigebracht.

»Bin sofort da«, sagte Kristina.

Zurück im Zimmer schob sie ihren Koffer unters Bett und nahm sich wieder den Brief vor. Ihr Blick fiel auf einen Namen in der dritten Zeile und augenblicklich zog sich ihr Magen zusammen. So gut es ging hatte sie alles, was mit dem Heim zu tun hatte, verdrängt und aus ihrem jetzigen Leben ausgeschlossen. Doch der Name Marlies Brenner weckte sofort das Gefühl von Eingesperrtsein in ihr. Ein Teil von ihr weigerte sich, überhaupt noch etwas über den Inhalt erfahren zu wollen. Der andere Teil verlangte jedoch, wenigstens zu wissen, was Marlies damit bezweckte, weshalb sie den ersten Absatz überflog.

Liebe Kristina,

vielleicht kannst du dich nicht mehr an mich erinnern, deswegen will ich dir zunächst eine kleine Gedächtnisstütze geben. Ich bin Marlies Brenner und wir haben uns viele Jahre nicht gesehen. Als du ein kleines Mädchen warst, habe ich in dem Heim gearbeitet, wo du eine Weile gelebt hast. Gerne würde ich behaupten, dass ich mich stets gut um dich gekümmert habe, aber das wäre gelogen. Doch später dazu mehr. Vorher möchte ich dir den Grund dafür nennen, weshalb ich dir ausgerechnet jetzt schreibe, fast dreißig Jahre, nachdem du eine Familie gefunden hast und aus dem Heim ausgezogen bist.

Nun ist es so, dass der liebe Gott entschieden hat, mich schon bald zu sich zu holen. Ich habe Darmkrebs. Er wurde viel zu spät entdeckt und ist nun in einem Stadium, in dem er nicht mehr behandelbar ist. Und da ich viel Schuld auf mich geladen habe, muss ich vorher davon noch einen Teil von mir packen. Nicht, dass ich dadurch je wiedergutmachen könnte, was ich damals getan habe. Aber ich hoffe, es mir von der Seele zu schreiben, verschafft mir zumindest ein wenig Frieden - und irgendwann auch dir.

Kristina knüllte die Seiten zusammen und warf sie in den Mülleimer unter ihrem Schreibtisch. Sie wollte nicht weiterlesen. Die Erinnerungen an das Heim und auch an Marlies waren zu schmerzhaft. Unter keinen Umständen war sie dazu bereit, die Tür in ihrem Kopf dafür jemals wieder zu öffnen. Zur Sicherheit nahm sie das Papierknäuel aus dem Mülleimer und riss die Seiten in kleine Fetzen, damit sie später nicht in Versuchung kam, doch noch den Rest zu lesen. Dann ging sie in die Küche, um Nudeln mit Bolognese-Soße alla Nonna zu essen. Eine Erinnerung, die sie gerne zuließ.

31

Josis Herz schlug bis zum Zerspringen, als sie wieder zu sich kam. Zunächst begriff sie gar nicht, wo sie sich befand. Doch dann erinnerte sie sich. Jemand rüttelte an ihrem Arm und sie blickte direkt in das Gesicht eines Mannes.

»Wurde ja auch mal Zeit«, knurrte der Mann über ihr und drückte sie unsanft zurück auf ihre Pritsche. »Es gibt einiges, worüber wir uns unterhalten müssen. Je eher wir anfangen, desto schneller haben wir diese Scheiße hinter uns.«

Josi räusperte sich. Ihr Mund war trocken. »Wer sind Sie? Wo ist Manuela? Was haben Sie mit ihr gemacht?«, krächzte sie. Ihre Zunge klebte förmlich an ihrem Gaumen.

Der Fremde ging in die Knie und kam ihrem Gesicht bedrohlich nahe. »Du bist nicht in der Position, irgendwelche Fragen zu stellen.«

»Kann ich Sie bitten, mir wenigstens etwas zu trinken zu bringen? Bitte.« Jedes Wort schmerzte in ihrer Kehle, so trocken war ihr Hals. Der Mann schaute sie kurz prüfend an, dann drehte er sich um und ging ohne ein Wort aus dem Verschlag. Es dauerte nicht lange, bis er zurück war. In der Hand hielt er ein großes Glas Wasser. Bei dem Anblick schossen Josi die Tränen in die Augen. Gierig griff sie danach, doch er zog es aus ihrer Reichweite und stieß sie von sich weg.

»Zuerst eine Frage. Gibst du mir eine Antwort, die mich zufriedenstellt, bekommst du einen Schluck Wasser.«

Josi konnte sich kaum auf seine Worte konzentrieren, so sehr nahm das Glas ihren Blick gefangen. Sie nickte langsam und verfolgte seine Bewegung, wie er das Wasser zwischen die Gitterstäbe vor dem Fenster stellte.

»Gut. Ich sehe, wir verstehen uns.«

»Was wollen Sie von mir?«

Der Mann gab ihr eine schallende Ohrfeige. Josi wurde von der Wucht des Schlages nach hinten geschleudert. Sie landete auf der Kante der Pritsche, verlor das Gleichgewicht und fiel auf den Boden. Ihre Wange brannte, und sie hatte sich bei dem Sturz das Knie aufgeschlagen. Josi wagte es nicht, aufzublicken oder sich überhaupt zu bewegen.

»Jetzt hast du gesehen, was passiert, wenn du dich nicht an unsere Absprache hältst«, herrschte er sie an. »Keine Fragen heißt keine Fragen. Nicht eine Einzige. Stattdessen solltest du mir sagen, was genau er dir erzählt hat! Und wenn du mich anlügst, dann blüht dir dasselbe wie für eine Frage. Verstanden?«

»Von wem reden Sie?«, fragte Josi und wurde sich in diesem Moment der Antwort bewusst. Vor ihr stand Dirks Mörder.

Da ihre Antwort trotz seiner Warnung eine Frage gewesen war, kauerte sie sich vorsorglich auf dem Boden zusammen. In Erwartung des nächsten Schlages schaute sie ihn an. Statt ihr erneut die Faust ins Gesicht zu rammen, schnaubte der Fremde über ihr nur verächtlich.

»Schon gut«, murmelte Josi die Hände zum Schutz vor ihr Gesicht haltend. »Ich bin von selbst draufgekommen.

Sie meinen Dirk, richtig?« Schon wieder eine Frage. Warum schaffte sie es nicht, ihm eine einfache und klare Antwort zu geben? Sie redete sich noch um Kopf und Kragen.

»Du bist ja von der ganz hellen Sorte. Und? Wie lautet deine Antwort?«

»Gar nichts. Wir haben uns schon seit Wochen nicht gesehen.«

Der Mann packte sie am Arm, riss sie nach oben und drückte sie gegen die raue Steinwand. »Was habe ich dir über das Lügen gesagt?«, brüllte er sie an. Feine Speicheltröpfchen flogen ihr entgegen und landeten in ihrem Gesicht. »Willst du wirklich so dumm sein, mich zu provozieren? Ihr wurdet gesehen. Im Café. Außerdem war die Polizei hier. Irgendwie müssen die ja auf uns gekommen sein. Also rück verdammt noch mal raus mit der Sprache! Was weißt du?«

Die Polizei. Einen kurzen Moment loderte ein Funken Hoffnung in Josi auf. Die Beamten waren bereits auf der Spur von Dirks Mörder und vielleicht dauerte es nicht lange, bis man sie hier rausholte. Dann allerdings übermannte sie die Angst und schnürte ihr die Kehle zu. Der Mann, der vor ihr stand, war brutal. Er hatte Dirk gefoltert und umgebracht.

»Wir haben uns nicht lange gesehen.« Als sie sah, wie der Fremde das Gesicht verzog, fügte sie schnell hinzu: »Der Brief! Er hat mir von einem Brief erzählt.«

Sie merkte, wie sie schon wieder kurz davor war, zu hyperventilieren. Anscheinend erkannte das auch der Fremde. Er ließ ihren Arm los und griff nach dem Wasserglas.

»Hier, trink erst mal einen Schluck. Nicht, dass du mir gleich wieder wegkippst.«

Gierig griff Josi nach dem Glas und leerte es beinahe in einem Zug.

»Jetzt noch mal langsam, und zwar so, dass ich es verstehe. Was weißt du von dem Brief?«

»Gar nichts«, stieß Josi hervor. »Nur, dass er von Marlies Brenner kam. Über den Inhalt haben wir uns nie unterhalten, wir hatten dazu überhaupt keine Gelegenheit. Ich weiß also nicht, was drinstand. Und meiner ist leider verschwunden.«

»Deiner?« Der Mann wurde hellhörig. Offensichtlich hatte er keine Ahnung gehabt, dass auch sie einen Brief von Marlies erhalten hatte.

»Ich konnte nie einen Blick darauf werfen«, wiegelte sie gleich ab. Der Fremde schien ihr jedoch nicht zuzuhören.

»So ist das also«, murmelte er mehr zu sich selbst. »Ihr wolltet also teilen. Habt geglaubt, ihr könntet uns verarschen und wir würden euer Scheißspiel mitspielen.« Seine Stimme wurde lauter. »Was habt ihr euch vorgestellt? Dass wir brav bezahlen und ihr euch mit unserem Geld ein schönes Leben machen könnt? Habt ihr euch das so gedacht?« Nun schrie er und sein Gesicht war rot angelaufen.

Josi zog den Kopf ein, doch anstatt sie anzugreifen, drehte er sich einfach um und stürzte auf die Tür zu.

Josi sprang auf und hechtete ihm hinterher, doch er war schneller. Bevor sie hinter ihm aus dem Verschlag schlüpfen konnte, schlug er mit voller Wucht die Tür vor ihr zu. Schmerzerfüllt brüllte sie auf. Ihr Finger steckte zwischen dem Rahmen aus Stahl und der Tür fest. Blut schoss augenblicklich aus der Wunde und lief warm ihre Hand hinab. Plötzlich gab der Druck von außen nach, sodass sie ihre Hand zurückziehen konnte. Sie hörte ein dumpfes Lachen von draußen. Dann wurde die Tür abermals zugeschlagen und die Schritte des Mannes entfernten sich.

Langsam hob Josi ihre zitternde Hand. Bei dem Anblick, der sich ihr bot, rebellierte ihr Magen und sie übergab das Wasser, das sie eben erst zu sich genommen hatte, auf den Steinboden. Das erste Glied ihres Zeigefingers war beinahe komplett abgetrennt, ein Knochen ragte aus der offenen Wunde. Lediglich ein Stück der Sehne und etwas Haut hielten die Fingerkuppe noch am Rest des Fingers. Heulend brach Josi zusammen.

32

Als Fabian sich gegen siebzehn Uhr auf den Heimweg machte, hatten sie nicht viel erreicht. Da der Lindenhof unter städtischer Trägerschaft gestanden hatte, war es nicht schwer, Listen mit Namen der damaligen Heimkinder zu finden. Allerdings war damit der leichte Teil der Arbeit erledigt. Es gab in der Datenbank keinerlei Informationen darüber, welche Familien die Kinder adoptiert hatten. Da diese dann natürlich die Nachnamen ihrer Adoptivfamilien angenommen hatten, mussten Thomas und Fabian bis Montag warten, um vom Jugendamt irgendeine Auskunft darüber zu erhalten. Lediglich drei Kinder konnten sie zweifelsfrei ermitteln, die in Pflegefamilien gekommen waren und ihren ursprünglichen Nachnamen behalten hatten. Einer davon war Dirk Grollmisch, die zweite Person lebte nicht mehr in Deutschland und der Dritte war tatsächlich bereit, am morgigen Sonntag mit ihnen zu sprechen.

Es war nur ein kleiner Fortschritt, doch immerhin einer, der ihnen Hoffnung machte, etwas über die Vorgänge im Kinderheim Lindenhof zu erfahren.

Fabians Handy klingelte. Er schielte auf das Display und versuchte dabei, den Verkehr nicht aus den Augen zu lassen. Eine ihm unbekannte Frankfurter Nummer. Kurzerhand setzte er den Blinker, fuhr nach rechts an den Straßenrand, wo er in zweiter Reihe anhielt und nahm den Anruf entgegen.

»Ah, na endlich«, sagte eine Frauenstimme am anderen Ende der Leitung.

Zu gerne hätte Fabian gefragt, was die Dame denn erwartet hatte, denn mehr als fünf Mal hatte es unter keinen Umständen geläutet. Stattdessen sagte er freundlich: »Tut mir leid, dass ich Sie habe warten lassen. Mit wem spreche ich denn?«

»Schon in Ordnung, jetzt habe ich Sie ja am Apparat. Kussauer mein Name.«

Fabian durchforstete sein Gehirn, ob er den Namen irgendwo schon einmal gehört hatte. Auf Anhieb wollte ihm nichts einfallen, doch dann hörte er ein Bellen im Hintergrund und bekam eine Ahnung.

»Wie ich höre, ist der Hund von Frau Witterhold noch immer bei Ihnen?«, versuchte er sein Glück.

»Oh ja«, seufzte Frau Kussauer. Treffer. »So langsam bin ich, ehrlich gesagt, überfordert mit dem Tier. Die ganze Zeit bellt er und alle zwei Stunden kratzt er so lange an der Tür, bis ich mit ihm nach draußen gehe. Dann rennt er sofort zur Haustür von Frau Witterhold und jault dort rum. Ich bin doch eine alte Frau, das bekomme ich überhaupt nicht mehr hin, so viel spazieren zu gehen. Aber ich kann ihn ja auch nicht in meine Wohnung machen lassen. Und dann das Essen. Er hat vorhin das Fett von meinem Suppenfleisch bekommen und etwas von den gekochten Karotten, aber das geht auf keinen Fall noch Tage so. Da müsste ich Futter kaufen gehen, und das von meiner niedrigen Rente.«

»Frau Kussauer«, unterbrach Fabian ihren Redeschwall. »Wenn Sie mich nur deswegen anrufen, kann ich Ihnen leider nicht behilflich sein. Ein Tierheim wird Ihnen eventuell weiterhelfen, wenn Sie überhaupt nicht mehr zurechtkommen. Oder Sie fragen in der Nachbarschaft herum, ob Ihnen jemand das Tier abnehmen würde.«

Ein Wagen fuhr so knapp an Fabians Seitenspiegel vorbei, dass er die Luft anhielt. Der Fahrer hatte Glück oder extrem gut kalkuliert, denn Fabians Spiegel blieb heil.

»Oh, verzeihen Sie bitte, bestimmt halte ich Sie auf. Eigentlich melde ich mich bei Ihnen, weil mir etwas eingefallen ist. Zu gestern. Aber wenn es gerade ungünstig ist, können Sie mich auch zurückrufen.«

»Einen Moment habe ich schon für Sie. Worum geht es denn?«

»Also ich habe da etwas beobachtet. Jetzt, nachdem Frau Witterhold immer noch verschwunden ist, dachte ich mir, Anneliese, das könnte vielleicht doch wichtig sein.« Frau Kussauer verfiel in einen Plauderton. »Es war am späten Abend gestern, als ich die Rollläden runtergelassen habe. Danach bin ich ins Bad, weil ich ins Bett wollte. Es müsste demnach so gegen elf Uhr am Abend gewesen sein, später gehe ich nie schlafen.«

Fabian musste sich zusammenreißen, sie nicht zu unterbrechen und aufzufordern, endlich zum Punkt zu kommen.

»Auf jeden Fall habe ich aus dem Fenster geschaut, weil das Licht im Hof an war und man schaut ja irgendwo auch automatisch, gar nicht mal, weil man jetzt neugierig ist. Erst habe ich niemanden entdeckt, aber dann stand da so eine Frau. Blond war sie und groß und ich wusste, dass ich sie irgendwo schon einmal gesehen habe. Dann fiel es mir ein.

Es ist eine Arbeitskollegin gewesen, von der Frau Witterhold. Das weiß ich, weil sie mal bei Frau Witterhold zu Besuch war, als Ihre Kollegen sich geweigert haben, mich über die Vorkommnisse zu informieren. Jedenfalls bin ich nach drüben gegangen, weil ich wissen musste, was da vor meiner Haustür passiert ist. Als ich klingeln wollte, kam mir diese blonde Dame entgegen und ich habe mich bei Frau Witterhold erkundigt, wer das denn sei.«

Angesichts der Flut von Wörtern, die auf ihn einprasselten, fiel es Fabian schwer, die eigentlich wichtigen Informationen herauszufiltern. »Frau Kussauer, entschuldigen Sie. Aber was ist denn das Besondere an der Arbeitskollegin, die Sie gesehen haben?«

Die alte Dame schwieg einen Moment, als könnte sie Fabians Rückfrage nicht nachvollziehen. Dann sagte sie: »Die Frage verstehe ich nun nicht. Was sollte an ihr Besonderes sein?«

»Wegen Ihres Anrufes. Sie wollen mir doch nicht einfach erzählen, dass Sie eine blonde Arbeitskollegin von Frau Witterhold gesehen haben.«

»Aber sicher. Sie ist mit Frau Witterhold ins Haus gegangen. Vielleicht können Sie bei ihr nachfragen, ob sie weiß, wo Frau Witterhold steckt. Ihr Mann ist, soweit ich informiert bin, in Hamburg, arbeiten. Möglicherweise ist sie über das Wochenende zu ihm gefahren und die Kollegin sollte auf den Hund aufpassen, der ihr ausgebüxt ist.«

»Ah«, machte Fabian. Selbstverständlich hätte er auch gerne gewusst, wo Josefine Witterhold sich aufhielt. Doch sie war eine erwachsene Frau. Wenn sie tatsächlich über das

Wochenende zu ihrem Mann nach Hamburg gefahren war, war es nicht Aufgabe der Mordkommission, das herauszufinden. Zumindest nicht bereits nach einem Tag.

»Wenn Sie die Dame erreichen sollten, können Sie ihr ruhig sagen, dass sie sich bei mir melden soll. Wegen des Hundes meine ich.«

»Kennen Sie zufällig auch den Namen dieser Frau?«

»So genau habe ich damals nicht nachgebohrt. Ich bin ja schließlich nicht neugierig.«

Nein, auf keinen Fall, dachte sich Fabian und schüttelte den Kopf. »Wirklich schade, das wäre sehr hilfreich gewesen.«

»Bei der Polizei hat man sicher seine Methoden. Das sollte doch für Sie kein Problem darstellen. Fragen Sie doch mal bei dem Verein nach. Kinder in der Schule heißt er.«

Das war die typische Vorstellung von Menschen, die zu viele schlechtgemachte Krimis schauten. Die Handlung der meisten Filme war fernab von dem, wie die reelle Polizeiarbeit ablief. Fabian bedankte sich höflich und verabschiedete sich mit dem Versprechen, sich sofort bei ihr zu melden, wenn er etwas herausgefunden hatte.

Während der restlichen Fahrt dachte er darüber nach, dass sie tatsächlich gar nicht so unrecht hatte. Sie sollten wegen Grollmischs Erpressernachrichten so schnell wie möglich mit Josefine Witterhold sprechen, und es wäre interessant zu wissen, wo sie war und wann sie die Gelegenheit dafür bekommen konnten. Es war zumindest einen Versuch wert, auf die Homepage der Einrichtung zu schauen und nachzusehen, ob es ein Bild von den angestellten Betreuern gab. Vielleicht fand er dort eine

Mitarbeiterin, auf die die Beschreibung von Frau Kussauer passte.

Fabian steigerte sich so sehr in diese Idee hinein, dass er es kaum erwarten konnte, einen Parkplatz zu finden und sich an den Computer zu setzen. Ausgerechnet heute war gefühlt ganz Niederrad zugeparkt und er musste mehrere Male um den Block fahren, bevor er eine passende Lücke fand. Wie schon so oft nahm er sich vor, demnächst endlich zum Straßenverkehrsamt zu gehen und sich einen Anwohnerparkausweis zu besorgen.

In seiner Wohnung angekommen, schaltete er seinen Laptop im Wohnzimmer ein und ging in die Küche, um sich einen Kaffee zu machen. Außerdem nahm er sich einen Magerquark aus dem Kühlschrank, mischte ihn mit einer Dose Thunfisch und Petersilie aus dem Gefrierfach und setzte sich mit der Mischung vor den leuchtenden Monitor. Dort versuchte er, sich an den Namen zu erinnern, den ihm Frau Kussauer genannt hatte. Etwas mit Kindern und Schule. Kreativer Name für eine Nachmittagsbetreuung, die zu einer Ganztagsschule gehörte. Da ihn die Suchergebnisse für Kinder und Schule beinahe erschlugen, fügte er noch Frankfurt und Betreuung hinzu. Die Auswahl wurde kleiner und schließlich fand er die richtige Homepage.

Wegen des unübersichtlichen Aufbaus der Seite dauerte es einen Moment, bis er den Reiter »Mitarbeiter« gefunden hatte. Er hatte Glück, das ausschließlich weibliche Team war mit Vornamen, Foto und Funktion vorgestellt. Gleich die ersten beiden Frauen waren blond. Dann folgte Josefine Witterhold, die mit dem Namen Josi vorgestellt wurde und ebenfalls blond war. Allerdings stach sie durch ihre wilden Locken deutlich heraus. Er scrollte weiter nach unten und entdeckte plötzlich ein Gesicht, das ihm bekannt vorkam. Doch der Name neben dem Foto passte nicht dazu, obwohl die Frau darauf eindeutig seine Isabell zu sein schien.

Laut der Internetseite war ihr Name Manuela, und sie war eine studentische Mitarbeiterin. Auch das passte nicht zu dem Bild, das er von Isabell hatte. Klar, sie hatten sich nicht über ihre Arbeit unterhalten - so wie sie alle in dem Moment unwichtig erscheinende Themen außer Acht gelassen hatten -, doch von ihrem Aussehen und ihrer Art her hätte er sie eher hinter dem Schalter einer Bank gesehen. Um das Bild vergrößern zu können, speicherte es auf seiner Festplatte und öffnete es mit einem Bildbearbeitungsprogramm. Während er Isabell alias Manuela eingehender betrachtete, fragte er sich, weshalb sie sich ihm unter falschem Namen vorgestellt hatte. Vielleicht täuschte er sich ja, und die Frau auf dem Foto sah seiner Isabell nur zum Verwechseln ähnlich.

Das würde er bald herausfinden, denn er musste diese blonde Kollegin von Josefine Witterhold finden. Kurzerhand rief er die angegebene Telefonnummer an und erfuhr so die Handynummer der Einrichtungsleitung, die sie glücklicherweise für »dringende Notfälle« auf dem Anrufbeantworter hinterlassen hatte.

Strenggenommen war dies ein Notfall. Zumindest, wenn er die Wahrheit etwas ausschmückte. Er wählte die Nummer und es dauerte nicht lange, bis sich eine Frauenstimme meldete.

Die Einrichtungsleitung war wesentlich schwieriger zu überzeugen, als er es sich erhofft hatte.

»Seien Sie mir nicht böse, Herr Prior, aber dass die

Polizei Zeugenbefragungen per Telefon macht, ist mir neu. Woher kann ich denn wissen, dass Sie tatsächlich Kriminalbeamter sind und nicht einfach unserer hübschen Studentin nachstellen?«

»Da Josefine Witterhold verschwunden ist, wäre es für uns wirklich wichtig, die Person zu finden, mit der sie zuletzt in Kontakt stand«, versuchte er einzuwenden, wurde jedoch sogleich wieder von Karin Janschke unterbrochen.

»Sie sprechen die ganze Zeit davon, dass Josi verschwunden ist. In diesem Punkt würde ich Ihnen gerne widersprechen. Gestern Abend habe ich sie noch auf unserem Elternabend gesehen. Bloß weil sie einen Tag nicht zu Hause ist, heißt das noch lange nicht, dass sie in Gefahr ist. Sie ist doch kein Teenager mehr.«

»Allerdings ist sie eine wichtige Zeugin in unseren Ermittlungen«, sagte Fabian. Karin Janschke schienen seine Argumente wenig zu beeindrucken. Sie blieb hart.

»Natürlich kann ich Ihren Standpunkt nachvollziehen und nehmen Sie es bitte nicht persönlich, aber Sie könnten sonst wer sein. Es handelt sich hier um private Daten und die gebe ich nicht einfach so am Telefon heraus.«

Womit sie eigentlich ganz richtig lag, das musste Fabian zugeben. Dennoch kam ihm ihre Genauigkeit so gar nicht entgegen.

»Was halten Sie davon, wenn Sie mir Ihre Mail-Adresse geben? Dann scanne ich meinen Dienstausweis ein und schicke Ihnen das Bild als Anhang. So müssen Sie sich keine Sorgen machen, dass Sie es mit einem Betrüger zu tun haben.«

Karin Janschke seufzte. »Tut mir leid, Sie enttäuschen

zu müssen, aber ich möchte keine Ausnahme machen. Kommen Sie gerne am Montag in der Betreuung vorbei, dann können wir gemeinsam bei der Kollegin anrufen. Vorausgesetzt natürlich, Sie haben Ihren Dienstausweis dabei.«

»Den werde ich mitbringen, keine Sorge. Entschuldigen Sie bitte die Störung am Wochenende«, sagte Fabian und legte auf. Obwohl er enttäuscht war, dass er nichts erreicht hatte, machte sich eine freudige Nervosität in ihm breit. Er würde zwar an diesem Wochenende höchst wahrscheinlich nicht mehr erfahren, wo Josefine Witterhold abgeblieben war. Dafür wüsste er aber übermorgen möglicherweise, um wen es sich bei dieser angeblichen Isabell wirklich handelte.

33

»Das ist eine Katastrophe«, murmelte Manuela. Sie hatte ihr Gesicht in den Händen vergraben und massierte ihre Stirn mit den Fingern. »Es läuft alles aus dem Ruder. Bloß wegen deiner Gier.«

Colin stellte sich neben sie und legte beruhigend seinen Arm um ihre Schulter. Natürlich hatte sie recht, und die Situation wurde so langsam unübersichtlich. Doch sie waren so weit gegangen, und es blieb ihnen kaum eine Wahl, als es nun auch durchzuziehen. »Hör auf, dir das Schlimmste auszumalen. Im Endeffekt hat sich doch gar nichts geändert. Sie hat auch einen der Briefe bekommen, na und? Dafür hat der Grollmisch die Wahrheit gesagt und tatsächlich mit niemandem darüber gesprochen.«

Manuela wand sich aus seiner Umarmung und schaute ihn vorwurfsvoll an. »Und das verbessert unsere Situation inwiefern?«

Darauf hatte er keine Antwort. Er zuckte mit den Schultern.

»Da hast du's.« Manuela ging im Wohnzimmer auf und ab. »Wir stehen quasi wieder ganz am Anfang. Bloß dass wir mittlerweile mehr als eine Leiche im Keller haben und sich die Geschichte nicht mehr mit der Habgier meines Vaters entschuldigen lässt. Wir haben dieselbe Schuld auch auf uns genommen.«

Er machte einen bedrohlichen Schritt auf sie zu, obgleich er wusste, dass sie sich wenig von ihm beeindrucken ließ. »Vergleich mich bloß nicht mit deinem Vater«, presste er mit zusammengebissenen Zähnen hervor. »Er hat damals den Hals nicht voll genug bekommen. Hat sich die Taschen gefüllt, bis der Stoff gerissen und all die Kohle beinahe wieder rausgefallen ist. Wenn du so willst, bin ich bloß derjenige, der hinter ihm seinen Dreck wegräumt.«

Manuela packte sein Gesicht und drückte ihre Finger in seine Wangen. Ihre Augen blitzten vor Wut und ihre Lippen bebten. »Verrat mir doch mal, wer mir gesagt hat, dass er es regelt? Dass wir uns nicht auf die Erpressung einlassen sollten?«, brüllte sie ihn an. »Fünfzigtausend. Lächerlich. Die hätte ich ihm mit einem Handkuss gezahlt und wir hätten unsere Ruhe gehabt. Aber nein, das würde für dich ja bedeuten, dass du dir keinen SLK vor die Tür stellen kannst, sobald mein Vater gestorben ist.«

»Du tust mir weh.« Colin entwand sich dem Griff seiner Frau und setzte sich an den Tisch. Dort kippte er den Gin Tonic runter, den er sich gemixt hatte, bevor Manuela nach Hause gekommen war. »Außerdem kannst du nicht wissen, ob der Grollmisch danach Ruhe gegeben hätte. Fünfzigtausend, du sagst es ja selbst. Ein Witzbetrag. Meinst du wirklich, er hätte das nicht irgendwann auch gecheckt? Glaubst du nicht, dass er irgendwann mehr verlangt hätte?«

»Dann wären wir eben zur Polizei gegangen. Mein Gott, wäre es denn so schlimm, wenn wir beide einem normalen Job nachgehen müssten? Mehr als die Hälfte meines Lebens habe ich den goldenen Löffel im Mund und ich kann dir sagen, dass es auch manchmal ganz schön langweilig sein kann.«

»So etwas lässt sich leicht sagen, wenn man das Leben kaum anders kennt«, entgegnete er.

War sie wirklich so naiv zu glauben, dass es besser war, nichts zu besitzen? Jeden Monat aufs Neue zu hoffen, dass das Geld bis zum nächsten Ersten reichte und man nicht die letzten Tage hungern musste? Denn genau das wäre ihnen geblieben, wenn sie die beschissene Polizei mit reingezogen hätten. Sie wusste nicht mal wirklich, was Arbeit war. Colin hingegen kannte das Gefühl der Entbehrung nur zu gut. Als Jüngster von vier Brüdern hatte er stets nur die abgetragene Kleidung der anderen bekommen. Seine Mutter war immer arbeiten gewesen und hatte doch nie genug Geld gehabt, um ihren Kindern mal etwas zu gönnen. Er hatte sich dieses Leben verdient und seine Frau würde es ihm nicht wieder nehmen. Selbst wenn er alle töten musste, die von Marlies' Geständnis erfahren hatten.

»Rück doch mal mit der Sprache raus. Wie sieht dein Plan aus? Was hast du dir dieses Mal ausgedacht?« Ein abschätziges Lächeln lag auf ihren Lippen. Sie traute ihm nichts zu, das war schon immer so gewesen. Niedere Pflegearbeiten für ihren Vater, die durfte er erledigen. Sonst nichts.

»Jetzt hör schon auf. Wir hängen zu gleichen Teilen da drin. Außerdem war es sogar deine Idee, den Grollmisch als Warnung zu benutzen. Kein Mensch wüsste, wo er ist, wenn wir ihn nicht dort abgelegt hätten. Dann wäre er jetzt einfach eine vermisste Person und niemand hätte uns auch nur annähernd in Verdacht.«

»Was meinst du damit? Wer hat uns in Verdacht?«

Colin stellte das leere Glas ab und verwischte einige

Kondenströpfchen auf dem Tisch. Ihm wurde plötzlich heiß. Er hatte ihr noch nichts von dem Besuch der beiden Beamten am Vormittag erzählt. Momentan durfte sie auf keinen Fall davon erfahren. In ihrer Verfassung war sie glatt in der Lage, ihr gesamtes Leben mit einem Geständnis zu zerstören.

»Natürlich hat uns niemand in Verdacht. Also bis auf die Schlampe im Keller natürlich. Ein Problem, das sich zum Glück gelöst hat.«

»Beeindruckend«, sagte sie und zog einen Stuhl unter dem Tisch hervor. Sie setzte sich ihm gegenüber und schaute ihn abfällig an. »Im Verdrängen der Tatsachen bist du wirklich ein Meister. Gar nichts hat sich gelöst, warum siehst du das nicht?« Wütend bohrte sie ihren Zeigefinger in seine Brust. Dann schrie sie: »Du gehst immer nur hin und willst alles aus dem Weg räumen, was dir irgendwie in die Quere kommt. Das ist die Lösung. Meinen Vater? Am besten umbringen, der nervt ja nur. Jemand, der etwas von unserer Kohle abhaben möchte, die auf seinem Rücken erarbeitet wurde? Kopf ab.« Sie schlug ihm mit der Faust vor die Brust. Colin hustete.

»Und du verdrehst die Tatsachen, wie es dir passt, um als die Gute dazustehen. Grollmisch umzubringen stand nie auf meinem Plan. Einschüchtern wollte ich ihn. Zum Schweigen bringen. Es ist einfach passiert, mit einem Mal war er weg.«

Colin wurde kleinlauter. In einem Streit, der durch Argumente ausgefochten wurde, konnte er gegen sie nicht gewinnen. Vom Kopf her war sie ihm haushoch überlegen. Doch ihm durfte nie wieder die Hand ausrutschen, sonst würde sie sofort die Scheidung einreichen. Das hatte sie ihm beim letzten Mal sehr deutlich klargemacht.

»Kann ich davon ausgehen, dass du also keinen Plan hast? Sonst hättest du ihn mir doch längst unter die Nase gerieben.«

»Vielleicht hab ich einen«, sagte er und griff in seine Hosentasche. Eigentlich hatte er das Koks für sich selbst geholt, doch damit Manuela endlich Ruhe gab, war er bereit, ein klein wenig davon zu opfern. Er warf das Päckchen auf die Tischplatte und sagte: »Bestimmt kommt sie dadurch ein bisschen auf Touren. So ein Redeschwall lässt sich ja bekanntlich nur schwer stoppen.«

»Ich weiß zwar nicht, seit wann Kokain eine Wahrheitsdroge sein soll, aber einen Versuch ist es bestimmt wert.« Sie klang bereits um einiges sanftmütiger.

Colin lächelte sie an und streckte ihr seine Hände entgegen. »Wir schaffen das, du musst nur Vertrauen haben. Niemals würde ich zulassen, dass uns jemand unser Leben zerstört, egal, auf welche Weise er es versucht.«

Sie drückte seine Hand und stand dann auf. »Sieh einfach zu, dass uns das alles nicht um die Ohren fliegt, okay? Entführung, Mord. Das ist mir eine Nummer zu groß.«

»Mach dir keine Sorgen. Du hast deinen Teil erledigt. Um den Rest kümmere ich mich, du wirst nichts mehr damit zu tun haben.«

Colin nickte ihr aufmunternd zu. Sie nickte zurück und ging in den Flur, wo sie die Treppe hinauf verschwand.

Colin atmete tief ein. In Wirklichkeit hatte er nicht die geringste Ahnung, wie sie jemals wieder aus dieser Situation rauskommen sollten. Spätestens, wenn er den Termin bei der Polizei hatte, brauchte er einen Plan.

Und eine Ausrede dafür, warum die Tochter von Volker Stockmeier momentan nicht persönlich erscheinen konnte.

34

Pünktlich um halb zwei klopfte Gesa an die Tür zum Büro und kündigte den Zeugen an. Fabian nickte Thomas zu, und er stand auf, um den Mann hereinzuholen. Dieser war geschäftsmäßig gekleidet. Im gebügelten, dunkelblauen Anzug mit hellblauem Hemd, grauer Krawatte und penibel zurückgegelten Haaren betrat er das Büro. Als wolle er gleich einen Vortrag halten, stand er mitten im Raum und schielte auf seine Armbanduhr. Um ihn herum verbreitete sich ein penetranter Geruch von intensivem Aftershave.

»Setzen Sie sich doch bitte, Herr …« Fabian schaute auf seinen Zettel und suchte nach dem Namen, den er sich notiert hatte.

»Greiner«, sagte der Mann, zog den Stuhl zu sich heran und setzte sich, nicht ohne vorher sein Sakko glattzustreichen.

»Ah, richtig. Herr Greiner. Schön, dass Sie es so schnell einrichten konnten.«

»Viel Zeit habe ich allerdings nicht, das muss ich Ihnen gleich sagen. Es wäre also schön, wenn wir sofort zur Sache kommen könnten.«

»Kein Problem. Wir werden Sie nicht länger als notwendig aufhalten.«

»Sie wissen schon in etwa, worum es geht?«, fragte

Thomas.

Herr Greiner schaute ihn angespannt an. Dann wiegte er langsam seinen Kopf hin und her und sagte schließlich: »So ganz klar ist es mir nicht geworden. Ich war gestern sehr beschäftigt und konnte mich leider nicht richtig auf unser Gespräch konzentrieren. Sie wollen mit mir über meine Vergangenheit im Kinderheim Lindenhof sprechen. Das weiß ich. Aber über das Weshalb, darüber würde ich vorher gerne mehr erfahren.«

»Eines der Kinder, mit dem Sie damals gemeinsam im Heim gelebt haben, wurde diese Woche umgebracht«, platzte Fabian direkt mit der Wahrheit heraus.

Die angespannten Gesichtszüge von Greiner entgleisten für einen Moment, seine Augen wurden größer und sein Mund stand ein wenig offen.

»Umgebracht? Um wen geht es? Das ist ja schrecklich.«

»Dirk Grollmisch.«

»Oh«, machte Greiner. »Das tut mir sehr leid für ihn. Aber ich fürchte, dass unser Gespräch kurz ausfallen wird, da ich Ihnen diesbezüglich keine große Hilfe sein werde. Wir hatten damals so gut wie gar nichts miteinander zu tun.«

»Die Entscheidung, welche Informationen für uns wichtig sind und welche nicht, überlassen Sie bitte uns. Am besten, Sie erzählen uns einfach ein bisschen über sich und Ihre Zeit im Heim«, sagte Thomas ein.

»Und wo soll ich anfangen? Sie werden sich wohl kaum dafür interessieren, wie ich im Garten auf der Schaukel gesessen und mich gelangweilt habe, weil ich kaum Freunde hatte. Das wäre vermutlich wenig hilfreich.«

»Wir wollen einfach etwas über den Alltag in diesem Heim erfahren. Wie haben Sie Ihre Kindheit dort erlebt?« Fabian ließ seine Frage mit Absicht offen. Greiner sollte keine Vermutungen anstellen, worauf sie hinauswollten. Viel zu häufig versuchten Zeugen dann, irgendetwas zu erzählen, das die Beamten zufrieden stellte.

»Da gibt es nichts Besonderes zu berichten. Ich hatte eine ganz normale Kindheit.«

»Als normale Kindheit würde ich das aber eher nicht bezeichnen.«

»Sie meinen, weil meine Familie nicht aus Mutter, Vater und Kind bestand?« Greiner rückte mit seinem Stuhl etwas von dem Schreibtisch ab und Fabian befürchtete, er würde beleidigt aufstehen und gehen. Vielleicht war es besser, er überließ Thomas die Befragung. Er warf ihm einen Blick zu und Thomas nickte.

»Meine Familie bestand eben aus einer etwas anderen Konstellation. Und aus sehr viel mehr Geschwistern, als sie ein durchschnittliches Kind hat, da haben Sie bestimmt recht. Wenn Sie es aber nie anders kennengelernt haben, weil Sie bereits seit Ihrer Geburt durch verschiedene Heime gereicht wurden, dann sehen Sie es durchaus als völlig normal an.«

»Sie sind mit allen gut ausgekommen? Immerhin war das ein Heim für schwer erziehbare Kinder. Da geht man doch davon aus, dass auch ein paar Querulanten darunter sind«, lenkte Thomas den Zeugen vorsichtig in die richtige Richtung.

»Natürlich sind wir nicht immer alle gut miteinander ausgekommen, was glauben Sie denn? Wirkliche

Freundschaften hatte ich nie, aber dadurch auch keinen größeren Streit. Und wenn, dann haben die Betreuer schon dafür gesorgt, dass alles in einem gewissen Rahmen blieb.«

»Zur Not auch mit etwas rabiateren Mitteln, meinen Sie das? Wurden in dem Heim Kinder jemals mit Gewalt gemaßregelt?«, fragte Fabian.

Greiner schaute ihn an und in seinem Blick lag etwas Trotziges. »Rabiat, was heißt das schon? Natürlich wurden wir dort erzogen. Da waren sicher auch einige Kinder, die strenge Regeln gebraucht haben, und bei denen musste überprüft werden, dass sie sich daran hielten. Ich selber habe da nie dazugehört. Aber manche lernen eben nur, wenn sie mit harter Hand erzogen werden. Ohne Erfahrungen, wie zum Beispiel, dass gewisse Vorgaben ohne Diskussion erfüllt werden müssen, hätte ich mein Studium gewiss nicht so zielstrebig und ehrgeizig durchgezogen. Erst recht wäre ich nicht innerhalb so kurzer Zeit bei einer Managing-Consultant-Position gelandet. Viele Heimkinder mit einem derartigen Lebenslauf gibt es vermutlich nicht.«

Fabian hatte keine Ahnung, ob ein Managing-Consultant eine besonders erstrebenswerte Position in der Wirtschaft war, und es interessierte ihn auch nicht. Für ihn waren diese karrieregeilen Emporkömmlinge Arschlöcher, die für ihren eigenen Erfolg auch mal über Leichen gingen. Wenn auch - zum Glück - nur in Ausnahmen über echte. »Gehen Sie bitte etwas mehr ins Detail und nennen Sie uns ein Beispiel für eine solche Regel.«

»Ein Beispiel? Da kann ich gerade keines aus dem Ärmel schütteln. Ich erinnere mich aber noch, dass wir unter anderem unsere Betreuer nicht berühren durften. Verständlich, wenn man bedenkt, dass in dem Heim nicht nur Kinder untergebracht waren, sondern auch Jungen und Mädchen am Rande der Pubertät.«

»Und was ist passiert, wenn sich jemand nicht an diese Regel gehalten hat?«

»Da ich mich immer an die Regeln gehalten habe, bekam ich nie eine Strafe. Aber ich weiß, dass manchen Kindern die Kuscheltiere für eine gewisse Zeit abgenommen wurden. Oder man bekam zwei Wochen lang keinen Pudding zum Nachtisch, was jetzt nicht unbedingt eine Strafe war. Außerdem gab es einen Anti-Aggressionsraum. Dorthin kamen die Kinder, die mehrfach gegen Regeln verstoßen hatten. Bevor Sie fragen: Ich musste nie in diesen Raum. Es wäre mir nicht in den Sinn gekommen, mich an den Arm eines Betreuers zu hängen oder an seiner Hose zu zupfen. Wozu auch?«

»Gilt dasselbe auch für Dirk Grollmisch?«

»Ja. Insofern, dass ich auch auf diese Frage keine Antwort geben kann. Ich sagte bereits, dass wir nicht viel miteinander zu tun hatten. Schließlich bin ich zwei Jahre jünger. Soweit man es überhaupt so nennen kann, hatten wir unterschiedliche Freundeskreise, und nachdem er von einer der Betreuerinnen aufgenommen wurde, brach der Kontakt gänzlich ab.«

Fabian warf Thomas einen Blick zu, der den Kopf schüttelte. Sie waren sich einig, dass aus diesem Zeugen nichts herauszubekommen war.

»Nur noch eine Frage, dann sind Sie entlassen. Wissen Sie etwas davon, dass Dirk Grollmisch ein besonders anfälliges Kind war? Litt er öfter unter Krankheiten?«

Greiner stand auf und strich mit den Händen über seine

Hose und das Jackett. »Tut mir leid«, sagte er. »Hoffentlich finden Sie jemand anderen, der Ihre Fragen beantwortet. Ich wünschte, ich hätte Ihnen helfen können.«

Man sah ihm an, dass er es kaum erwarten konnte, endlich gehen zu dürfen.

Als Greiner den Raum verlassen hatte, warf Fabian seinen Computer an.

»Du liebe Güte, der hat es heute aber mit dem Aftershave übertrieben«, sagte Thomas. Er stand auf und öffnete das Fenster. Fabian zuckte mit den Schultern. Da er selbst aber auch nicht gerade sparsam mit Parfum umging, störte ihn der Geruch weniger. Vielmehr fragte er sich, ob Greiner ihnen tatsächlich alles erzählt hatte, woran er sich erinnerte.

»Glaubt der eigentlich selbst, was er uns hier aufgetischt hat?« Fabian tippte den Namen des Kinderheims in das Suchfeld ihrer Datenbank und klickte auf Start.

»Was meinst du?«, fragte Thomas und grinste. »Dass er ein supererfolgreicher Überflieger ist, dessen Anzug garantiert schweißnass war, nachdem er hier verschwunden ist? Oder dass er natürlich nicht den blassesten Schimmer hat, welche harte Hand da nun genau wie gezüchtigt hat? Oder meinst du am Ende die Geschichte, dass Regeln zu übertreten niemals sein Ding war, als Kind in einem Heim für Schwererziehbare?«

»Du sagst es«, murmelte Fabian. Die Datenbank meldete kein Ergebnis. Anscheinend war der Lindenhof bisher nicht negativ in Erscheinung getreten.

»Gibt es eigentlich etwas Neues von der Witterhold?«

»Wie man es nimmt. Gemeldet hat sie sich nicht, dafür

aber ihre Nachbarin.«

»Warum ist sie dann noch nicht hier? Vielleicht macht die endlich mal ihren Mund auf, was in dem Heim wirklich los war.«

Fabian schüttelte den Kopf. »Leider hat die Witterhold noch nichts von sich hören lassen. Aber die Nachbarin hat mir eine mögliche Zeugin genannt. Eine blonde Arbeitskollegin war wohl Freitagabend noch bei der Witterhold zu Besuch.«

Fabian fasste kurz zusammen, was er bisher herausgefunden hatte, und berichtete von seinem Entschluss, gleich morgen bei der Schule vorbeizugehen. Glücklicherweise war Thomas nicht sonderlich interessiert daran, noch vor Dienstbeginn durch die halbe Stadt zu gurken und so vereinbarten sie, dass Fabian Karin Janschke alleine befragen würde.

»Ich kümmere mich derweil um die Akten von dem Kinderarzt. Wenn wir wissen, warum der Grollmisch als Kind ständig zum Onkel Doktor musste, sind wir vermutlich ein ganzes Stück weiter.«

»Willst du es ohne Antrag versuchen?« Da sie keine Chance mehr hatten, an die Einwilligung des Patienten zu gelangen, musste der mutmaßliche Wille des Verstorbenen zugrunde gelegt werden. Eine gute Sache, wenn das Opfer beispielsweise in direkter Folge einer Vergiftung gestorben war. Dirk Grollmischs Tod hatte allerdings so gar nichts mit seinen Arztbesuchen in der Kindheit zu tun. Zumindest würde sich nur schwer eine Verbindung herstellen lassen, die eine Herausgabe rechtfertigen konnte.

Thomas schien Fabians Bedenken nicht zu teilen.

»Irgendwie bekomme ich den schon überredet. Vermutlich praktiziert er mittlerweile nicht mehr oder ist kurz vor der Pension. Was soll ihm schon passieren, wenn er uns Einsicht in Unterlagen von vor über zwanzig Jahren gewährt?«

Fabian nickte. Er hoffte, dass Thomas recht behalten würde.

35

Als er vor das Gebäude trat, lockerte Steffen Greiner seine Krawatte. Im Augenblick konnte er sie nicht mehr ertragen, hatte das Gefühl, sie würde ihn erwürgen. Er lehnte sich an die Wand und kramte mit zitternden Fingern die Schachtel Zigarillos aus der Innentasche seines Jacketts hervor.

Dirk. Was war nur mit ihm geschehen? Ob es etwas mit dem Brief zu tun hatte, den er vor einiger Zeit von Marlies geschickt bekommen hatte? Er hatte ihre Zeilen, so gut es ging, verdrängt, doch jetzt kam alles wieder hoch. Plötzlich sah er sie vor sich stehen und war wieder der kleine Junge von damals.

»Es ist also wieder so weit?«, fragte sie streng und deutete auf den Stuhl vor dem Tisch. »Dann setz den Helm auf und fang mit deiner Schreibübung an.«

Steffen schüttelte den Kopf. Er mochte den Helm nicht, er war viel zu klein für seinen Kopf und das Plastik drückte schmerzhaft auf seine Schläfen und die Wunden am Hinterkopf. Außerdem würgten ihn die Bänder, weil Marlies ihn immer viel zu eng festschnallte. »Darf ich das nicht ohne Helm machen? Bitte.«

»Nein«, sagte sie hart. »Du weißt genau, dass dir nach dem Mittel manchmal schwindelig wird. Niemand will, dass du dich verletzt.«

Er senkte seinen Blick und machte einen Schritt rückwärts auf die Tür zu. Am liebsten hätte er sich umgedreht und wäre weggelaufen. Wenn sie doch wussten, dass es ihm hinterher so schlecht ging, warum musste er dieses Mittel dann immer wieder nehmen? Manchmal lag er danach tagelang im Bett und konnte sich vor Bauchschmerzen kaum rühren. Ab und zu schlug sein Herz dabei so schnell, dass er glaubte, es wolle aus seiner Brust ausbrechen und weglaufen. Dann musste er wieder runter zu Marlies in den Keller und alles aufschreiben.

Marlies, die sich in der Zwischenzeit neben ihn gestellt hatte, hielt ihm den Helm hin und schaute ihn auffordernd an. »Mach es dir doch nicht unnötig schwer.«

»Aber ich habe doch gar nichts gemacht«, versuchte er, sich zu rechtfertigen.

»Heute Nacht hast du also nicht wachgelegen und immer wieder nach den Betreuern gerufen, weil du nicht schlafen konntest? Mal davon abgesehen, dass du gestern das Essen und die Medikamente verweigert hast.«

Beschämt richtete Steffen seinen Blick auf den Boden. Marlies kannte die Antwort ohnehin, was sollte er da noch sagen.

»Außerdem hast du dich so lange gekratzt, dass deine Wunden am Hinterkopf wieder aufgegangen sind. Sicher willst du doch auch, dass deine Haare dort nachwachsen, oder?«

Er nickte. Natürlich wollte er wieder Haare haben, damit ihn die anderen Kinder nicht mehr hänselten.

»Dann wirst du jetzt entweder deinen Helm aufsetzen oder wir werden dich fixieren müssen.«

Widerwillig nahm Steffen ihr den Helm aus der Hand. Nein, er wollte nicht fixiert werden.

»Sehr gut«, sagte Marlies und strich ihm über die Schulter. Steffen zuckte vor der Berührung zurück. »Wenn du deinen Bericht gewissenhaft anfertigst, können wir darüber nachdenken, ob du einen Chip für dein Verhalten bekommst.«

»Und Rudi? Bekomme ich Rudi zurück?« Steffen wünschte sich nichts sehnlicher, als endlich seinen Esel wiederzuhaben, damit er sich nachts im Bett nicht so alleine fühlte.

Marlies nahm sich ihr Klemmbrett, das auf dem Tisch bereitlag, und blätterte in den Unterlagen. Dann schüttelte sie bedauernd den Kopf. »So weit bist du noch nicht, fürchte ich. Erst wenn du eine Woche am Stück ohne Vorfälle überstanden hast, können wir ihn dir zurückgeben. Aber den ersten Schritt machst du ja gerade. Halte dich an die Regeln, und die Zeit wird wie im Flug vergehen.«

Steffen nickte. Ihm blieb keine andere Wahl, als sich in Geduld zu üben. Wenn er protestierte, handelte er sich nur noch mehr Ärger ein. Also setzte er den Helm auf, ließ sich von Marlies den Verschluss unter dem Kinn schließen und setzte sich an den Tisch. Er starrte auf das leere Blatt und versuchte, sein Gehirn dazu zu zwingen, irgendwelche Worte auszuspucken.

Mit der Erinnerung packten Steffen auch wieder die Gefühle von damals. Sein Herz raste und er merkte, wie ihm der Schweiß den Rücken hinab rann. Seine Finger zitterten, als er das Zigarillo zum Mund führte. Angewidert spuckte er den Filter aus. Einen Schnaps. Den brauchte er jetzt noch dringender als dieses verdammte Nikotin. Er rückte seine Krawatte zurecht und machte sich auf den Weg nach Hause. Dort wartete noch ein dreißig Jahre alter Whiskey auf ihn. Das war für diesen Moment genau das Richtige.

36

Noch bevor Colin Tschuschke die Galerie erreichte, war seine Frau im Schlafzimmer verschwunden und sperrte von innen die Tür zu. Wütend schlug er mit der Faust gegen den Handlauf. Warum schob sie nun alles auf ihn? Er hatte nicht irgendwelche Geständnisse rausgeschickt, bloß weil er vom Krebs zerfressen wurde. Ebenso wenig hatte er sich überlegt, aus diesem Geständnis Kapital zu schlagen und Volker Stockmeier zu erpressen.

Alles, was er getan hatte, war, sein Leben zu verteidigen. Er war nicht bereit, auf einen Cent des Geldes zu verzichten, nur weil andere ihren Kragen nicht voll bekamen.

Mit einem Mal verspürte er eine ungeheure Wut auf seine Frau. Sie hatte ja keine Ahnung, wie es sich anfühlte, stets vom Leben benachteiligt zu sein. Ihr Vater hatte ihr alle Wünsche von den Augen abgelesen und wenn nicht, dann hatte sie bloß freundlich bitten müssen, und am nächsten Tag bekam sie, was sie wollte.

»Damit ist jetzt Schluss«, sagte er in Richtung Tür und betrat Volkers Zimmer.

Die Lider des Alten flatterten, als Colin sich neben sein Bett stellte.

»Wie geht es meinem liebsten Schwiegervater? Alles in Ordnung bei dir?«, fragte Colin süffisant. Er wusste, wie sehr es Volker verabscheute, wenn er ihn so nannte.

»Mh«, gab der Alte bloß als Antwort und wandte sich zum Fenster.

Colin ballte eine Faust in seiner Hosentasche. Er durfte jetzt nicht die Beherrschung verlieren, sonst bekam er ein richtiges Problem mit seiner Frau. Also packte er das Gesicht seines Schwiegervaters und drehte den Kopf mit Gewalt zurück in seine Richtung. »Seit Jahren wische ich dir tagtäglich den Arsch sauber, schmeiße deine vollgeschissenen Windeln weg und stopfe dir Essen oben rein, damit es am nächsten Tag wieder von vorne losgehen kann«, zischte Colin so leise, dass seine Frau es unmöglich mitbekommen konnte. »Bestimmt willst du nicht der Nächste sein, dem ich die Zähne aus der Fresse schlage, und den ich dann wie Müll auf der Straße ablege, oder?«

Der Kopf in seiner Hand zuckte hin und her. »Das werte ich als ein Nein. In diesem Fall solltest du mir besser etwas Respekt zollen.«

Der Alte blickte ihm fest in die Augen und verzog gleichgültig den Mund. »Nicht mehr lange, dann werden deine Taten auf dich zurückfallen. Glaubst du, ich hätte nicht mitbekommen, dass die Polizei heute im Haus war? Wie lange werden sie brauchen, bis sie dir etwas nachweisen können?«

Angesichts seiner klaren und deutlichen Aussprache war Colin einen Moment perplex. Der Alte hatte schon lange nicht mehr so deutliche Sätze an einem Stück herausgebracht. Doch er versuchte, sich nichts anmerken zu lassen. »Dann hast du wohl auch mitbekommen, dass sie rein gar nichts gegen mich in der Hand haben. Sie wissen ja nicht mal, was der Grollmisch von dir wollte. Mach dir also nicht zu viele Hoffnungen.«

»Meine Zeit ist ohnehin bald abgelaufen. Du wirst jeden Tag bangen, wann es so weit ist und sie dich abholen kommen. Jeden Morgen wird dein erster Blick zum Fenster gehen, und du wirst dich fragen, ob sie schon dort draußen stehen.«

Colin lachte. »Mit diesem Gefühl kennst du dich aus, nicht wahr? Hast schließlich genug Dreck am Stecken.«

»Ich habe niemals jemanden getötet.«

»Als ob das einen Unterschied machen würde.« Colin ging an den Nachttisch, zog die Schublade auf und nahm das Morphium heraus. Eigentlich brauchte Volker Stockmeier schon lange nichts mehr davon, doch der Hausarzt war so bescheuert, ihm immer wieder ein neues Rezept dafür auszustellen. Er nahm die doppelte Menge der Tabletten heraus, die er seinem Schwiegervater sonst verabreichte, und warf sie in den Schnabelbecher. Den schwenkte er so lange, bis sich das Morphium vollständig aufgelöst hatte. Dann drehte er sich zu dem Alten, packte seine Wangen und zwang ihn, den Mund zu öffnen. Nachdem die gesamte Flüssigkeit aus dem Becher in den Mund von Volker Stockmeier gelaufen war, hielt er ihm die Nase zu, bis er endlich schluckte. Dann drehte Colin sich um und verließ wortlos den Raum.

Du wirst dich noch wundern, wie viel Zeit dir tatsächlich bleibt, dachte er sich, während er die Treppe nach unten ging. Die nächsten Tage würde er den Alten so sehr unter Morphium setzen, dass von ihm nur ein sabberndes Wrack übrigblieb. So würde sich auch Manuela letztendlich nicht wundern, wenn ihr Vater Ende nächster Woche das Zeitliche segnete. Nahezu eine Erlösung.

Mit einem breiten Grinsen auf dem Gesicht stieg Colin die Treppe in den Keller hinab. Zeit, sich um das zweite Problem im Haus zu kümmern. Bevor er den Verschlag aufmachte, kramte er das Plastiktütchen aus seiner Hosentasche. Mit dem Nagel seines kleinen Fingers fischte er eine kleine Menge des weißen Pulvers heraus und sog es mit der Nase ein. Es dauerte nicht lange, bis sich ein warmes Gefühl in seinem Körper ausbreitete. Sein Herz begann zu rasen, und er fühlte sich voller Energie. Er steckte das restliche Kokain zurück in seine Hosentasche und öffnete die Tür zu dem Raum mit Jospehine.

Die bemerkte nicht mal, dass er den Verschlag betreten hatte. Sie lag schlafend auf der Pritsche.

Warum brachte ihm hier im Haus eigentlich niemand die angemessene Achtung entgegen? Es war ja nicht gerade so, als wäre er keine respekteinflößende Erscheinung mit seiner Statur und seinen muskelbepackten Armen. Wütend stürmte er auf die Frau zu, die sich gerade stöhnend herumrollte, packte sie am Arm und zerrte sie auf die Füße.

»Schluss jetzt mit Faulenzen«, brüllte er sie an. »Es wird Zeit, dass du deinen Mund aufmachst.«

Josefines Augen blieben geschlossen. Ihr Kopf fiel nach vorne an seine Brust und sie stöhnte leise. Colin griff ihr unter die Achseln und hielt sie fest, da sie im Begriff war, zusammenzuklappen. Erst jetzt fiel ihm auf, dass an ihrer Wange Blut klebte. Erschrocken ließ er sie zurück auf die Liege fallen. Auch auf ihrem Shirt und an ihrer Hose war alles voller Blut. Schließlich entdeckte er die Ursache. Ihre rechte Hand war etwa auf die doppelte Größe angeschwollen und der Zeigefinger war um ein Glied kürzer als die restlichen. Das obere Stück hing lediglich noch an einem

Fetzen Haut. Anscheinend hatte er ihr vorhin nicht einfach nur ein bisschen die Hand in der Tür geklemmt.

»Scheiße nochmal«, rief er aus. Dann begann er, lauthals zu lachen. Endlich regte Josefine sich etwas und öffnete langsam die Augen.

»Hast mir schon Einiges an Arbeit abgenommen. Sehr zuvorkommend von dir«, sagte er. »Aber das erspart dir trotzdem nicht, was ich mit dir vorhabe. Komm.« Colin nickte in Richtung der geöffneten Tür.

Josefine schüttelte den Kopf. Sie hob ihre verletzte Hand. »Ich brauche einen Arzt. Bitte.«

Wieder lachte Colin, dieses Mal allerdings gekünstelt. »Das hättest du wohl gerne, hm? Glaubst du eigentlich, ich bin ein beschissener Idiot? Wenn du brav bist und mir alle Fragen zu meiner Zufriedenheit beantwortest, bekommst du vielleicht einen Verband. Aber wenn du willst, kannst du was gegen die Schmerzen haben.«

Sie nickte.

»Dann komm mit«, befahl er.

Langsam stand sie von der Pritsche auf und bewegte sich in Richtung Tür. Sie blieb vor ihm stehen und schaute ihn an. Er umfasste ihren Oberarm und zog sie in den vorbereiteten Kellerraum. Dort deutete er auf den Stuhl, der in der Mitte des Raumes stand. »Setz dich da drauf!«

Josefine gehorchte und bewegte sich auf den Stuhl zu. Plötzlich startete sie durch und stürzte in Richtung Treppe. Sie war viel schneller, als er ihr zugetraut hatte.

Allerdings nicht schnell genug. Gerade drei Stufen schaffte sie, bevor Colin sie erreichte, ihren Knöchel umklammerte und sie daran zurückriss. Sie strauchelte, dann verlor sie das Gleichgewicht und fiel nach vorne auf den Bauch. Mit einem Stöhnen entwich die Luft aus ihren Lungen. Er zerrte sie zurück in den Keller und drückte sie brutal auf den Stuhl.

Sie atmete heftig, versuchte wohl, zu Atem zu kommen. Von oben schielte er auf ihren Busen hinab und fragte sich, wie sie wohl nackt aussah.

Das muss das Koks sein, redete er sich ein.

»Lass mich gehen«, schrie sie, ihre Stimme überschlug sich.

Colin lehnte sich über sie, um ihre Hände an die Stuhllehne zu fesseln. Während sie sich unter ihm wand, wurde Colins Verlangen nach ihr immer heftiger. Er rieb sein Becken an ihrem Oberarm. Dann ließ er von ihr ab und fischte das Cellophantütchen aus der Hosentasche. Er befeuchtete seinen Finger mit dem Mund. Mit der nassen Fingerspitze tupfte er ein wenig von dem Pulver aus dem Tütchen auf und ging zurück zum Stuhl. Dort verrieb er es mit dem Finger unter Josefines Nasenloch. Wie geplant atmete sie panisch ein und schnupfte so das Koks. Die Wirkung setzte schnell ein, sie riss die Augen auf und starrte ihn an.

»Was ... was hast du mir gegeben?«, stammelte sie.

»Gefällt es dir?«, fragte er und schaute sie erwartungsvoll an. In seiner Hose wurde es bereits wieder eng. Er beugte sich zu ihr runter und roch an ihrem Hals.

Josefine stöhnte gequält auf, drehte ihren Kopf weg, doch das machte Colin nur noch wilder.

Gierig streckte er die Zunge raus und leckte über ihre

weiche Haut. Sie schmeckte salzig und etwas bitter wegen der Reste ihres Parfums.

»Sag, dass es dir gefällt«, raunte er an ihrer Halsschlagader, die wild unter seinen Lippen pulsierte.

Plötzlich konnte er sich nicht mehr zurückhalten. Er zerrte ihr T-Shirt nach oben, riss an ihrem Büstenhalter, bis er ihre wunderbar festen Brüste freigelegt hatte. Sie zitterte, als er sie berührte, und ihre Nippel wurden steif.

»Ja, das gefällt dir, was?«, murmelte er und hatte das Gefühl, jeden Moment in seiner Hose zu explodieren. Er ließ von ihr ab und machte sich an seinem Reißverschluss zu schaffen. Josefine hatte die Augen geschlossen und den Kopf zu Seite gelegt.

Sie genießt es. Sie will, dass ich sie ficke. Es ihr so richtig besorge. Ungeschickt fummelte er seine Boxershorts nach unten.

»Mach dein Maul auf!«, befahl er. Er rieb sich an ihrer Schläfe, befingerte dabei ihre Brüste und stöhnte. Josefine kniff die Lippen zusammen. Vielleicht brauchte sie noch etwas mehr von dem Koks. Colin schaute sich nach seiner Hose um, da wurde sein Glied schlaff. Er blickte in das Gesicht seiner Frau. Sie stand an der Treppe und starrte ihn an.

»Du verschissener Wichser«, presste sie hervor und drehte sich um.

»Hey, Schatz. Warte! Lass mich das erklären!« Colin stockte. Sie hatte ihn in flagranti erwischt. Es gab keine Ausrede, die er vorbringen konnte. »Verdammt, es tut mir leid. Jetzt warte doch.«

Am anderen Ende der Treppe wurde die Tür geknallt.

Colin spürte die Hitze in seinen Kopf steigen. Langsam zog er erst seine Unterhose und dann seine Jeans wieder nach oben. Danach bedeckte er Josefines Oberkörper, die immer noch zitterte, als wäre es tiefster Winter. Wütend schlug er ihr seine Faust ins Gesicht.

»Es ist alles deine Schuld, du miese Schlampe. Wenn du dich nicht an mich rangemacht hättest, dann wäre das nicht passiert.«

Er schlug sie wieder und dann noch einmal. Immer weiter, bis seine Wut einigermaßen verflogen war. Völlig außer Atem lehnte er sich an die Wand und wartete einen Moment, bis er sich beruhigt hatte. Die Knöchel an seiner Hand schmerzten. Kein Wunder, wenn er sich das Gesicht von Josefine anschaute. Der Anblick ihrer aufgeplatzten und blutenden Lippe stellte ihn zufrieden. Sie hatte bekommen, was sie verdiente. Er überprüfte den Sitz ihrer Fesseln und ging die Treppe zum Garten hinauf.

Bevor er sich mit seiner Frau auseinandersetzen konnte, brauchte er ein Bier. Und einen Schnaps. Vielleicht würde ihm währenddessen noch eine glaubhafte Ausrede einfallen.

37

Auf dem Pausenhof vor dem Schulgebäude tummelten sich Unmengen von lärmenden Kindern. Fabian stand vor dem Stahltor und beobachtete sie. Zwei Mädchen jagten laut kreischend einem Jungen den Zaun entlang hinterher, ein paar Jungs kickten mit einem Fußball an die Wand des Schulgebäudes, und auf einem mit Holzspänen ausgelegten Platz schaukelten einige Kinder so exzessiv, dass Fabian befürchtete, einer von ihnen könnte jeden Moment den Abflug machen. Eine Betreuerin - natürlich blond; das schien in der Einrichtung Voraussetzung für eine Anstellung zu sein - lehnte seelenruhig am Gerüst der Schaukel und unterhielt sich mit einem kleinen Jungen, der sich an ihrer Hose festhielt.

Fabian fühlte sich schon beim Anblick der Kinder überfordert. Er musste an seine Mutter denken, die am liebsten bereits vor mehr als fünf Jahren zur Oma gemacht worden wäre. Neben der ständigen Verantwortung, die so ein Kind mit sich brachte, wurde es ihm auch bei dem Gedanken an den Stress der Erziehung zu viel. Schon nach den paar Minuten, die er vor der Schule stand, merkte er, wie seine Konzentration schwand. Der Gedanke, eines von diesen Exemplaren dauerhaft bei sich zu Hause zu haben, gefiel ihm überhaupt nicht. Seine Mutter behauptete immer, dass sich der Wunsch nach einer Familie auch bei ihm noch einstellen würde. Er bezweifelte es.

»Kann ich Ihnen helfen?« Der Mann in Arbeitshosen hatte sich unbemerkt neben Fabian gestellt und beäugte ihn skeptisch von der Seite. »Zu welchem der Kinder gehören Sie denn?«

»Zu keinem«, antwortete Fabian. Automatisch zog er seinen Dienstausweis hervor. »Kriminalpolizei Frankfurt. Ich bin mit Frau Janschke verabredet und etwas früh dran.«

Der Mann beugte sich nach vorne, begutachtete die Marke mit zusammengekniffenen Augen und musterte Fabian dann erneut. »Von der Polizei also. Bestimmt verstehen Sie, dass man da vorsichtig sein muss. Kaum vorstellbar, wie viele Kerle schon vor der Schule standen und die Kinder beobachtet haben. Wenn Sie möchten, sage ich ihr Bescheid.«

»Vielleicht könnte ich gleich mitkommen? Das würde uns einiges an Zeit sparen.«

Der Hausmeister zuckte mit den Schultern und öffnete das Tor. »Sie haben es wohl eilig, hm? Immer im Dienst, gibt viele Verbrecher da draußen. Dann kommen Sie mal mit.«

Fabian sparte sich eine Antwort und folgte dem Mann in die Räumlichkeiten der Betreuung.

Im Gegensatz zu dem Foto auf der Homepage hatte Frau Janschke keine blonden, sondern mittlerweile rote Haare. Sie nahm ihre schwarz umrandete Brille ab, wischte die Gläser an ihrem T-Shirt sauber und streckte Fabian dann ihre Hand hin. »Sie sind also der Kommissar, der glaubt, ich würde am Telefon einfach mal so die Datenschutzbestimmungen vergessen.«

Fabian grinste verlegen.

»Josi ist immer noch nicht aufgetaucht?«, fragte Karin.

»Bisher haben wir sie nicht erreicht«, sagte er und war dankbar, dass sie das Thema so schnell aufs Wesentliche gelenkt hatte. Erneut kramte er seinen Dienstausweis hervor und zeigte ihn der Frau. »Wie gesagt, Frau Witterhold ist eine wichtige Zeugin für uns und wir müssen sie wirklich sehr dringend erreichen.«

»Wer bist du?«, fragte ein kleines Mädchen, das sich neben Fabian gestellt hatte. Sie zupfte an der Knopfleiste seiner Jacke und schaute ihn mit ihren großen blauen Augen an.

»Der Mann da ist Polizist und der sucht die Josi. Er hat nämlich eine wichtige Nachricht für sie«, antwortete Frau Janschke.

»Ach so. Die ist krank und muss zu Hause bleiben«, erklärte ihm das Mädchen und strahlte ihn stolz an.

Fabian lächelte zurück. »Kein Wunder, dass ich sie hier nicht finde«, sagte er und klopfte dem Mädchen anerkennend auf die Schulter. »Vielen Dank für deine Hilfe. Aber jetzt würde ich gerne noch kurz alleine mit der Frau Janschke reden.«

Die Kleine nickte und trollte sich. Fabian wandte sich wieder der Betreuerin zu. »Da Ihre Mitarbeiterin Manuela vermutlich die letzte Person ist, die Frau Witterhold am Freitagabend gesehen hat, muss ich unbedingt so schnell wie möglich mit ihr sprechen.«

Frau Janschke runzelte die Stirn. Sie nahm ihre Brille ab und kratzte sich mit dem Bügel am Kopf.

»Komisch, wirklich. Ich kann mir das gar nicht vorstellen. Immerhin hat die Manu sich für den Elternabend am Freitag krankgemeldet. Eigentlich habe ich sie für zuverlässiger gehalten.«

»Möglich, dass die Nachbarin sich getäuscht hat, aber ich würde trotzdem gerne nachfragen. Wobei sie relativ sicher war, da sie die Frau erst wenige Tage zuvor kennengelernt hat.«

»Um ehrlich zu sein, mache ich mir tatsächlich auch langsam Sorgen. Natürlich habe ich Josi gesagt, sie soll sich die Zeit nehmen, die sie braucht, bis sie die Sache überwunden hat. Ich hätte aber zumindest erwartet, dass sie sich heute früh meldet, um eine Rückmeldung zu geben. Ans Telefon geht sie auch nicht.«

»Umso wichtiger ist es, dass ich die Telefonnummer - oder noch besser die Adresse - Ihrer Mitarbeiterin bekomme«, drängte Fabian.

Frau Janschke hob beschwichtigend die Hände. »Schon gut, Sie hatten mich bereits vorhin überzeugt. Kommen Sie mit in mein Büro, dann gebe ich Ihnen alle Informationen, die Sie brauchen. Obwohl ich mir sicher bin, dass Sie dafür normalerweise irgendeinen Beschluss brauchen.«

Fabian folgte ihr durch die Räumlichkeiten der Betreuung, in denen inzwischen etwas Ruhe eingekehrt war. Die große Pause war offensichtlich vorüber.

»Am besten schreibe ich Ihnen alle Angaben, die ich von ihr habe, hier auf den Zettel. Die Handynummer von Manuela brauchen Sie auch, nehme ich an?«

»Selbstverständlich«, sagte er und schaute aus dem Fenster. Draußen war der Hausmeister gerade dabei, einen Anhänger voll Sand in dem Weitsprungbecken auf dem Sportplatz zu verteilen.

»Ich muss Sie leider auch schon wieder rauswerfen.

Die Kinder, die erst zur dritten Stunde Unterricht haben und vorher betreut werden, kommen gleich. Da viele Betreuerinnen krank sind, sind wir echt unterbesetzt. Sie wissen schon. Als Leitung müsste man sich eigentlich vierteilen können.«

Fabian nickte und nahm den Zettel entgegen.

Auf dem Weg nach draußen erwartete ihn das kleine Mädchen von vorhin am geöffneten Fenster eines Klassenraumes. Mit ihm standen dort drei weitere Kinder, die ihn erwartungsvoll anstarrten.

»Die Lisa hat gesagt, du bist Polizist. Stimmt das?«, fragte einer der Jungs.

»Da hat sie wohl die Wahrheit gesagt, die Lisa«, sagte Fabian. Er verstaute den Zettel, den er von Frau Janschke bekommen hatte, in seinem Geldbeutel und zeigte dann den Kindern seinen Dienstausweis und seine Marke. »Seht ihr? Ich habe sogar einen ganz besonderen Ausweis.«

»Wie wird man denn Polizist? Und warum hast du keine Uniform an?«, wollte Lisa wissen.

»Puh«, machte Fabian. Er hatte nicht die geringste Ahnung, wie er das kindgerecht erklären sollte. Hilfe suchend blickte er zur Lehrerin, die lächelnd am Pult stand, ihm aber offensichtlich nicht aushelfen wollte. »Auf jeden Fall ist es hilfreich, wenn du immer gut in der Schule aufpasst. Dann kannst du eine Ausbildung bei der Polizei machen und in verschiedenen Abteilungen arbeiten, bis du schließlich dort angekommen bist, wo du nicht mehr unbedingt die Uniform tragen musst.« Er stand wieder auf und steckte seinen Geldbeutel zurück in die Gesäßtasche.

Zum Glück erlöste ihn die Lehrerin, die mittlerweile ebenfalls ans Fenster gekommen war. »Ihr lasst jetzt mal den Herrn in Ruhe und setzt euch zurück an eure Plätze. Der Mann muss jetzt weiterarbeiten«, forderte sie die Kinder auf und winkte Fabian lächelnd zu.

Der nickte dankbar und machte sich auf den Weg zu seinem Auto. Dort kramte er den Zettel hervor. Als er den Namen darauf las, wurde ihm ganz heiß. Zunächst hoffte er noch auf einen Zufall, doch die Adresse bestätigte seinen ersten Impuls. Wütend schlug er mit der Faust auf sein Lenkrad. Da hatte er wohl richtigen Mist gebaut. Er ließ den Motor an und schaltete sein Handy ein.

Die angegebene Adresse tippte er in die Navigationsfunktion und suchte nach dem kürzesten Weg nach Süd-Sachsenhausen.

38

Hannelore war gerade dabei, die Tische abzuwischen. Im Frühjahr führte sie einen ständigen Kampf gegen die Pollen, die alles auf der Terrasse mit einer dicken, gelben Schicht überzogen. Aus dem Augenwinkel sah sie ihn auf den Kiosk zukommen und wünschte sich in diesem Moment, sie hätte ihren freien Tag genommen.

Colin war öfter bei Hannelore am Kiosk. Meist, um ein Bier zu trinken, die BILD zu kaufen und selten auch mal, um eine Wurst zu essen. Bisher war er ihr nie negativ aufgefallen. Bis auf die Tatsache, dass er durch und durch ein Ekel war. Vor einigen Tagen, da war er früh am Morgen aufgetaucht - sie hatte gerade erst aufgeschlossen und die Kasse mit Wechselgeld bestückt. Zwei Fläschchen Jägermeister waren ohne Umschweife in seinen Magen gewandert, während er den Blick die ganze Zeit dabei nicht von ihr abwendete. Beim Bezahlen hatte ihn ein weiterer Kunde dabei aus Versehen an der Schulter gestreift. Der furchtbare Kerl, er pflegte wohl den alten Stockmeier, war vollkommen ausgeflippt und direkt auf den anderen losgegangen.

Auch jetzt war sein Blick irgendwie wirr, als er zielstrebig auf sie zusteuerte. Hannelore vergaß die Tische und flüchtete sich in ihren Kiosk hinter die Theke. Obwohl sie keinerlei Waffen oder Ähnliches zu ihrer Verteidigung zur Verfügung hatte, fühlte sie sich dort sicherer. Zumindest war der Verkaufstresen eine Art Schutzwall, hinter dem sie in Deckung gehen konnte - wenn ihr Kreuz denn in diesem Moment mitspielte.

Kurz überlegte Hannelore, ob sie einfach abschließen und behaupten sollte, sie habe gerade Mittagspause, entschied sich dann aber doch dagegen. Seit über dreißig Jahren betrieb sie nun den Kiosk und hatte nur einmal über Mittag geschlossen gehabt. Am Tag der Beerdigung ihres Vaters hatte sie einfach keine Vertretung gefunden und den Kiosk kurzerhand für einige Stunden zugemacht. Und jetzt war es ohnehin zu spät, denn Colin betrat bereits den Verkaufsraum.

»Gibt's schon was zum Essen hier?«, blaffte er mit einer ausschweifenden Geste, nahm sich zwei kleine Fläschchen Jägermeister und knallte sie auf die Theke.

Als ob du die jetzt noch bräuchtest, dachte sich Hannelore.

Der Mann stank bereits nach Bier und Schnaps und sah aus, als habe er das gesamte Wochenende in irgendwelchen Kneipen verbracht. Seine Haare, die sonst strähnig fast bis auf seine Schultern hingen, waren verstrubbelt und standen am Hinterkopf wie auftoupiert in die Höhe, das Gesicht war fahl und tiefe Ringe zeichneten sich unter seinen Augen ab.

»Wie immer«, entgegnete Hannelore trocken und zupfte ihr Unterhemd zurecht, das beim Putzen unter der Kittelschürze nach oben gerutscht war. »Außer Pommes, die sind aus.« Waren sie nicht, aber sie hatte keine Lust darauf, dass er die nächsten zehn Minuten gemeinsam mit ihr im Laden verbrachte, während er auf sein Essen wartete.

»Was gibt's denn sonst?«, fragte er und Hannelore

deutete auf die Speisekarte, die über ihrem Kopf an einer Kette von der Decke baumelte.

Colin starrte mit zusammengekniffenen Augen nach oben und schien abzuwägen, welches ihrer sagenhaften vier Gerichte - drei, wenn man die Pommes abzog - er sich denn genehmigen wollte. »Sind die Eier frisch?«

»Natürlich«, sagte sie und wünschte sich, sie hätte noch ein paar alte irgendwo herumliegen. »Beste Freilandhaltung aus der Region. Rodgau. Bekomme jede Woche eine Lieferung.«

»Dann probiere ich die zur Abwechslung mal. Hoffen wir, dass die Grüne Soße ihr Geld wert ist.«

»Natürlich«, wiederholte Hannelore, dieses Mal etwas resoluter.

Bisher hatte noch niemand ihren hausgemachten Quark kritisiert. Die Leute schmeckten einfach die Liebe raus, mit denen sie die Kräuter hackte und den Schmand verrührte. Außerdem machte ein Schluck Mineralwasser sie cremig und zart. Sie drehte dem unangenehmen Kerl den Rücken zu, packte ihm die verkochtesten halbierten Eier, die sie finden konnte, in eine Plastikschale und schöpfte zwei Löffel der Grünen Soße darüber. »Lassen Sie es sich schmecken«, sagte sie und reichte ihm die Schüssel. Als er näherkam, entdeckte sie große, rotbraune Flecken auf seinem Hemd.

Er nahm ihr die Schüssel aus der Hand, legte einen Fünfer auf den Tresen und murmelte gönnerhaft »Stimmt so. Vorschusslorbeeren.« Dann drehte er sich um und ging nach draußen.

Hannelore starrte ihm hinterher. Ob er sich wohl wieder geprügelt hatte? Sie hätte schwören können, dass es sich bei den Flecken um Blut handelte. Eigentlich ging es sie ja gar nichts an, doch die Neugierde hatte sie gepackt. Zu gerne würde sie dem schrecklichen Kerl die Polizei auf den Hals hetzen.

Sie schnappte sich ihren Wischlappen und folgte ihm ins Freie.

»Alles in Ordnung?«, fragte sie und schenkte ihm ihr schönstes Lächeln.

Colin nickte. Er hatte den Mund so voll, dass sich die Backen nach außen wölbten. Den Fleck konnte sie nicht erkennen, da er die Schüssel vor den Oberkörper hielt. Er schluckte und sagte dann: »Das Trinkgeld gab's zurecht.« Das war anscheinend genug der Komplimente, denn er schaufelte sich bereits den nächsten Löffel in den Mund.

Hannelore wischte den Tisch neben ihm und hoffte, dass er nicht bemerkte, wie sauber dieser bereits war.

Colin schien sich allerdings gar nicht für sie zu interessieren. Sein Blick ging starr ins Leere, während er auf den Eiern herumkaute. Endlich stellte er die Schale ab und Hannelore wechselte an seinen Tisch. Sie beugte sich vor, hob die Plastikschale an, um darunter zu wischen, und begutachtete möglichst unauffällig sein Hemd.

Zweifellos, bei den Flecken darauf handelte es sich um Blut. Wenn sie eines nach dreißig Jahren Frankfurter Kioskvergangenheit wusste, dann, wie Blut aussah.

»So ein herrlicher Tag heute«, sagte sie und blinzelte in die Sonne. »Überhaupt, ich kann mich nicht erinnern, wann wir zuletzt so einen wunderbaren Frühling hatten.«

»Mh«, machte Colin. Er hatte sich gerade das letzte

halbe Ei komplett in den Mund geschoben und kaute darauf herum.

»Oh, huch. Sie haben da ...« Hannelore starrte auf seine Brust, traute sich aber nicht, den Satz zu vollenden. Stattdessen fuchtelte sie mit ihrer Hand auf der Kittelschürze herum.

Die Geste genügte, Colin senkte seinen Kopf und begutachtete sein Polohemd.

»Oh«, sagte er und kratze mit dem Finger am Stoff herum. »Ach. So schnell kann es gehen. Da hat es mich wohl doch erwischt. Habe die Gitter an der Terrasse mit Rostschutzmittel gestrichen und mir dabei wohl etwas davon auf meinem Hemd verteilt.« Er lachte und sah beinahe verlegen aus. Wenn sie nicht gewusst hätte, was für ein Ekel er war, würde sie ihm sein Schauspiel glatt abkaufen.

»Ach herrje. Solche Farben sind tödlich für den Stoff. Das Hemd werden Sie wohl wegwerfen müssen. Ich werd' dann auch mal wieder, drinnen wartet eine Menge Arbeit auf mich«, sagte Hannelore und stand auf. Jetzt war sie sicher, dass er Dreck am Stecken hatte, und wollte nicht länger gemütlich mit ihm vor ihrem Kiosk sitzen. Hinter dem Verkaufstresen tat sie geschäftig, da Colin sie von draußen beobachtete. Zwischenzeitlich winkte sie ihm möglichst unbekümmert zu und hoffte, dass er endlich verschwand.

Keine fünf Minuten später tat er ihr den Gefallen und räumte vorher sogar noch die Plastikschale in die Mülltonne. Hannelore schaute ihm hinterher, wie er sich die Straße entlang davonmachte, und atmete erleichtert auf.

Während sie nun endlich die Fritteuse aufheizen konnte, für den jeden Moment eintreffenden

Mittagsansturm, überlegte Hannelore fieberhaft, ob sie die Polizei anrufen sollte. Je länger sie jedoch darüber nachdachte, desto unsinniger kam ihr diese Idee vor. Was sollte sie denen erzählen? Dass ein gewisser Colin ihr Kunde war, der mutmaßlich bei den Stockmeiers als Pfleger arbeitete und der höchstwahrscheinlich Blut auf dem Hemd gehabt hatte? Mittlerweile war sie sich nicht mal mehr sicher, ob sich ihre alten Augen nicht doch getäuscht hatten. Vielleicht war es wirklich Rostfarbe gewesen und seine Reaktion nur deshalb so zögerlich, weil er mal wieder getrunken hatte. Und selbst wenn, was sollten die Polizisten denn tun? Klingeln und ihn wegen undefinierbarer und zufälligerweise rot-bräunlicher Flecken verhaften?

»So ein Quatsch«, murmelte Hannelore zu sich selbst und verwarf den Gedanken wieder. Es ging sie im Endeffekt ja auch gar nichts an. Sie konnte einfach nur hoffen, dass dieser unangenehme Kerl demnächst ihrem Laden fernblieb.

39

Als Manuela erneut runter in den Keller ging, saß Josi noch immer festgebunden auf dem Stuhl. Mittlerweile war sie bewusstlos, ihr Atem ging stockend. Ihren Mann konnte Manuela nirgends entdecken, offensichtlich war er durch die Hintertür verschwunden. Vorsichtig band Manuela Josis Hände los. Die rechte war blutverkrustet, angeschwollen und geradezu glühend heiß. Als Manuela sie berührte, sah sie die Ursache dafür. Die Spitze von Josis Zeigefinger war nur noch ein blutiger Stumpf. Vermutlich hatte Colin ihr den Finger abgehackt und die Wunde hatte sich wegen des Drecks in der Zelle infiziert.

Bei dem Gedanken daran, wie Colin sich an der wehrlosen Frau aufgegeilt hatte, wurde ihr schlecht. Vor lauter Gier nach dem Geld, das eigentlich ihr und nicht ihm gehörte, lagerte er wortwörtlich immer mehr Leichen in ihrem Keller, bloß um sich bei der erst besten Gelegenheit mit einer anderen Frau zu vergnügen. Ja, sie war mit diesem Bullen im Bett gewesen. Auch wenn es ihr Spaß gemacht hatte, war sie nur aus einem einzigen Grund mit zu ihm nach Hause gegangen: um Informationen aus ihm herauszuquetschen. Und das funktionierte hervorragend, wenn man eine hübsche Blondine war.

Ob Manuela Josi einfach freilassen sollte? Das würde Colin nur recht geschehen. Sie stellte sich sein Gesicht vor, wenn er nach Hause kam und den Keller leer vorfand.

Allerdings hatte sie keine Ahnung, was Josi gesehen hatte. Wusste sie, wo sie sich befand? Hatte sie etwas davon mitbekommen, dass Manuela mit in der Sache drinsteckte?

Am Samstag, so hatte Colin ihr erzählt, hatte sie noch nach Manuela gefragt. Doch vielleicht war sie mittlerweile schlauer. Es war viel zu riskant, sie ohne Weiteres gehen zu lassen.

»Nein«, sagte sie zu Josi, als habe die ihre Überlegungen mitverfolgen können. »Nein, nein, nein. Du wirst leider noch hierbleiben müssen.«

Damit packte sie Josi unter den Achseln und zerrte an ihrem Oberkörper, doch die wollte sich kaum von dem Stuhl herunterbewegen. Es dauerte eine ganze Weile, bis sie die Bewusstlose durch den Keller zu dem Verschlag gezerrt hatte, in dem auch schon Dirk Grollmisch festgehalten worden war - immer dann, wenn er nicht gerade eine Behandlung von Colin über sich ergehen lassen musste.

Gerade, als sie dabei war, die Tür zu verschließen, zögerte Manuela noch einmal. War es wirklich richtig, dass ein weiterer Mensch so viel Leid ertragen musste, nur weil Colin Angst um das Geld hatte? Die Alternative bestand darin, dass sie ihren Mann auffliegen ließ und er für seine Taten büßte. Doch dann war sie vermutlich mit dran.

Immerhin hatte sie zugelassen, dass er ihren Keller als Folterraum benutzte, hatte tatenlos mit angesehen, wie er die Leiche in sein Auto gehievt hatte und gemeinsam mit ihm entschieden, dass sie den Toten noch als Botschaft benutzen wollten. Sie wusste nicht, wie genau der juristische Fachausdruck für ihre Beteiligung lautete, doch ihr war klar, dass sie ganz gewiss ins Gefängnis gehen würde.

Also drehte sie den Schlüssel um und ging hinauf ins Erdgeschoss. Sobald Colin nach Hause kam, musste sie mit ihm eine Lösung finden. Sie würde ihn vor die Wahl stellen. Entweder sie ließen Josi frei oder er machte es für sie kurz und schmerzlos. Es hatten bereits genug Menschen wegen des verdammten Geldes gelitten, und das musste jetzt ein Ende haben.

Diese Nachricht würde ihren Vater bestimmt freuen. Schon lange bereute er, was er damals getan hatte, und der Erpressungsversuch von Dirk Grollmisch hatte alles in ihm wieder aufgewühlt. Da Colin unbedingt mit seinen Taten prahlen musste, hatte ihr Vater natürlich mitbekommen, dass bereits zwei Menschen deswegen gestorben waren. Ein baldiges Ende dieses Wahnsinns verhalf ihm hoffentlich zu etwas mehr Ruhe und Frieden.

Colin hatte recht, wenn er sagte, dass die Zeit ihres alten Herren längst abgelaufen war. Doch er hatte so viel für sie getan, dass sie es nicht übers Herz brachte, sich von ihm zu lösen. Egal, wie wenig lebenswert dieses Leben dort oben im Bett auch sein mochte.

Leise öffnete sie die Tür und linste in den Raum. Ihr Vater lag im Halbdunkeln, die Augen geschlossen und hatte den Mund leicht geöffnet. Anscheinend schlief er. Doch ihr fehlte der leicht röchelnde Atem dazu, das schwache Schnarchen, das er immer von sich gab. Sie schaltete das Licht ein und näherte sich seinem Bett. Noch immer kein Atemgeräusch, im Raum war es seltsam still. Beim Näherkommen erkannte sie, dass seine Augen leicht geöffnet waren.

»Papa, alles okay bei dir?«, fragte sie.

Keine Antwort.

Plötzlich überkam Manuela ein seltsames Gefühl. Sie tastete nach der Hand ihres Vaters, die unter der Decke vergraben war. Sie war eiskalt.

»Oh Gott, nein!« Hilfesuchend schaute sie sich um. Auf dem Nachttisch entdeckte sie einen Blister Morphiumtabletten. Er war leer, dabei war sie ganz sicher, ihn erst vor zwei Tagen angebrochen zu haben. Ihr Vater durfte am Tag maximal zwei Tabletten bekommen, nun waren achtzehn davon verschwunden.

Obwohl sie ahnte, dass es dafür bereits zu spät war, fühlte Manuela an seinem Hals nach dem Puls. Unter ihren Fingern regte sich nichts. Fassungslos sank sie neben ihn auf die Matratze.

»Es tut mir so leid«, flüsterte sie und hielt die kalte Hand ihres Vaters an ihre Stirn. »Ich hätte alles viel früher stoppen müssen.«

Mit dem Ärmel seines Schlafanzugs wischte sie sich die Träne ab, die aus ihrem Auge gekullert war, und öffnete die Nachttischschublade. Dort lag ein weiterer geleerter Tablettenfilm. Dieser Mistkerl.

Eine Weile blieb sie einfach so sitzen und hielt die Hand ihres Vaters. Ja, Colin mochte recht haben, er war ein schlechter Mensch gewesen. In ihren Augen würde er jedoch für immer ein Engel bleiben. Er hatte sie aus dem Heim befreit, ihr gemeinsam mit seiner Frau ein Zuhause gegeben. Das erste richtige Zuhause in ihrem Leben. Außerdem hatte sie nie unter ihm leiden müssen.

Was interessierten sie schon die anderen Kinder? Im Gegensatz zu ihnen kannte sie den butterweichen Kern unter der harten Schale ihres Vaters. Denn das war er, egal, wessen Blut in ihren Adern floss. Er war ihr ein Vater gewesen und sie liebte ihn, als wäre sie sein eigenes Fleisch und Blut.

Manuela hörte, wie unten die Haustür ins Schloss fiel. Schnell nahm sie die Kette mit den beiden Eheringen aus der Schublade, legte sie ihrem Vater auf die Brust und ging auf die Galerie. Colin torkelte gerade offensichtlich betrunken durch den Empfangsbereich im Erdgeschoss.

»Mutig, dass du dich noch mal hier blicken lässt«, sagte sie, und er zuckte zusammen. Verwirrt schaute er sich um, bis er sie oben am Geländer entdeckte.

»Meine liebste Manuela«, lallte er und machte eine ausladende Geste. »Du wirst mir doch nicht übelnehmen, dass ich mich eine winzige Sekunde vergessen habe? Ein Mann ist ein Mann und seine Triebe machen, was sie wollen. Aber ich liebe nur dich, das weißt du doch.« Während er sprach, fuchtelte er mit den Armen in der Luft herum wie ein Dirigent.

»Was hast du mit meinem Vater gemacht?«, fragte Manuela mit zusammengebissenen Zähnen. Sie musste sich zusammenreißen, um nicht auf der Stelle die Fassung zu verlieren.

Colin war mittlerweile in die Hocke gegangen und stützte sich nun mit den Ellenbogen auf den Knien auf. Als er wieder zu ihr aufschaute, fiel er nach hinten um und landete auf dem Hintern. »Ach«, machte er und winkte ab. »Den hab ich nur'n bisschen ruhiggestellt, gestern, als die Bullen da waren. Damit er nicht singen kann.«

»Du hast was?« Da sich kein Gegenstand in ihrer Reichweite befand, den sie nach ihm werfen konnte, rannte Manuela die Treppe runter, beugte sich über Colin und packte ihn unterm Kinn. »Ruhiggestellt? Willst du mich verarschen? Umgebracht hast du ihn, du Scheißkerl.«

»Quatsch. Er schläft bloß ein wenig.« Plötzlich kicherte Colin wie ein kleiner Junge. »Vielleicht etwas tiefer als sonst«, prustete er, als habe er den Witz des Jahrhunderts gerissen.

Manuela gab ihm eine Ohrfeige, die von den hohen Wänden der Eingangshalle widerhallte. Colin hielt sich die Wange und schaute sie verständnislos an.

»Du hast meinen Vater umgebracht«, wiederholte sie langsam und betonte dabei jedes Wort, damit die Bedeutung auch in sein vom Alkohol vernebeltes Hirn vordrang. Allem Anschein nach zeigten ihre Worte endlich Wirkung.

Colins Augen wurden größer und sie konnte quasi dabei zusehen, wie sein Kopf arbeitete.

»Scheiße«, murmelte er schließlich. »Ist das dein Ernst? Der Alte ist tot?«

»Glaubst du etwa, ich scherze damit?«

»Ich hab's gehofft«, antwortete er und griff sich an die Stirn. Dann drehte er sich zur Seite und erbrach einen Schwall Halbverdautes auf die Marmorfliesen. Der Geruch nach billigem Weinbrand stieg zu ihr auf.

Angewidert wandte sich Manuela ab. »Am besten gehst du jetzt erst mal eine Runde schlafen. Für das, was ich mit dir besprechen will, brauchst du einen klaren Kopf.«

»Oh Mann, Manu Schatz. Da hab ich richtigen Mist gebaut, verfickten Scheißmist. Weißt du, was das bedeutet?«, heulte Colin auf und wischte sich mit der Rückseite seiner

Hand über den Mund.

»Welche der verschiedenen Varianten meinst du? Dass wir beide bald geschiedene Leute sind? Dass ich dich aus meinem Haus werfe oder dass du froh sein kannst, wenn ich nicht zur Polizei renne und auspacke?«

»Das ist Mord! Wenn die das herausfinden, bin ich am Arsch.«

»Soll ich dir ein Geheimnis verraten? Auch Grollmisch und die alte Renate sind ermordet worden. Von dir.«

»Nein! Du verstehst nicht. Wenn die Lebensversicherung spitzbekommt, dass dein Vater mit fremder Hilfe abgetreten ist, dann sehen wir keinen Cent. Nichts außer dem beschissenen Haus bleibt uns dann.«

Manuela schüttelte fassungslos den Kopf. Colin kapierte einfach nicht, dass er demnächst keinen Fuß mehr in dieses Haus setzen würde. Ganz egal, ob die Lebensversicherung ihres Vaters zahlte oder nicht. Doch in diesem Zustand war es unmöglich, Colin irgendetwas davon begreiflich zu machen. »Geh nach oben und schlaf dich aus, hab ich gesagt. Wir reden nachher darüber.«

Colin rappelte sich hoch und trat mit seinem Fuß direkt in seine Kotze. »Verfluchter Mist«, jammerte er und zog sein T-Shirt aus, um damit auf dem Boden herumzuwischen.

Manuela stand mittlerweile in der Tür zum Wohnzimmer und schaute ihm dabei zu. Sie dachte darüber nach, was er gesagt hatte. Ruhigstellen hatte er ihren Vater wollen. Mehr nicht. Wegen der Polizisten.

»Von welchen Bullen hast du eben überhaupt gesprochen?«, fragte sie.

»Na die, die vorgestern ... Fuck. Ich glaube, ich hab's vergessen zu erzählen. Dein Deckhengst war hier. Wollte mit deinem Alten reden. Der hat aber dank mir kein Wort herausgebracht.« Colin lachte gurgelnd, verschluckte sich und einen Moment befürchtete Manuela, er würde sich erneut übergeben. »Sie wollen übrigens, dass wir beide die Woche mal vorbeischauen. Schätze, wir sollten uns was einfallen lassen. Und jetzt muss ich wirklich ein wenig schlafen.« Damit drehte er sich um und wankte die Treppe nach oben.

Manuela blickte ihm fassungslos hinterher.

40

Fabian raste durch die Stadt, ohne wirklich auf den Verkehr zu achten. Er hatte keine Ahnung, ob er sich schämen sollte, weil er sich von einer hübschen Frau hatte übertölpeln lassen, oder ob er wütend sein sollte, weil sie ihn komplett verarscht hatte. Kein Wunder, dass sie am nächsten Morgen einfach abgehauen war, ohne ihre Telefonnummer zu hinterlassen.

Fieberhaft überlegte er, worüber genau sie gesprochen hatten. Welche Informationen über den Fall waren ihm rausgerutscht? Er konnte sich erinnern, dass er ihr gesagt hatte, dass er eigentlich nicht darüber reden durfte. Doch dann hatte er ihr von dem eifersüchtigen Mann berichtet und sie - oh Wunder - hatte ihn im Nachhinein noch darin bestärkt.

Er schlug sich mit der Hand auf die Stirn, so sehr schämte er sich für diesen Anfängerfehler. Hoffentlich hatte seine Dummheit keine schwerwiegenden Konsequenzen für den Fall, und außerdem konnte er nur beten, dass nie jemand herausfand, wie unprofessionell er sich verhalten hatte. Das würde ihm nicht nur einen Ruf im Büro einbringen, sondern mit etwas Pech auch die Versetzung in eine der niedrigeren Abteilungen oder gar eine Suspendierung.

»Verschwiegenheitspflicht. So ein Anfängerfehler, du Idiot«, murmelte er, als er mit quietschenden Reifen in die Straße der Stockmeiers einbog.

Er parkte seinen Wagen entgegen der Fahrtrichtung direkt vor dem Haus und stürmte auf das Hoftor zu, als könne er jetzt noch etwas von dem Mist, den er gebaut hatte, rückgängig machen. Bevor er jedoch klingelte, besann er sich und ging noch einmal zurück zum Wagen. Dort nahm er sein Telefon aus der Freisprecheinrichtung und wählte die Handynummer von Thomas.

Es dauerte eine ganze Weile, bis sich schließlich die Mailbox meldete. Fabian wartete die Ansage ab.

»Ich bin's, Prior. Ich wollte nur Bescheid sagen, dass ich noch ein wenig brauche, bis ich zurück im Büro bin. Ich bin in der Schule fertig und fahre gerade noch mal nach Sachsenhausen. Du erinnerst dich an die Kollegin von der Witterhold? Gerade stehe ich in Sachsenhausen Süd, diese Kollegin wohnt nämlich hier. Nicht nur das, ihr Nachname ist Stockmeier. Komischer Zufall, würde ich sagen. Nun ja, die nächste halbe Stunde bin ich erstmal in der Villa und werde nach unserer Zeugin fragen. Wir sehen uns dann später im Büro. Wenn noch etwas ist, dann melde ich mich.« Er legte auf, steckte das Handy in die Gesäßtasche und ging erneut zum Hoftor. Dieses Mal klingelte er.

Ein leises Surren verriet ihm kurz darauf, dass er durch die in den Löwenkopf eingebaute Kamera beobachtet wurde. Er setzte ein möglichst unbekümmertes Gesicht auf und schaute auf seinen Arm, obwohl er keine Uhr trug. Das Rattern verstummte und wurde vom Summen des Türöffners abgelöst. Fabian trat durch das schwere Eisentor und ging die Treppen zur Haustür hinauf. Bevor er oben angekommen war, wurde diese geöffnet und er schaute in das blasse Gesicht von Isabell.

Zumindest war die Frau eindeutig dieselbe, die sich ihm unter dem Namen Isabell vorgestellt hatte. Selbst wenn er noch unsicher gewesen wäre, sprach ihr schuldbewusster Gesichtsausdruck Bände.

»Muss ich meinen Ausweis rausholen oder lässt du mich auch so rein?«, fragte Fabian, und obwohl es kaum möglich war, sank sie noch ein wenig mehr in sich zusammen.

»Selbstverständlich kannst du reinkommen.« Sie flüsterte beinahe.

»Von mir weißt du ja schon so Einiges. Darf ich fragen, mit wem ich es zu tun habe? Dass du Isabell heißt, war ja wohl eine Lüge.« Fabian betrat die Eingangshalle, die ihm mittlerweile weniger imposant vorkam als noch beim ersten Mal. Angeekelt rümpfte er die Nase. Hier roch es, als habe ein Betrunkener sich sein Mittagessen noch mal durch den Kopf gehen lassen.

»Vielleicht kommst du mit ins Wohnzimmer und setzt dich? Dann werde ich versuchen, dir alles zu erklären.«

»Vorher wüsste ich dennoch gerne, ob ich mit Manuela Stockmeier spreche. Primär bin ich nämlich auf der Suche nach ihr und nicht nach dir.«

»Ja, mein Gott. Es tut mir leid. Ich weiß, dass ich riesigen Mist gebaut habe. Ich bin Manuela Stockmeier und nicht Isabell, die Unbekannte. Kommst du jetzt mit?«

Fabian nickte und schluckte seine Wut fürs Erste herunter. Sie mit Vorwürfen zu bombardieren, brachte ihn nicht weiter. So würde er gar nichts aus ihr herausbekommen. Er überprüfte, ob er den Klingelton von seinem Handy ausgeschaltet hatte, und folgte Isabell alias

Manuela ins Wohnzimmer.

Im Gegensatz zu der Eingangshalle und der Galerie im ersten Stockwerk sah man diesem Zimmer endlich an, dass hier Menschen lebten. Die Wände des riesigen offenen Raumes zierten deckenhohe, vollgepackte Bücherregale. Vor einem gemauerten Kamin standen zwei Ohrensessel mit einem kleinen Tisch in der Mitte. Außerdem gab es eine weitere Sitzecke aus braunem Leder mit einem großen Sofa, auf dem Fabian nun Platz nahm. Von dort aus hatte er einen Blick auf das hell geflieste Esszimmer und die großen Schiebetüren zum Garten.

»Entschuldige die Unordnung«, sagte Manuela und räumte einige Zeitschriften von dem großen Holztisch, der vor der Couch stand. »Mein Mann lässt immer alles liegen. Er war schon immer ein Chaot -« Sie brach den Satz ab und blickte verschämt nach unten.

»Dein Mann also«, wiederholte Fabian und beobachtete dabei, wie sich ihr Gesicht verzog. »Keine Sorge, es ist ja nicht so, als hätte ich nicht etwas in der Art geahnt. Außerdem habe ich euch gesehen. Im Walschers.«

»Du hast mir hinterherspioniert?«

Fabian schnaubte herablassend, auch wenn sie damit nicht ganz unrecht hatte. »Ganz sicher nicht. Ich war dort nach Feierabend mit einem Kollegen. Und selbst wenn, das ist es nicht, weshalb ich hier bin. Vielleicht hat dich der Pfleger deines Vaters ja bereits informiert.«

»Colin?«, fragte Manuela leise. Abermals senkte sie ihren Blick und zupfte sich an der Nagelhaut ihres Daumens herum. »Er ist mein Mann.«

Entgeistert starrte Fabian sie an. So viel schlechten

Geschmack hatte er ihr gar nicht zugetraut und er fragte sich, was das über ihn aussagte. Wobei da vermutlich weniger ihr Geschmack den Ausschlag gegeben hatte.

»Wie hast du es jetzt überhaupt herausgefunden?«, wollte sie wissen.

Fabian zuckte mit den Schultern. »Zufall. Eigentlich sind wir auf der Suche nach einer wichtigen Zeugin und laut einer Nachbarin bist du die letzte Person, die mit ihr gesehen wurde. So langsam frage ich mich allerdings, wie tief du wirklich in die Sache verwickelt bist.«

Manuela blickte auf. Ihr Gesicht nahm einen gequälten Ausdruck an und Fabian erwartete jeden Moment, dass sie mit der Wahrheit herausplatzen würde. Doch ihr Mund blieb verschlossen.

»Gut, fangen wir mit den einfachen Fragen an. Seit Freitagabend ist Josefine Witterhold verschwunden und du wurdest mit ihr gesehen. Weißt du, wo sie ist?«

»Ich war dort, das stimmt«, sagte Manuela. Von ihren vollen Lippen war nur noch ein schmaler Strich zu sehen, so angespannt war sie. »Es ist, glaube ich, an der Zeit, dass du die Wahrheit erfährst.« Plötzlich hob sie die Stimme, als hätte sie Angst, dass er sie nicht verstand. »Von meiner Seite aus war das sicher nicht so geplant, glaub mir das. Irgendwann ist alles aus dem Ruder gelaufen. Es sollte nie jemand ... Mein Gott, ich wollte nicht, dass jemand getötet wird. Das musst du mir einfach glauben, okay?«

Fabian schaute sie befremdet an. »Wenn du eine Aussage machen willst, muss ich mit dir auf das Revier fahren. Das muss ordnungsgemäß dokumentiert werden, sonst können wir später vor Gericht nichts damit anfangen.

Außerdem muss ich dich erst über deine Rechte aufklären.«

»Aber die Zeit haben wir nicht. Soll noch jemand draufgehen, weil du auf deinen verdammten Verordnungen rumreitest?« Manuela sprang auf und stieß dabei so heftig an den Tisch, dass der Kerzenständer darauf ins Wanken geriet. »Da unten im Keller liegt sie, deine wichtige Zeugin, und sie braucht dringend Hilfe. Also kommst du jetzt mit oder willst du lieber aufs Revier fahren, während sie verreckt?«

»Wo ist dein Mann?«, fragte Fabian und holte, in der Hoffnung, dass Thomas sich endlich gemeldet hatte, sein Handy aus der Hosentasche. Leider wurde er enttäuscht, es wartete keine Nachricht von seinem Kollegen.

»Der ist oben, seinen Rausch ausschlafen«, sagte Manuela, die mittlerweile angespannt im Raum auf und abging. »Hab ihn erwischt, wie ... Wie er sich an ihr vergangen hat. Er wollte sie vergewaltigen.« Sie blieb abrupt stehen und verdeckte mit der Hand ihren Mund.

Fabian glaubte, dass sie weinte, doch die Haare waren ihr ins Gesicht gefallen und er konnte es nicht sehen. »In Sachen Treue gebt ihr euch wohl beide nichts«, sagte er und konnte sich ein schadenfrohes Grinsen nicht verkneifen.

»Das kann man gar nicht miteinander vergleichen.«

»Stimmt. Bei mir war das etwas ganz anderes. Schließlich bist du nur mit mir ins Bett, um an die gewünschten Informationen ranzukommen.«

»Du hattest doch auch deinen Spaß, oder nicht? Ist ja nicht so, als hätte ich dich zu irgendwas gezwungen.«

Fabian lachte verächtlich und schüttelte den Kopf. Auch er stand nun auf und packte Manuela am Arm. »Genug jetzt.

Wie gesagt, das ist nicht der Grund, weshalb ich hier bin. Zeig mir jetzt, wo ihr Josefine festhaltet.«

Er schob Manuela vor sich her in den Eingangsbereich, wo sie auf eine der weißen Türen zusteuerte und sie öffnete. Als sie vor ihm die Treppe runtersteigen wollte, hielt er sie zurück und zog seine Dienstwaffe aus dem Halfter. Dann nickte er mit dem Kopf in Richtung Keller. »Jetzt kannst du gehen.«

Mit gesenktem Kopf schlich sie an ihm vorbei. »Du wirst mir nicht glauben, wenn ich dir sage, dass er alleine dafür verantwortlich ist, oder?«

Fabian antwortete ihr nicht. Es war unerheblich, was er glaubte und was nicht.

»Die Gier hat ihn so weit getrieben. Er wollte unter keinen Umständen etwas von dem Geld meines Vaters abgeben.« Sie drehte sich um und schaute ihn direkt an. Tränen liefen ihre Wangen hinab. »Auch ihn hat er mittlerweile umgebracht. Weil er einfach alles aus dem Weg räumt, was irgendwie seine Pläne durchkreuzt.«

»Josefine Witterhold ist aber hoffentlich noch am Leben?« Fabian schielte mit halbem Auge auf sein Smartphone, während er ihr deutete, weiterzugehen. Thomas ließ immer noch nichts von sich hören und hier unten wurde sein Empfang schlechter.

»Sag ich ja. Sie braucht aber dringend Hilfe, es ging ihr vorhin gar nicht gut«, erwiderte Manuela, die sich wieder in Bewegung gesetzt hatte.

Als sie beinahe den Fuß der Treppe erreicht hatten, spürte Fabian einen heftigen Schlag in seinem Rücken.

»Nein!«, schrie Manuela und dann stürzte Fabian schon

nach vorne auf Manuela und gemeinsam mit ihr zu Boden. Er ließ die Pistole fallen, um seinen Sturz abzufangen und zu verhindern, dass sein Kopf auf den Beton aufschlug. Dennoch prallte sein Rücken hart auf, und für eine Sekunde raubte ihm der Stoß die Luft. Über ihm auf der Treppe stand der Mann von Manuela und versuchte, Fabians Beine festzuhalten. Der trat nach ihm aus und robbte nach hinten, um aus der Reichweite von Colin Tschuschke zu kommen.

Tschuschke sprang auf Fabian zu, ließ seine Faust nach vorne schnellen und traf ihn am Kinn.

Der Schlag schleuderte Fabian in eine Ecke des Kellerraums, wo Manuela saß. Trotz des Schmerzes sah er das Blut in ihrem Gesicht - wahrscheinlich hatte ihr Mann ihr die Nase gebrochen.

Fabian wehrte den nächsten Haken mit seinem Arm ab und schlug gleichzeitig mit der linken Hand nach seinem Gegner. Der wich allerdings knapp der Faust aus und griff sich einen Schraubenschlüssel. Fabian packte nach Colins Hals, erwischte ihn und drückte zu.

Colin Tschuschke keuchte und hieb mit dem Schraubenschlüssel auf Fabians Kopf ein. Blut lief Fabian in die Augen und seine Sicht verschwamm, sodass er ins Leere griff, als er sich in Colins Arm krallen wollte. Mit jedem Treffer auf seinen Kopf wurden Fabians Bewegungen unkoordinierter und er schaffte es nicht mehr, sich zu wehren.

Ein weiterer Schlag erwischte ihn an der Schläfe. Für einen Moment wurde ihm schwarz vor Augen. Er hörte noch, wie Manuela schrie, bevor er erneut vom

Schraubenschlüssel getroffen wurde und der Schmerz in seinem Kopf explodierte. Seine Hände sanken schlaff nach unten.

41

Josi erwachte von dem Tumult, der vor ihrer Tür ausgebrochen war. Eine Frau schrie. Für Josi klang es einen Moment so, als wäre es Manuelas Stimme. War sie etwa die blonde Frau gewesen, die Josi im letzten Moment vor dem Übergriff dieses Widerlings gerettet hatte?

Doch warum war Manuela frei und sie immer noch in dieser Zelle eingesperrt? Wer hatte sie überhaupt wieder zurückgebracht? Sie griff sich an die Stirn. Ihr Kopf dröhnte, und als sie die Wunde an ihrer Hand berührte, schrie sie vor Schmerzen auf. Das Stück Finger, das lediglich noch durch ein paar Sehnen mit dem Rest ihrer Hand verbunden gewesen war, war mittlerweile verschwunden und auf der offenen Wunde des Stumpfes hatte sich eine dickflüssige Schicht Wundwasser gebildet. Ihre gesamte Hand pochte, als besäße sie ein eigenes Herz. Josi war sich sicher, dass sie sich eine Infektion eingefangen hatte.

Kurzerhand zog sie ihren Pullover aus und wickelte ihn um die verletzte Hand. Als der Stoff die Wunde berührte, traten Josi Tränen in die Augen. Sie atmete tief durch, biss sich auf die Lippe und zog den Stoff fest. Der Schmerz war unerträglich, doch so konnte sie wenigstens verhindern, dass noch weitere Bakterien in die offene Stelle gelangten. Dann stand sie auf und ging zur Tür. Sie lehnte sich mit dem Ohr dagegen und lauschte, was draußen vor sich ging. Mittlerweile war wieder etwas Ruhe eingekehrt.

Irgendjemand stöhnte, eine Frau - Manuela? - wimmerte.

»Steh auf!«, forderte eine Männerstimme, die Josi dem Kerl zuordnete, der sie vorhin aus ihrer Zelle geholt hatte.

Die Frau wimmerte lauter. Der Entführer murmelte etwas, dann brüllte er so laut, dass Josi hinter der Tür zurückschreckte.

»Sieh zu, dass du deinen Arsch nach oben bewegst, wenn du nicht willst, dass es dir wie deinem Vater oder dem Bullenschwein geht!« Wieder etwas leiser fügte er hinzu: »Aber ich fürchte, so viel Glück wie er wirst du dann nicht haben.« Dann hörte sie, wie sich Schritte entfernten, eine Tür wurde zugeschlagen.

Josis Herz raste und sie musste in die Knie gehen, um nicht umzukippen. Die Droge, die ihr der Entführer vorhin verabreicht hatte, wirkte noch immer. Automatisch griff sie nach oben, um sich festzuhalten, und erwischte die Türklinke.

Zu ihrer Überraschung sprang die Tür auf und gab ihr den Weg in den großen Kellerraum frei. Einen Moment lang stand sie perplex im Türrahmen. Nur langsam verarbeitete ihr Gehirn, was gerade passiert war. Dann stolperte sie aus ihrer Zelle. Weit kam sie jedoch nicht.

Nur wenige Meter vor ihr lag ein Mann auf dem Boden. Er schien bewusstlos zu sein, und Blut rann aus einer Kopfwunde auf die beigefarbenen Kacheln. Sie schaute sich um. Bis auf den Mann war niemand mehr im Keller zu sehen. Josi sank auf die Knie und berührte den Verletzten vorsichtig an der Schulter.

»Hallo? Können Sie mich hören?«, fragte sie.

Der Mann reagierte nicht. Sie rüttelte fester an ihm,

und als er noch immer nicht aufwachte, drehte sie ihn auf den Rücken. Sie betrachtete sein Gesicht und erstarrte. Vor ihr lag der Polizist, der in Dirks Fall ermittelte.

»Oh Scheiße«, flüsterte sie. Verzweiflung machte sich in ihr breit. Ihre Hände zitterten. »Das muss ein schlechter Witz sein. Kommen Sie schon, Sie können mich jetzt hier nicht einfach so sitzen lassen.« Mit der unverletzten Hand suchte sie am Hals des Bewusstlosen nach dem Puls, während sie die verletzte nach oben hielt, um das Pochen zu reduzieren. »Wie soll ich es hier rausschaffen, wenn nicht mal ein Polizist in der Lage ist, gegen den Kerl anzukommen?«

Sie hatte die Schlagader gefunden und spürte ein schwaches Pochen unter ihrem Finger.

»Okay, der Einfachheit halber duze ich dich jetzt, hörst du? Du lebst. Das ist schon mal gut. Ja.«

Krampfhaft versuchte sie, sich daran zu erinnern, was laut Erste-Hilfe-Kurs als Nächstes kam. In ihrem Kopf rasten die Gedanken umher und es war ihr beinahe unmöglich, einen davon festzuhalten und näher zu betrachten.

»Du lebst also. Das hatten wir ja schon. Wunderbar. Jetzt musst du nur noch aufwachen. Ohne dich komme ich hier niemals raus.«

Noch während sie die Worte sprach, realisierte sie, dass sie vollkommenen Schwachsinn redete. Selbstverständlich war sie ohne ihn besser dran. Selbst wenn er sein Bewusstsein wiedererlangte, war noch lange nicht garantiert, dass er laufen konnte. Alleine wäre sie viel beweglicher und musste sich nicht darum kümmern, ob er in der Lage war, ihr zu folgen. Und trotzdem konnte sie ihn unmöglich einfach liegenlassen.

Doch, das kannst du. Wenn du überleben willst, musst du es sogar, sprach Josi sich im Geiste Mut zu.

Sie wandte sich an den Kommissar, als müsste sie ihre Entscheidung vor ihm rechtfertigen. »Keine Sorge, ich gehe bloß schnell Hilfe holen. Ich lasse dich nicht in diesem Loch sterben. Sobald ich hier raus bin, rufe ich die Polizei und die holen dich hier raus. Verstanden?« Sie nickte und stand auf.

Zu ihrer Rechten lag die Treppe, über die vorhin auch der Kerl verschwunden war, nachdem Manuela ihn mit heruntergelassener Hose erwischt hatte. Die ignorierte sie, da sie ins Haus führte. Stattdessen nahm sie die Treppe nach links, die anscheinend direkt nach draußen führte, denn ihr Ende lag in der Richtung, in die das Fenster ihres Verschlags zeigte. Josi hatte gerade die Tür nach draußen erreicht, als über ihr ein lauter Knall ertönte. Josi fuhr zusammen und riss an der Türklinke. Abgeschlossen. Ohne lange nachzudenken, machte Josi kehrt und rannte zurück in ihre Zelle. Dort schloss die Tür hinter sich. Sie kauerte sich auf die Pritsche und schlang die Arme fest um ihren Oberkörper. Mit angehaltenem Atem lauschte sie den Geräuschen, die von draußen kamen. Hilflos starrte sie die zerklüftete Kellerdecke an.

»Lieber Gott, bitte mach, dass sie mich nicht erwischen«, flüsterte sie und schloss fest die Augen.

42

Colin zerrte seine Frau an den Haaren die Treppe hinauf. Er ignorierte ihr Gejammer. Die Schlampe war selbst Schuld daran. Nur ihretwegen ging alles den Bach runter. Seit ihm das Missgeschick mit Grollmisch passiert war, sorgte sie permanent dafür, dass sie sich immer tiefer in die Scheiße ritten.

Doch dass sie ihn verraten würde, damit hatte er nicht gerechnet. An den Scheißbullen, mit dem sie im Bett gewesen war. Er hatte es damals schon für eine miese Idee gehalten. Frauen konnten Sex und Gefühle einfach nicht auseinanderhalten. Nur deswegen war sie weichgeworden und hatte dem Bullen den Keller gezeigt. Zum Glück war er rechtzeitig aufgewacht und hatte die beiden belauscht, nur so hatte er das Schlimmste verhindern können.

Als sie die Eingangshalle erreicht hatten, stieß er Manuela von sich, so dass sie auf den Marmorboden fiel. Dort hinterließ sie eine schmale Spur aus Blut, während sie in Richtung Wohnzimmer kroch.

Colin warf die Tür zum Keller zu und ging ihr hinterher. Gerade, als sie sich aufrappeln wollte, trat er ihr den Arm unter dem Köper weg. Als ihr Kopf auf den Fußboden traf, jammerte sie vor Schmerz.

»Du stehst erst auf, wenn ich es dir sage«, blaffte er.

»Verstehst du nicht, dass alles vorbei ist?«, schrie sie

ihn an. Feine Blutströpfchen flogen aus ihrem Mund und benetzten den Marmor vor ihr mit einem filigranen, rötlichen Muster. »Was glaubst du, wie lange es dauert, bis die Kollegen von dem Kommissar hier auftauchen und das Haus auf links umkrempeln?«

Colin lachte schallend auf. Natürlich war er sich im Klaren darüber, dass hier demnächst vermutlich ein SEK-Team auftauchen und die Tür eintreten würde. Doch das interessierte ihn einen Scheiß.

Bis dahin wäre er längst verschwunden. Wenn alles so lief, wie er es sich vorstellte, würde die Hilfe für die beiden Gefangenen im Keller und seine Frau ebenfalls zu spät kommen. Strafe musste sein und sie hatten alle etwas zu büßen. Endlich war seine Zeit gekommen.

Colin beugte sich hinunter zu seiner Frau, nahm ihr Kinn zärtlich in die Hand und lächelte sie an. In ihren Augen flammte die Hoffnung auf, während das Blut weiter aus ihrer Nase floss.

»Alles wird gut, mach dir keine Gedanken«, sagte er leise. »Gib mir einfach den Code für den Safe von deinem Vater.« Er verstärkte den Griff um ihr Kinn.

»Du musst vollkommen verrückt sein«, nuschelte Manuela.

»Tu nicht so, als hättest du das nicht vorher gewusst.« Erneut lachte er. »Den Code.«

Sie schüttelte den Kopf.

Colin seufzte. »Schade. Ich hätte gedacht, dass wir beide friedlich auseinandergehen«, log er. »Aber du tust alles, um mir zu schaden. Von wegen, in guten wie in schlechten Zeiten. Du bist stets nur auf deinen eigenen Vorteil bedacht.

Dann muss ich wohl dafür sorgen, dass uns der Tod früher scheidet als erwartet.«

Er schlug ihr mit der Faust ins Gesicht. Blutstropfen spritzten ihm entgegen, als ihre Lippe aufplatzte.

Ihr verdammter Dickkopf erschwerte seinen Plan zunehmend. Ohne Bargeld musste er die Kreditkarte benutzen, und somit war nachverfolgbar, wo er sich aufhielt. Doch er hatte keine Wahl. Ohne das Geld konnte er eine Flucht vergessen.

»Steh auf«, befahl er und baute sich bedrohlich vor seiner Frau auf. Die hatte sich auf dem Boden zusammengekauert und ihren Kopf hinter den Armen versteckt. Auf seine Aufforderung reagierte sie nicht. Verächtlich schaute er auf sie hinunter.

Er hatte genug davon, bloß wegen des Geldes und dem guten Sex vor ihr zu kuschen. Das Geld würde er sich nun einfach nehmen. Für den Sex fand er sicherlich auch noch eine andere Frau, die mindestens genauso gut aussah wie Manucla. Jctzt war es an der Zeit, ihr zu zeigen, wer die Hosen anhatte.

Da Manuela noch immer keine Anstalten machte, ihm zu gehorchen, packte er sie am Ellenbogen und zerrte sie auf die Füße. Manuela hing so schlaff in seiner Hand, dass er einen Moment lang glaubte, sie sei ohnmächtig geworden. Zur Sicherheit packte er sie unter den Achseln, damit sie sich aufrecht hielt. Doch dann öffnete sie die Augen und starrte ihn an.

»Was hast du vor?«, fragte sie. Wegen ihrer geschwollenen Lippe hatte er Mühe, sie zu verstehen.

»Tu einfach, was ich dir sage. Die Zeiten, in denen ich

dich eingeweiht habe, sind vorbei.«

Colin führte sie, ihren Arm fest umklammert, ins Wohnzimmer. Mit dem Fuß zog er einen Stuhl vom Tisch zu sich und nickte mit dem Kopf.

»Setz dich dort hin!«

Dieses Mal tat sie, was er verlangte. Anscheinend hatte sie endlich eingesehen, wer von ihnen beiden das Sagen hatte.

Colin nahm das Klebeband aus seiner Hosentasche und machte sich daran, ihre Fußgelenke an die Stuhlbeine zu fesseln. Als er damit fertig war, befahl er ihr, die Hände hinter den Rücken zu nehmen und wickelte den Rest des Bandes um ihren Oberkörper. Viel gab die Rolle nicht mehr her, aber wenn sein Plan aufging, musste es auch nicht lange halten.

Um zu überprüfen, ob sie wirklich nicht mehr aufstehen konnte, rüttelte er einige Male an ihren Armen und nickte dann zufrieden.

»Fein, du hast mich festgesetzt. Verschwindest du jetzt endlich?«

Colin ballte seine Faust und holte zum Schein aus. Er genoss es, wie sie vor Angst zusammenschreckte und ihre Lider in Erwartung des Schlages flatterten.

»Muss nur noch kurz was erledigen, dann bist du mich los«, grummelte er und ging die Treppe nach oben.

Im Schlafzimmer riss er die Tür zu seinem Kleiderschrank auf und zögerte einen Moment lang. Einzig seine uralte Lederjacke hatte für ihn einen persönlichen Wert. Er zog sie vom Bügel und warf sie aufs Bett.

Den restlichen Krempel würde er zurücklassen und sich später mit neuen Klamotten eindecken. Schluss mit dem Spießertum, den Polohemden und Polyester-Hosen, in die er sich für seine Frau gequält hatte. Jetzt waren endlich wieder Jeans und Muskelshirts angesagt.

Er dachte an all die verschwendeten Jahre, und vor Wut ballte sich seine Hand zur Faust. Wofür zur Hölle hatte er sich eigentlich die ganze Zeit zusammengerissen? Dafür, dass Manuela ihn bei der ersten Gelegenheit verraten hatte? Dafür, dass sie den Schwanz des verdammten Bullen gelutscht und ihn gebumst hatte?

Wahrscheinlich hatte sie ihn die ganze Zeit über schon verarscht und die Polizei überhaupt erst auf seine Spur gebracht.

Ja, so musste es gewesen sein. Es gab doch keine Spuren, die auf ihn hinwiesen. Aber sie würde schon sehen, was sie davon hatte. Mit ihrem falschen Spiel war sie zu weit gegangen.

Colin knallte die Schranktüren zu, nahm seine Lederjacke vom Bett und zog sich den Rest von seinem Koks durch die Nase. Dann ging er in das Schlafzimmer des Alten. Dort roch es noch muffiger als zuvor, und irgendwie hatte er das Gefühl, dass sich auch schon ein süßlicher Leichengeruch breitmachte. Sein Magen meldete sich.

Obwohl schon Jahre vergangen waren, hatte er noch immer den Geruch seiner verwesenden Großmutter in der Nase. Seine Mutter und er hatten sie tot im Wohnzimmer gefunden, nachdem sie sich im Hochsommer über eine Woche lang nicht gemeldet hatte.

Nein, eigentlich hatten sie einen schleimigen und

stinkenden Haufen aus Fliegen und Maden gefunden.

Colin musste würgen und spuckte einen Schwall Kotze links an die Wand. Dann machte er sich auf die Suche nach den Kreditkarten des Alten. Sie mussten hier in dem Zimmer sein. Wann immer Manuela Geld vom Konto ihres Vaters abgehoben hatte, war sie in dieses Zimmer gegangen. Tatsächlich dauerte es nicht lange, bis er einen kleinen Safe im Kleiderschrank des Alten fand.

»Ihr seid so dumm, wie ihr reich seid«, rief er und lachte schallend, als sein erster Versuch die Tür des kleinen Tresors direkt öffnete. Manuelas Geburtsdatum. Einfallsloser ging es wohl kaum.

Er griff sich den Geldbeutel des Alten und stieß einen Freudenschrei aus, als er drei grüne Scheine darin entdeckte. So konnte er sich darauf konzentrieren, von hier zu verschwinden, und musste nicht vorher noch irgendwo halten, um Geld abzuheben. Das würde er von unterwegs machen und dann in eine vollkommen andere Richtung weiterfahren. Er war viel zu schlau, um gefasst zu werden. Die Bullen würden ihn niemals finden.

Mit seiner Jacke und dem Geldbeutel stürmte Colin die Treppe runter und durchs Wohnzimmer nach draußen. Er durfte jetzt keine Zeit mehr verlieren. In der Garage kippte er die Papiertonne um und griff sich jede Zeitung, die er finden konnte. Zusammen mit dem restlichen Benzin für den Rasenmäher ließ sich damit ein ordentliches Feuer legen. Es würde nicht lange dauern, bis die Bücher im Wohnzimmer wie Zunder brannten und das Feuer das Haus gemeinsam mit jedem, der sich darin aufhielt, in Asche verwandeln würde. Zumindest wäre Manuela bis dahin am Rauch erstickt, und bis die Feuerwehr im Keller nachschaute, wären auch die Witterhold und der Bulle dahin.

Bevor Colin wieder zurück ins Haus ging, öffnete er das Hoftor und stellte Manuelas Mini zum Abfahren bereit ans Ende der Einfahrt. Die Lederjacke warf er auf den Beifahrersitz, und den Geldbeutel verstaute er im Handschuhfach.

Einen Moment lang überlegte er, ob er den Wagen des Polizisten umparken sollte, damit man ihn von der Straße aus nicht sehen konnte. Dafür musste er aber zurück in den Keller, um den Schlüssel zu holen. Das würde ihn zu viel Zeit kosten, also entschied er sich dagegen. Im Endeffekt war es doch scheißegal, ob jemand das Auto entdeckte. Wichtig war nur, dass er zu diesem Zeitpunkt schon genügend Abstand zwischen sich und Frankfurt gebracht hatte.

Zurück im Wohnzimmer zerknüllte Colin die Zeitungen, die er dann vor der Bücherwand und an den Vorhängen entlang der Fensterfront verteilte und mit Benzin besprenkelte. Den restlichen Brennstoff schüttete er auf den Teppich unter dem Esstisch aus Eiche.

»Was tust du da?«, flüsterte Manuela, die ihn bisher schweigend bei seinem Vorhaben beobachtet hatte. »Du wirst mich umbringen!«

»Sehr gut. Da hast du dir deine Frage direkt selbst beantwortet«, sagte Colin und lachte, als habe er einen fröhlichen Witz gemacht.

»Aber wir sind verheiratet. Ich bin doch deine Frau«, stammelte Manuela, die endlich den Ernst ihrer Lage erkannt hatte.

Colin ging vor ihr auf die Knie und legte ihr die Hand

auf den Oberschenkel. »Was du nicht sagst. Als hätte ich das vergessen. Du musst dir keine Sorgen machen, ich halte unser Versprechen ein.« Er stand auf und entzündete das Benzinfeuerzeug in seiner Hand. »Bis dass der Tod uns scheidet.«

Damit stand er auf und ging langsam zur Bücherwand. »Huch. Der Zeitpunkt kam doch überraschend schnell.«

Das Feuer fraß sich schnell durch die Zeitungen und erreichte die Bücher in den unteren Regalfächern. Noch bevor Colin am Tisch angelangt war, spürte er die Wärme an seinem Rücken.

Einen Moment blickte er Manuela an. Eine Millisekunde verspürte er so etwas wie Wehmut. Dann warf er das Feuerzeug zu den Vorhängen und stürmte aus der Glastür zu dem Mini vor der Einfahrt.

43

Zum zweiten Mal kamen die Beine ihres Entführers an dem Fenster von Josis Zelle vorbei. Beim ersten Mal war er in die Garage gerannt und wenig später wieder herausgekommen, um einen Wagen zu starten. Danach war er zurück ins Haus gegangen. Dieses Mal betrat er jedoch nicht die Garage, sondern stürmte an ihr vorüber und verschwand in der Einfahrt.

Josis Herz raste vor Angst und Aufregung, doch das Adrenalin verdrängte die Wirkung der Droge und machte ihren Kopf etwas klarer. Das hier war ihre einzige Chance, denn er war eindeutig weggefahren. Aber er konnte jeden Augenblick zurückkommen, sie musste sich also beeilen.

Ihre Beine zitterten, als sie ihre Zelle verließ. Noch immer lag der Polizist bewusstlos auf dem Boden. Doch er hatte seine Position verändert, sich auf die Seite gedreht. Vielleicht war er gerade dabei, aufzuwachen. Mit einem Satz war sie neben ihm und sank auf die Knie.

»Hörst du«, flüsterte sie für den Fall, dass sie sich getäuscht und ihr Entführer doch noch im Haus sein sollte. »Wach auf! Wir müssen von hier verschwinden.« Sie rüttelte leicht an seiner Schulter. Der Atem des Polizisten ging mit einem Mal unregelmäßig und er kniff die Augenbrauen zusammen.

»Hallo?« Josi rüttelte fester, weil sie das Gefühl hatte, dass die Berührung effektiver war als die Sprache.

Allerdings wirkte es nicht lange, denn schon entspannten sich seine Gesichtsmuskeln und sein Atem normalisierte sich.

Suchend blickte Josi sich um. An einer Kellerwand entdeckte sie ein altes Waschbecken. Sie stürzte hinüber und drehte den Wasserhahn auf und trank gierig. Die ganze Zeit über hatte sie der Durst gequält und es war eine Erlösung, endlich das Wasser in ihrer Kehle zu spüren. Nachdem sie ihren Durst gestillt hatte, fing sie mit den hohlen Händen etwas von dem Wasser auf und benetzte Priors Gesicht damit.

»Nun mach schon, lass mich nicht hängen.«

Tatsächlich schien er zu sich zu kommen. Seine Lider flatterten und schließlich öffnete der Polizist ein Auge. Er stöhnte, als er sich bewegte, und wurde von einem Hustenanfall geschüttelt.

Josi schob ihren Arm unter seine Schulter und drückte mit aller Kraft seinen Oberkörper etwas nach oben.

Prior stöhnte noch lauter.

»Tut mir leid«, sagte Josi. »Erstick mir bloß nicht, ich brauche noch deine Hilfe.«

»Schon gut«, murmelte Prior und stützte seinen Körper endlich selbst ab. Den freien Arm schlang er um seinen Brustkorb und verzog das Gesicht. »Ich glaube, ich habe mir eine Rippe gebrochen.«

»Kannst du ...« Jetzt, wo er wieder zu Bewusstsein kam, war ihr das Du unangenehm. »Können Sie gehen? Wir müssen dringend hier raus.«

»Ja, helfen Sie mir.« Prior rollte sich herum und stützte

sich auf alle viere. Mit der rechten Hand hielt er sich die Kopfwunde, die noch immer blutete. »Ich habe ordentlich was abbekommen.«

Josi half ihm auf die Beine. Von der Treppe ins Erdgeschoss breitete sich ein beißender Geruch im Kellerraum aus.

»Riechen Sie das auch? Was ist das?« Josi versuchte, die aufsteigenden Tränen zu unterdrücken. Sie hatte eine Befürchtung, woher der Geruch stammte.

Prior hielt einen Moment inne, atmete durch die Nase und nickte. »Irgendwas scheint hier zu brennen. Wir müssen uns beeilen, bevor es sich ausbreitet!«

Als er einen sicheren Stand hatte, ließ Josi den Kommissar los und rannte die Stufen hinauf. Unter dem Türschlitz drang bereits der erste Rauch in den Keller. Josi stieß die Tür auf. Dichte Rauchschwaden schlugen ihr entgegen, brannten in ihren Augen und raubten ihr den Atem. Sie schlug die Tür wieder zu.

Prior hustete am Fuße der Stufen. »Sehen Sie!«, keuchte er und deutete auf den Treppenaufgang hinter ihr. »Da ist noch eine Tür. Versuchen Sie es dort.«

»Die ist verschlossen und hier oben ist kein Durchkommen.« Josi konnte kaum noch klar denken. »Wir sind gefangen. Wir werden mit dem Haus niederbrennen!«

»Versuchen Sie, die Tür aufzubrechen. Irgendwie müssen wir hier rauskommen.« Der Kommissar machte sich auf den Weg durch den Keller.

Josi rannte die Treppen hinunter, an Prior vorbei zu der zweiten Tür, die direkt nach draußen führte. Mit voller Wucht warf sie sich gegen das Holz, das keinen Millimeter nachzugeben schien.

»Sehen Sie«, brüllte sie als wäre es Priors Schuld, dass sie hier unten gefangen waren. »Nichts, es tut sich gar nichts.«

Nun ergriff Panik Besitz von ihr. Heulend sank sie auf die oberste Stufe und trommelte mit der unverletzten Hand gegen die Tür. »Ich will hier nicht sterben! Nicht so!«

»Hey, jetzt nicht durchdrehen«, sagte Prior, der mittlerweile keuchend die ersten Stufen erklommen hatte. Er hielt sich die Seite, klammerte sich mit der anderen Hand ans Treppengeländer. »Beruhigen Sie sich bitte. Sie müssen einen klaren Kopf bewahren, nur dann kommen wir hier raus.«

»Vergessen Sie es. Die Fenster sind vergittert.«

»Gemeinsam bekommen wir die Tür auf. Hören Sie mir einfach genau zu und folgen Sie meinen Anweisungen. Vertrauen Sie mir, Sie schaffen das.«

Josi wischte sich mit dem Handrücken über das Gesicht und befahl sich, ruhig zu atmen. »Es ist unmöglich, die Tür gibt kein bisschen nach.«

»Vertrauen Sie mir. Es gibt genug Schwachstellen im Rahmen und am Schloss. Wenn Sie nur eine davon richtig treffen, sind wir hier im Nullkommanichts raus.« Prior deutete auf die Werkbank hinter dem Stuhl, auf dem Josi noch vor kurzem gefesselt gesessen hatte. »Schauen Sie dort nach. Bestimmt lässt sich ein Hammer oder irgendein anderes Werkzeug finden.«

»Natürlich!« Josi stand auf und hastete zu dem wuchtigen Tisch aus Holz. Dass sie nicht von selbst darauf gekommen war. Sie musste nicht lange suchen, bis sie einen

Bolzenschneider gefunden hatte.

»Der sollte es auch tun«, sagte sie und hielt ihn nach oben.

»Sehr gut. Schlagen Sie damit so fest wie möglich gegen die Kante zwischen Schloss und Türrahmen.«

Josi befolgte seine Anweisung, hatte jedoch nicht das Gefühl, dass ihre Bemühungen etwas brachten. Außerdem pochte ihre verletzte Hand mittlerweile so stark, dass den Schmerz kaum noch ertragen konnte. Dennoch drosch sie weiter auf die Holztür ein, bis sie wahrhaftig ein Splittern hörte. Auch Prior hatte es mitbekommen.

»Genau so. Nicht aufhören«, rief er ihr zu und Josi schlug weiter.

Endlich löste sich das Schließblech einen Spalt breit vom Holz und wackelte.

Josi warf den Bolzenschneider hinter sich die Treppe hinunter und drückte - die Schmerzen ignorierend - mit beiden Händen gegen die Tür. Mit einem leisen Knirschen öffnete sie sich und gab den Weg nach draußen frei.

»Oh mein Gott«, rief Josi und konnte sich ein hysterisches Lachen nicht verkneifen. »Sie ist aufgegangen. Die Tür ist wirklich offen.«

»Das haben Sie gut gemacht«, murmelte Prior. Mittlerweile hatte er sich hingesetzt. Sein Gesicht war kalkweiß. »Kommen Sie runter und helfen Sie mir, aufzustehen.«

Josi zögerte einen Moment und schaute nach draußen. Ihr Instinkt schrie nach Flucht, doch ihr Kopf sagte ihr, dass sie dem Drang nicht nachgeben durfte. Prior war verletzt und bis Hilfe eintraf, war es möglicherweise zu spät für ihn.

Sie eilte die Treppe hinunter und packte den Kommissar unter den Achseln. Der verzog vor Schmerzen das Gesicht, während er sich mit Josis Hilfe an der Wand nach oben drückte.

Als er endlich aufrecht stand, traten Schweißperlen auf seine Stirn. Er stöhnte und kniff die Augen zusammen.

»Kurze Pause«, presste er mit zusammengebissenen Zähnen hervor. »Mir ist ... ich glaube ...«

In diesem Moment kippte er nach vorne und landete mit seinem vollen Gewicht auf Josi. Nur mit Mühe konnte sie verhindern, dass sie gemeinsam mit ihm die wenigen Stufen wieder nach unten fiel. Mit einem Arm umklammerte sie Priors Oberkörper und stützte sich mit dem Ellenbogen der verletzten Seite auf dem Handlauf ab.

Gerade als sie befürchtete, das Gewicht nicht länger halten zu können, half der Kommissar wieder mit. Er stand von alleine.

»Geht schon«, murmelte Prior und rieb sich die Schläfen. »Mir war nur kurz schwindelig. Gleich können wir -«

Der Rest seines Satzes wurde von einem lauten Knall übertönt. Wenige Sekunden später drangen beißende Rauchschwaden in den Keller und wurde durch die offene Tür ins Freie in ihre Richtung gesaugt.

»Das Feuer«, rief Josi. »Es hat sich bis zum Keller vorgefressen. Wir müssen raus. Sofort!« Sie zerrte an Priors Arm, der sich endlich in Bewegung setzte. Bereits jetzt merkte sie, wie der Rauch ihr in Hals und Augen brannte.

Den Blick stur auf das Ende der Treppe gerichtet, schleppte Josi sich mit dem Kommissar Stufe um Stufe nach oben.

»Gleich haben wir es geschafft«, japste sie in der Erwartung, jeden Moment endlich frische Luft atmen zu können. Von oben kam ihr plötzlich eine Gestalt entgegen und packte sie am Arm.

Josi kreischte und schlug um sich. Prior stöhnte auf und krümmte sich auf der Treppe zusammen.

»Ganz ruhig, ich bin von der Feuerwehr. Sie müssen hier raus, sofort!«, rief der Mann. Dann ließ er sie los und stürmte an ihr vorbei.

Josi rannte, von der Last befreit, die letzten Stufen hinauf. Oben angekommen stolperte sie ins Freie. Dort brach sie hustend auf dem Kiesweg zusammen. Am Rande ihres Bewusstseins bekam sie noch mit, wie kurz nach ihr auch die beiden Männer aus der Tür stürzten. Dann wurde es schwarz um sie herum.

44

Colin trat das Gaspedal bis zum Anschlag durch und jagte den Mini mit knappen einhundertachtzig Sachen über die Autobahn. Lediglich ein schleichender BMW vor ihm auf der linken Spur hielt ihn davon ab, den kleinen Wagen bis an die Höchstgeschwindigkeit zu treten.

Wo er hinwollte, wusste er selbst nicht so genau. Holland vielleicht und dort einen Flieger nehmen. Hauptsache, so schnell wie möglich weg aus Deutschland. Um seine Spuren zu verwischen, war er zunächst Richtung Darmstadt gefahren, hatte dort an einem Geldautomaten das Tagesmaximum abgehoben und war dann in Richtung Raunheim davongerast.

Der BMW mit dem holländischen Kennzeichen wurde langsamer, fuhr bloß noch einhundertdreißig.

»Verfickter Scheißpenner, mach die Spur frei!«, brüllte Colin die Windschutzscheibe an und schlug mit der flachen Hand auf das Lenkrad.

Kurz überlegte er, rechts an ihm vorbeizuziehen. Da er jedoch nicht weiter auffallen wollte, riss er sich zusammen und wich nicht auf die mittlere Spur aus. Sogar die Lichthupe sparte er sich. Leider verschwand der Holländer noch immer nicht von der Überholspur und Colin hatte das Gefühl, dass der Tulpenfresser vor ihm sein Tempo weiter drosselte.

Genervt schaute er aus dem Seitenfenster. Gerade passierte er die Raststätte Medenbach und er warf unwillkürlich einen Blick auf die Tankuhr. Die digitale Anzeige stand bereits auf dem letzten Strich.

»Diese dreckige Mistkuh«, fluchte er. Dass Manuela es aber auch nie hinbekam, rechtzeitig zu tanken. Jetzt musste er die nächste Ausfahrt nehmen. Sogar aus der Distanz behinderte sie ihn noch. Hoffentlich verbrannte sie gemeinsam mit der Leiche ihres Vaters in ihrer Villa. Geschah ihr recht, wenn sie fremde Menschen über ihren eigenen Ehemann stellte.

Volker war sein Leben lang ein geldgeiler Drecksack gewesen. Unverständlich, weshalb Manuela sich bis zum bitteren Ende schützend vor ihn gestellt hatte. Sie hätte auf Colins Seite sein müssen, wozu sonst hatte sie ihn geheiratet?

Colin lenkte seine Konzentration zurück auf die Straße. Gerade rechtzeitig, denn in diesem Moment flog die Ankündigung der Ausfahrt Niedernhausen an ihm vorbei. Ohne zu blinken, zog er nach rechts und schoss nur knapp an der Stoßstange eines LKWs vorbei. Die Hupe des Vierzigtonners dröhnte in seinen Ohren. Colin winkte zur Entschuldigung und raste in die Ausfahrt.

Er lachte aus voller Kehle, als der Mini sich in die Kurve neigte. Dann krallte er sich am Lenkrad fest. Das Auto war viel zu schnell. Es driftete immer weiter in Richtung Straßenrand. Im ersten Schreckmoment stieg Colin mit voller Wucht auf die Bremse.

Das Bremsmanöver kam viel zu spät. Das Heck des Wagens brach aus und er schlingerte über die gesamte

Fahrbahnbreite. Colin versuchte noch, gegenzulenken, doch er merkte, wie er vollends die Kontrolle über den Wagen verlor.

Wie in Zeitlupe sah er die Leitplanke auf sich zukommen. Dann folgte ein lautes Krachen.

Der Airbag war ausgelöst worden und nahm ihm die Sicht. Die Fliehkräfte verrieten ihm allerdings, dass der Wagen sich munter weiter um die eigene Achse drehte.

Plötzlich ging ein Ruck durch seinen Körper. Glassplitter flogen durch den Innenraum. Und dann sah Colin nur noch das Dach des Wagens, begleitet von dem Geräusch berstenden Metalls, auf seinen Kopf zukommen.

44

Zaghaft klopfte Josi an die Tür zum Krankenzimmer. Bereits vor zwei Tagen war sie aus dem Krankenhaus entlassen worden, hatte bisher aber nicht die Kraft gefunden, Kommissar Prior zu besuchen.

Letztendlich war es Elias gewesen, der sie überzeugt hatte, in die Klinik zu fahren. Er war der Meinung, dass Josi endlich den Grund für die Ereignisse erfahren sollte. Josi glaubte vielmehr, er selbst wollte unbedingt wissen, warum das alles geschehen war. Ihr Interesse daran war eher gering, sie brauchte keine Aufarbeitung, um mit dem Albtraum der letzten Tage abzuschließen. Sie musste die Ereignisse lediglich aus ihrem Gedächtnis streichen.

Da sich im Innern des Krankenzimmers nichts rührte, öffnete Josi langsam die Tür und steckte ihren Kopf ins Zimmer. Fabian Prior lag in seinem Bett und hatte die Augen geschlossen. Um seinen Kopf war ein Verband gewickelt.

Gerade, als Josi wieder gehen wollte, öffnete er ein Auge.

»Frau Witterhold«, sagte er mit fester Stimme und lächelte. »Kommen Sie ruhig rein. Ich hatte bloß die Befürchtung, es wären schon wieder welche von den Kollegen.«

»Sind Sie sicher? Ich will mich nicht aufdrängen.«

Josi schluckte schwer. Die Luft kam ihr plötzlich

furchtbar stickig vor. Sie starrte runter auf den Verband, der den vernähten Rest ihres Zeigefingers schützte. Das abgetrennte Stück war leider im Keller der Villa verbrannt und aufgrund einer Infektion hatten die Ärzte zusätzlich ein weiteres Glied des Fingers abgenommen.

Fabian Prior zog sich an dem Galgen nach oben und setzte sich aufrecht hin. Dann winkte er Josi mit seinem gesunden Arm zu sich heran. »Reden Sie keinen Quatsch. Wie könnte ich mit Ihrem Besuch nicht einverstanden sein? Nur dank Ihnen bin ich überhaupt dort herausgekommen. Außerdem haben Sie bestimmt jede Menge Fragen.«

Josi zuckte mit den Schultern und schloss leise die Tür hinter sich. Natürlich quälte sie eine gewisse Neugier. Doch die Angst davor, dass all die negativen Gefühle sie überrannten und sie nicht in der Lage sein würde, sie zu bewältigen, war größer. Deshalb sagte sie: »Würden die Antworten denn etwas ändern?«

Der Polizist verzog das Gesicht. »Es würde helfen, zu verstehen, was mit Ihnen passiert ist.«

»Im Heim meinen Sie? Ich habe bereits mit meiner Mutter darüber gesprochen.«

»Sie wusste von den Medikamententests?« Vergeblich versuchte Fabian, den Becher Wasser auf seinem Nachttisch zu erreichen. Josi gab ihm das Getränk. »Warum hat sie vorher nichts gesagt?«

»Nein, damals wusste sie natürlich nichts. Es war nicht mehr als ein Gerücht, dass an einigen der Kinder Psychopharmaka getestet wurden. Als einige von ihnen - darunter Dirk - herzkrank davon wurden, und auch Ärzte von außerhalb davon mitbekamen, hat der Stockmeier sie abgesetzt. Meine Mutter hat dann beschlossen, ihre Arbeit in dem Heim aufzugeben, nachdem sie mich adoptiert hat. Das Gerücht bestätigte sich für sie erst, nachdem Marlies im Winter die Briefe verschickt hat. Sie war, neben einem weiteren involvierten Arzt als Krankenschwester für die Überwachung der getesteten Kinder zuständig und wollte sich ihr Gewissen reinwaschen, bevor sie am Krebs zugrundegegangen ist. Ich kann nicht sagen, dass sie mir sonderlich leidtut.«

»Und Herr Grollmisch hat die Gelegenheit genutzt und versucht, sich ein Stück von dem Kuchen abzuschneiden. Immerhin musste er als Kind schwer unter den Nebenwirkungen leiden, während Volker Stockmeier von der Pharmaindustrie Millionen dafür gezahlt bekam, dass er Testobjekte zur Verfügung stellt. Offensichtlich wollte sich Ihr Freund ausbezahlen lassen.«

Josi schaute den Polizisten entsetzt an. »Was wollen Sie damit sagen?«

»Dass er die Stockmeiers erpresst hat. Zuerst hat er ihnen Drohmails geschickt, und als niemand darauf reagierte, wurde er aufdringlicher und hat nächtelang vor ihrem Haus kampiert.«

»Was Sie da sagen, klingt so gar nicht nach dem Dirk, den ich kenne«, flüsterte Josi und versuchte, die Tränen zu unterdrücken. Es gelang ihr nicht, also wandte sie sich ab.

»Ich kann mir vorstellen, dass der Gedanke schwer zu ertragen ist, aber meine Kollegen haben Beweise, die die Aussage von Frau Stockmeier bestätigen. Ihr Ehemann sah irgendwann so eine große Bedrohung in Herrn Grollmisch, dass er ihm eine Lektion erteilen wollte. Außerdem, so die Aussage von Frau Stockmeier, wollte er herausfinden, ob Herr Grollmisch mit jemandem über den Brief von Marlies Brenner gesprochen hat. Deswegen hatte sich Manuela Stockmeier auch bei Ihnen in der Betreuung beworben.«

»Sie hat mich ausspioniert«, stellte Josi nüchtern fest. Etwas in der Art hatte sie sich bereits gedacht.

»Das hat sie. Der Tod von Herrn Grollmisch, so behauptet sie, war nicht geplant. Nachdem ihr Mann aber zu weit gegangen war, haben sie schließlich den Leichnam vor Ihrer Tür platziert. Als Warnung sozusagen, für den Fall, dass Sie doch etwas wissen sollten.«

»Dann haben sie wohl genau das Gegenteil erreicht. So bin ich überhaupt erst darauf gestoßen, dass ein Brief von Marlies existiert.« Es war eine gewisse Genugtuung für Josi, dass Manuela und ihr Mann sich in ihrem Fall getäuscht hatten. Doch das brachte ihr Dirk nicht zurück. »Wo ist er jetzt?«, fragte Josi.

»Sie meinen Herrn Tschuschke?«

»Wenn das der Name von Manuelas Mann ist.«

»Er ist tot. Mit dem Auto von der Fahrbahn abgekommen und noch am Unfallort verstorben.«

»Gut.« Erleichterung machte sich in Josi breit. So kam er nicht mit fünfzehn Jahren davon. »Und Manuela? Habe ich sie tatsächlich im Keller gehört oder war das nur Einbildung?«

»Nein, da haben Sie ein gutes Ohr bewiesen. Sie liegt mit einer Rauchvergiftung sowie schweren Verbrennungen hier im Krankenhaus. Colin Tschuschke hat sie im Wohnzimmer gefesselt, bevor er das Haus angezündet hat.

Aber keine Sorge, sie wird rund um die Uhr überwacht. Eine Flucht ist unmöglich.«

Josi nickte. Genau das hatte sie hören wollen. »Ich glaube, ich lasse Sie jetzt besser alleine. Ich muss das alles in Ruhe verarbeiten.«

Fabian Prior lehnte sich zu ihr herüber und berührte ihren Arm. »Es wäre schön, wenn wir irgendwie in Kontakt bleiben. Immerhin haben Sie mir das Leben gerettet.«

Josi stand auf und zuckte mit den Schultern. »Meinem Mann würde das sicher nicht gefallen. Er steht nicht unbedingt darauf, wenn ich zu viel mit anderen Männern zu tun habe«, sagte sie und strich ihre Bluse glatt.

Auf dem Gesicht des Kommissars machte sich Enttäuschung breit. »Nun, wenn das so ist, dann wünsche ich Ihnen alles Gute.«

»Wissen Sie, ich glaube, in Zukunft werde ich in diesen Dingen wohl weniger Wert darauf legen, was ihm gefällt und was nicht. Das Leben ist schließlich kurz genug, finden Sie nicht?« Damit drückte sie sanft Fabians Hand und verließ das Krankenzimmer.

Eine Bitte

Liebe Leserinnen und Leser,

ich bedanke mich bei Ihnen, dass Sie mein Buch gekauft und gelesen haben. Natürlich hoffe ich, dass es Ihnen gefallen hat. Sollte dies nicht der Fall sein, freue ich mich über Ihre Rückmeldung, denn nur durch Kritik können sich Autorinnen und Autoren weiterentwickeln und erkennen, was sie falsch gemacht haben.

Ebenso wichtig wie die ehrlichen Rückmeldungen der Leserinnen und Leser sind die Bewertungen auf den Verkaufsportalen. Sie sind Anreiz für die Kaufentscheidung vieler Menschen. Leider gibt es dort immer weniger Rückmeldungen von den Leserinnen und Lesern. Woran das liegt, kann ich nur mutmaßen. Ich weiß nur, dass es beinahe allen Autorinnen und Autoren so geht. Vielleicht glauben viele Leserinnen und Leser, dass ihre Meinung nicht von Interesse wäre oder nicht wichtig oder sie glauben, sie hätten nicht genug zu dem Buch zu sagen.

Das stimmt allerdings nicht. Auch eine kurze Bewertung, in der Sie ausdrücken, warum Ihnen das Buch gefallen hat (oder eben nicht), reicht aus, um anderen Leserinnen und Lesern die Kaufentscheidung zu erleichtern und außerdem dem Autor oder der Autorin eine Freude zu machen.

Denn nur für Sie schreiben wir, für die Leserinnen und Leser. Sie können mir glauben, dass ich mir jede einzelne Rezension durchlese und mich darüber freue. Selbst wenn sie nicht so positiv ausfällt, wie man es sich erhofft, kann man doch meist daraus etwas lernen.

Ich würde Sie also bitten, sich doch die Zeit zu nehmen, kurz auf das Verkaufsportal zu gehen, auf dem Sie mein Buch erworben haben, und mir ein oder zwei Sätze zu meinem Buch zu schreiben. Denn mehr muss es gar nicht sein. Sie müssen keinen Roman schreiben, um Ihre Meinung auszudrücken, Sie müssen auch nicht den Inhalt nacherzählen oder sich etwas aus den Fingern saugen. Sagen Sie einfach kurz, ob es Ihnen gefallen hat und ob Sie mein Buch weiterempfehlen würden. Das genügt schon, wenn Ihnen nicht mehr einfallen sollte. Gerne erfahre ich aber auch, was genau Ihnen gefallen oder nicht gefallen hat, doch das liegt bei Ihnen.

Vielen Dank für Ihre Zeit.

Alles Liebe wünscht Ihnen

Melisa Schwermer

Danksagung

Ich versuche, mich jetzt kurzzufassen, auch wenn es mir dieses Mal schwerfällt. Dafür, dass Sie mein Buch gelesen haben, habe ich mich ja bereits bedankt. In „So bitter die Schuld“ steckt sehr viel Herz von mir. Jahrelang wartete die Geschichte in meiner digitalen Schreibtischschublade darauf, endlich fertiggestellt zu werden.

Begonnen mit Josis Geschichte habe ich nämlich bereits vor einer langen Zeit. Mehr als zehn Jahren, um genau zu sein. Es war während meiner Ausbildung in der Buchhaltungsabteilung, in der ich nicht viel machen durfte und so vor Langeweile einfach anfing, eine Geschichte zu schreiben. Völlig ohne Konzept oder Plan entstanden so Josi und Dirk mit ihrer schrecklichen Vergangenheit in meinem Kopf. Doch nach etwa 60 Seiten wechselte ich die Abteilung und fand fürs erste keine Zeit mehr, weiterzuschreiben.

In weiser Voraussicht speicherte ich das Manuskript aber und schaffte es irgendwie trotz der langen Zeit die Datei auf den wechselnden Festplatten zu erhalten. Zum Glück. Denn vor etwa einem Jahr öffnete ich das Manuskript wieder und beschloss, diese Geschichte, die ich über all die Jahre nicht vergessen konnte, fertigzustellen.

Es war viel Arbeit, denn die Qualität der ersten Fassung ließ mehr als nur zu wünschen übrig. Doch ich habe mich durchgebissen und bin unheimlich stolz darauf. Ich kann nur hoffen, dass Ihnen gefallen hat, was ich daraus gemacht habe. Auf jeden Fall freue ich mich darüber, dass Sie Josi,

Dirk und Fabian Ihre Aufmerksamkeit geschenkt haben. Die drei haben es verdient.

Sollte Sie noch Fragen an mich haben, schreiben Sie mir gerne eine Mail, besuchen Sie mich auf meiner Homepage oder folgen Sie mir auf Facebook (es gibt dort immer mal wieder kleinere oder größere Gewinnspiele, melden Sie sich einfach in der Mailingliste an, wenn Sie nichts mehr verpassen wollen):

melisa.schwermer@gmail.com

www.melisa-schwermer.de

https://www.facebook.com/melisa.schwermer

Ich bin immer bemüht, so schnell und ausführlich wie irgendwie möglich zu antworten, auch wenn es manchmal einige Tage dauern kann.

Bedanken möchte ich mich bei meinen Lektorinnen Susanne Pavlovic und Anke Höhl-Kayser. Ihr habt mir geholfen, das beste aus meiner Geschichte rauszuholen und ihr habt mich motiviert und an den richtigen Stellen mitgefiebert. So wusste ich, dass gewisse Dinge so funktionieren, wie ich es geplant hatte.

Ein Dankeschön geht auch an das Korrektorat, das Jasmin Krieger durchgeführt hat. Deine Adleraugen haben mir gute Dienste geleistet und ich bin wirklich froh, dass wir so gut zusammenarbeiten. Vielen Dank.

Annika, vielen Dank dafür, dass du mir die Stellen mitgeteilt hast, die noch nicht rund waren bzw. wo du gestolpert bist. Deine Rückmeldungen haben der Geschichte noch einen letzten Feinschliff verliehen.

Agnes, Manuela (nein, die aus dem Buch wurde nicht nach ihr benannt, es ist mir tatsächlich erst spät aufgefallen, dass beide den gleichen Namen tragen xD) und meine liebe Freundin Mika, ich danke euch dafür, dass ihr so tolle Testleserinnen seid. Ihr macht mir Mut, wenn ich glaube, dass meine Geschichte stinkend langweilig ist und motiviert mich, weiterzumachen. Ihr macht mir Komplimente in einem Stadium, in dem das Manuskript sicher noch keine verdient hat und sagt mir außerdem ehrlich, wo noch Verbesserungspotential ist und etwas falsch läuft. Ihr bereichert meine Arbeit, vielen Dank.

Ein letzter Dank geht wie immer an Stefan, der dieses Mal besonders leiden musste. Denn dieses Buch hat viel Arbeit gekostet. Zeit, die ich nicht mit ihm verbringen konnte. Danke für deine Geduld und dafür, dass du mich immer aufbaust, wenn es nötig ist.

Ich freue mich schon auf mein nächstes Buch und vielleicht sehen wir Fabian ja wieder.

Alles Liebe,

Melisa Schwermer

15193081R00209

Printed in Poland
by Amazon Fulfillment
Poland Sp. z o.o., Wrocław